KB120235

야만의 시대

14세기 프랑스 자크리 농민전쟁의 회고

나남
nanam

한국연구재단 학술명저번역총서
서양편 431

야만의 시대
14세기 프랑스 자크리 농민전쟁의 회고

2023년 5월 5일 발행
2023년 5월 5일 1쇄

지은이   마르셀
편역   콜랭 드 플랑시
옮긴이   김용채
발행자   趙相浩
발행처   (주) 나남
주소   10881 경기도 파주시 회동길 193
전화   (031) 955-4601 (代)
FAX   (031) 955-4555
등록   제 1-71호 (1979. 5. 12)
홈페이지   http://www.nanam.net
전자우편   post@nanam.net

ISBN 978-89-300-4125-6
ISBN 978-89-300-8215-0 (세트)

책값은 뒤표지에 있습니다.

'한국연구재단 학술명저번역총서'는 우리 시대 기초학문의 부흥을 위해
한국연구재단과 (주)나남이 공동으로 펼치는 서양명저 번역간행사업입니다.

한국연구재단
학술명저번역총서
431

야만의 시대

14세기 프랑스 자크리 농민전쟁의 회고

마르셀 지음
콜랭 드 플랑시 편역
김용채 옮김

Mémories d'Un Vilain Du XIVe Siècle

par

Marcel

《장 프루아사르의 연대기》, 〈1358년 모(Meaux)에서 일어난 자크리 전쟁〉, 채색 삽화, 226장 뒷면, 15세기, 프랑스 국립도서관 소장.

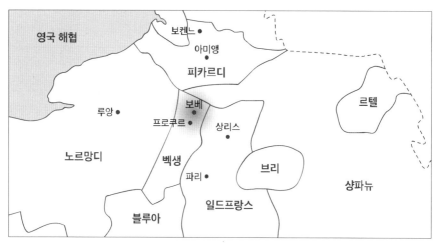

자크리 농민전쟁이 일어난 보베와 주변 지역을 나타낸 지도.
본문에서 언급한 지명을 위주로 표기했다.

옮긴이 머리말

동서양을 막론하고 끊임없이 이어져 온 농민전쟁은 인간사회의 가장 뿌리 깊은 모순과 갈등이 초래하는 집단의 불행이거니와 이 책의 원저자 마르셀이 생생한 기록으로 남긴 그의 일대기는 '자크리 농민전쟁' 당시의 상황과 함께 서양 중세사회의 실상을 구체적으로 알 수 있게 해 준다. 이 전쟁을 계기로 프랑스에서는 농민들이 일으키는 크고 작은 집단 봉기를 '자크리'라고 부르게 되었고, 이 전쟁은 그것의 원조 혹은 완판이라는 의미로 '그랑드 자크리'(Grande Jacquerie) 라 불리고 있다. 이 전쟁이 프랑스 사회와 역사에서 갖는 의미와 위상을 가늠하게 해 주는 명칭이다. 이런 이름이 붙게 된 배경을 부연하는 것도 이 전쟁의 성격을 보여 준다.

　이미 오래 전부터 프랑스 사람들은 농민을 두고 '자크'(jacque) 라는 별명을 썼는데, 이는 이들이 입는 짧은 외투를 가리키며 경멸적인 뉘앙스가 든 것이었다.[1] 그 파생어 자크리(jacquerie) 는 추상명사로 원래 이런 옷 또는 옷을 입은 사람들 유(類) 나 집단을 가리키는 말이다. 실제로 이 전쟁이 났을 때, 그 지도자를 '자크 보놈'(Jacques

Bonhomme)이라 불렀다. 이는 '자크 양반'쯤의 뜻을 갖는 가명(假名)이었고, 이 인물의 실제 이름은 기욤 카를 혹은 카이에(Guillaume Carle, Caillet)였다. 이를 통해 우리 회고록에 나오는 '자크 카이에'라는 이름은 이 인물의 실명과 가명을 합성한 것임을 알 수 있다.

이 회고록이 이야기하는 자크리, 즉 그랑드 자크리는 1358년 5월에 시작되어 열흘이 조금 넘는 동안 벌어진 사건이다. 하지만 이 기간에 일어난 일들은 거기에 가담하거나 동조한 농민들의 숫자와 함께 그들이 벌인 투쟁의 강도와 규모, 초래한 결과의 양상이 한마디로 충격적이고 이례적인 것이어서 프랑스와 유럽은 물론 전 세계 농민전쟁사에 높은 자리를 차지하고 있다.

착취와 폭력을 일삼고 초야권(初夜權)을 즐기는 영주들의 무지막지한 횡포에 짓밟힌 농민들이, 분노가 폭발한 나머지 도끼와 낫으로 무장하고 달려들어 앙갚음하다 결국은 처절하게 죽어갔다. 일견 무모해 보이기도 한 그들의 이런 행적은 문명의 탈을 쓴 약육강식의 봉건제가 얼마나 야만적이었는지를 역설적으로 보여주는 동시에, 자유와 평등을 향한 인간의 의지가 얼마나 강렬하고 끈질긴 것인지를 일찍이 보여 준 역사의 횃불이라 할 수 있을 것이다.

2023년 4월

김용채

---

1 [옮긴이 주] 우리가 영어식으로 사용하는 '재킷'이라는 옷을 가리키는 말의 어원이기도 하며, 굳이 우리말로 한다면 '핫저고리'쯤에 해당할 것이고, 마치 우리말에 '핫바지'가 '시골 사람 또는 무식하고 어리석은 사람을 낮잡아 이르는 말'로 사용되는 것과 비슷해 보인다.

머리말*

이 머리말을 시작하기에 앞서, 나는 여자들과 신경 예민한 사람들에게 이 책을 읽지 않는 게 좋을 것이라고 경고한다. 사실 이 책에는 연애에 관한 몇 가지 일화와 오랜 불행, 끔찍한 상황들이 묘사되어 아마도 흥미를 끌겠지만, 그들의 감수성이 감당하기 어려운 너무 도발적인 것들, 너무 비참한 모험들, 그리고 오직 불행과 무력한 용기만이 돋보이는 영웅들 이야기가 수록되어 있다.

내가 이 회고록을 펴내기로 마음먹은 것은 오로지 지난 세월을 함부로 옹호하는 사람들의 입을 막기 위해서이다. 그들은 알지도 못하는 것을 대단한 것처럼 여기고, 문명 시대의 바탕이라며 야만 시대를 찬양한다.

여기서 이 책이 어떻게 내 손에 들어오게 되었는지 말해야겠다.

---

* [옮긴이 주] 이 글은 1820년 출간한 프랑스어 번역본의 머리말로 편역자 콜랭 드 플랑시가 쓴 것이다.

〈콩스티튀시오넬〉[1] 필자들이 이미 그것에 관해 대중에게 말한 바 있다.[2] 《봉건시대 사전》[3] 집필을 위해 이미 고물상 휴지로 팔리는 책을 쓴 딱한 법학자 몇몇 분의 저작을 찾던 중에, 어느 잡화상에서 고딕 글자로 쓰인 양피지 노트 하나를 발견했다. 첫 페이지를 얼핏 보니, 다음과 같은 제목을 읽을 수 있었다.

Annales et chronica vitae Marcelli, miserrimi inter servos, ab anno 1312 ad annum 1369. [4]

나는 더 볼 필요도 없이, 운명이 내게 대단한 것을 발견하게 해 주었다고 생각했다. 나는 이 원고를 가볍게 사서 읽기 시작했다. 원고는 서툰 라틴어로 쓰였지만, 우리 역사의 몇 대목을 밝혀 줄 수 있는 사실과 세부 묘사로 가득했다.

나는 이 원고를 보존해 온 사람이 누구인지 알아내려 했다. 마지막 페이지에 비교적 최근에 쓴 듯한 몇 문장을 보고, 이 원고가 베네딕트파 수도원의 한 도서관에 있던 것이라는 사실을 알았다. 이것을 읽지 않은 채 그곳에 두었던 것이 분명했다. 하지만 베네딕트파의 어느 도서관에서 이 원고가 잡화상으로 넘어왔는지 알지 못한다.

---

1 [옮긴이 주] *Le Constitutionnel.* 1815년에 창간되어 1914년까지 파리에서 발행된 일간지를 말한다.
2 1819년 7월 19일.
3 [옮긴이 주] *Dictionnaire féodal.* 이 책의 편역자 콜랭 드 플랑시가 1819년에 간행한 중세에 관한 사전이다.
4 [옮긴이 주] 《1312년부터 1369년까지 가장 비참한 노예 중 하나인 마르셀의 생애에 대한 연대기와 연보》.

하여튼 나는 이 원고를 번역하겠다는 생각은 하지 않았다. 이런 생각을 문학인들에게 알렸더니 그들이 내 생각을 바꿔 주었다. 봉건적 사고를 가진 사람들이 무지(無智)와 봉건제도의 장점을 뻔뻔스럽게 내세우는 때에 귀족이 전부이고 민중은 아무것도 아니던 불행한 시대를 그대로 묘사한 그림을 다시 짚어 주며, 오늘날 체제 아래서 프랑스인이 잃은 것과 얻은 것을 보여 줄 수 있는 매우 유용한 책이라고 내게 설명했다. 또한 이 회고록은 사라져서는 안 될 역사적 기념물이라는 사실을 명심하도록 해 주었다.

따라서 나는 이 회고록을 대중의 성찰에 맡기고자 한다. 그런데, 더 나아가기 전에 14세기에 관해 몇 가지 견해를 피력하도록 허락해 주기를 바란다. 나는 이 회고록이 소개하는 암울한 그림 속에, 과장이 전혀 없으며 거리낌 없이 이 회고록이 정확하다고 말할 수 있을 정도로 당시 풍습과 역사에 일치한다는 것을 역사에 드러난 생생한 사실들을 통해 보여 주려 한다. 나는 이런 견해를 겸허히 그리고 두서없이 말할 것이므로 별로 어려움이 없을 것이다.

먼저 프랑스의 정치적 상황을 고려해 봐야 한다. 당시는 봉건제도가 한창이었다. 봉건제 폐해를 완화하려 했지만 소용없었고, 폭정이 갈수록 심해졌다. 백성은 영주(領主)와 성직자에게 세금을 내고, 영주와 성직자는 왕에게 세금을 전혀 내지 않았다. 왕은 직속 영지에서만 세금을 거두었다. 농민들은 영주들에게서 병역을 강요당했으나, 영주들은 자의적으로 병역을 제공했다.

국왕 장 2세5가 포로가 될 때까지, 왕은 평범한 영주들이 그들의 이익을 위해 왕에 맞서 무장하지 않을 때만 그들이 영주로 인정하는 봉건 군주였다. 이런 몇몇 왕들이 폭군이었다면, 영주들 대부분은 마찬가지로 그들 마을에서 폭군이었다.

샤를 5세의 섭정 이후 왕권이 확대되어, 14세기 말에는 몇몇 형태를 제외하면 지독한 전제군주제였고, 평민들도 그들의 영주 치하에서 불행하기는 마찬가지였다.

이때는 이미 고집왕 루이 10세가 다스린 다음이었다. 프랑스 백성의 영원한 감사를 받는 이 대공은 농노들의 완전한 해방을 명령했다. 이러한 해방은 루이 6세[6]가 자신의 영지에서 시작한 것이었다. 하지만 고집왕 루이의 명령은 불행한 사람들 수를 줄이지 못했다. 농노들에게 돈을 받고 자유를 팔아, 그들이 피땀 흘려 마련한 돈을 빼앗아 갔다. 루이 왕이 2년 치세 뒤에 죽자,[7] 다시 농민들에게 사슬이 채워졌다.

필립 6세와 장 2세 치하에서 토지 예속은 전례 없이 잔인했다. 온갖 봉건적 권리가 횡행했다. 밀 10파운드를 수확한 농민은 영주와 사제에게 7파운드를 주었다. 전자에게 봉건 십일조, 후자에게는 성무 십

5 [옮긴이 주] 선왕 장 2세(Jean II le Bon). 1319년 태어나 1350년부터 1364년까지 재임한 프랑스 왕. 백년전쟁 중 왕위에 올라 푸아티에 전투(1356년)에서 영국군의 포로가 되었고, 그동안 아들 샤를이 섭정하였다.

6 [옮긴이 주] 1081년 태어나 1108년부터 1137년 사망할 때까지 재위한 프랑스 왕으로, 별명은 '뚱보왕 루이'다.

7 루이 10세는 1316년에 죽었다.

일조를 바쳤다. 게다가 농민은 영주에게 현물세 혹은 농지 수입 5분의 1, 농노 각자에게 임의로 부과되는 정액 지대(地代), 종종 한 달에 10일 걸리는 부역, 무거운 조세 그리고 수많은 사용료를 바쳐야 했다. 밤에는 영주 저택을 지켰고, 4가지의 경우에는 영주에게 인두세를 바쳤다.8 농노와 봉신(封臣)은 영주의 볼모가 되어야 했고, 짐 나르는 짐승들처럼 매매되었다. 또한 14세기에는 성직자가 주교구에 말을 타고 부임했는데, 이때 시중드는 남자 3명과 여자 3명을 대동했다.

영주는 초야권(初夜權)을 누렸는데, 15세기 초까지 심지어 신부와 사제, 그리고 주교도 마찬가지로 그 권리를 행사했다. 그들은 소녀들에 대한 권리를 가졌으며, 이를 이용해서 미혼모에게 벌금을 부과했다. 망나니권(le droit de havée), 9 판매권, 측량권, 영지 매매권 등을 행사해서 영지에서 거래되는 모든 것의 일부분을 그들이 취했다. 잔재권(le droit des Epaves)으로 모든 유기 가축을 차지했고, 그들의 땅을 지나는 통로와 강에 대한 통행세, 겨울에 불을 지피는 농민에게 부과하는 세금인 호별세(le droit de fouage), 임의 몰수권, 사냥 및 어업세, 기타 잡세 및 인두세, 재미를 위한 농지 유린권을 행사했고, 무역을 가로막는 외국인 재산 몰수권 및 파선권(破船權) 등을 가졌다.

---

8 ① 농민들은 영주가 성지순례를 떠나면 여행비용을 부담했다. ② 영주가 감옥에 갇히는 경우 돈을 지불하고 그를 석방시켰다. ③ 영주가 어떤 기사단에 가입하면 그들의 옷값을 부담했다. ④ 영주 딸이 결혼하면 지참금을 냈다.

9 [옮긴이 주] 영주가 사형집행인, 즉 망나니에게 넘긴 권리를 의미한다. 상인들이 이들에게 물건 팔기를 꺼리므로, 이들이 시장 판매대의 필요한 물건, 특히 곡물을 두 손으로 한 번 퍼갈 수 있다.

백성은 죽기 전에 사제의 재산을 늘려주려 하지 않으면 교회 축성지에 묻힐 수 없었다. 혼례를 치르지 않고, 사제에게 결혼 음식을 바치지 않으면 결혼할 수 없었다. 엄청난 특권을 가진 성직자는 십일조를 정확히 납부하지 않는 사람, 교구를 위해 유산을 남기지 않은 사람, 그리고 수도사가 자식을 출가시키라는 명령을 전할 때 따르지 않는 사람을 파문할 수 있는 권리도 행사했다.

가문의 장자가 아닌 사람들은 장자권(長子權) 때문에 어려움에 처했다. 성관(城館)은 종종 강도들의 소굴이었다. 루이 성왕 시대에, 행인을 더 이상 강탈하지 않고 위조화폐를 더 이상 발행하지 않기로 했던 영주들은 모두 이전 관행에서 벗어나지 못했다. 토지 예속 농노들은 불행을 타고 태어난 초가집에서 죽을 수밖에 없었다. 법도, 치안도, 사법도, 풍습도 없어 프랑스에는 온통 강도짓과 미신, 광신, 특권 그리고 불행이 가득했다.

미남왕 필립 4세는 백성을 교묘히 속였다. 하지만 프랑스인들은 그가 자신들을 속였다는 것을 알았다. 그의 후계자들은 그의 예를 본받았지만, 그의 솜씨는 갖지 못했다. 곧 백성과 왕들 사이에 의심만 생기게 되었다. 영국 왕 에드워드 3세가 필립 6세에게서 프랑스를 뺏으려고 했을 때, 필립 6세가 크레시 전투에서 패한 것은 사람들이 그를 보좌하지 않았기 때문이었다. 영국 왕은 지쳐 있었고, 한 번 더 전투를 치렀더라면 그를 우리 영토에서 쫓아낼 수 있었을 것이다. 하지만 우리 지방들은 그를 받아들였다. 단결하지 않고, 신뢰도 없었기 때문이다.

게다가 필립 6세의 통치는 너무 가혹하고 부당해서 에드워드 3세가 모든 사람이 정의를 누리도록 약속한다는 선언문을 발표했을 때, 사람들은 필립 6세에 대한 모든 도움을 거부했고 프랑스는 영국에 문을 열어 주었다.

장 2세가 필립 6세를 이어 왕이 되었다. 이 대공의 성격 또한 가혹하기는 마찬가지였다. 그는 폭군이 될 수밖에 없었다. 하지만 항간에 떠도는 말이 그를 주눅 들게 했다. 역사학자 메저레가 말하기를, 10 "장왕은 성숙한 나이가 되고, 여러 가지 일을 겪은 경험도 있다. 그런 기회를 통해 가치를 터득했고, 부친의 실수 사례를 면전에서 보았으며, 곧 칼을 쓸 수 있는 아들 넷이 있어 융성하는 국정을 펼칠 수 있었다. 하지만 그는 아버지와 같은 결점이 있어서 복수심에 불타오르고, 서둘렀으며, 신중하지 못하여 불쌍한 백성의 비참을 헤아리지 못했다"라고 했다. 그는 자의적 행위와 피바다로 통치를 시작했다. 영주들은 재빠르게 그의 앞을 막아섰고, 실망한 백성들은 사방에서 저항에 나섰다.

1355년 삼부회(三部會)가 소집되었고, 거기에서 많은 것이 약속되었다. 하지만 평민 대표들이 자리를 뜨자마자 수탈과 불법이 되살아났다. 감정이 격해졌다. 전국이 두 당파로 갈라져 하나는 자유당이라 불리고, 다른 하나는 군주제를 떠받쳤다. 11

이런 난처한 상황에서 푸아티에 전투에 대비했다. 접전이 시작되

---

10 *Abrégé de l'Histoire de France*, an. 1350.
11 Thouret, *après Mably*, liv. v, §. 11.

자 노르망디 공작 샤를이 샤를 5세 이름으로 왕이 되더니 비겁하게 도망쳤고, 대공들과 영주 대부분을 자기편으로 만들었다. 장왕의 가장 젊은 아들이고, 나이 열셋에 대담한(大膽漢)이라는 별명을 가진 필립이 혼자 아버지 옆에 남아 싸우며 호위 역할을 하다 여러 번 상처를 입었다. 하지만 그는 전투의 패배를 막을 수 없었고, 거느린 부하 4분의 1이라도 그를 도왔다면 장왕은 승리를 쟁취할 수 있었을 것인데도 포로가 되었다. 12 …

처참한 푸아티에 전투가 끝난 뒤만큼 프랑스에 단합과 화합이 필요한 적이 없었고, 민족정신이 분열된 적이 없었고, 국가에 혼란과 불안 그리고 무질서가 팽배한 적이 없었다. 13 농민들과 평민들은 왕을 바꾸어도 잃을 것이 없는 데다, 영주들의 비겁함만 지켜보고, 그따위 주인들이 그들에게 둘러씌우는 굴레에 분노할 뿐이었다. 영주들은 프랑스에 외국인이 보이는 것을 전혀 놀라워하지 않았다.

샤를(이후 샤를 5세)은 그의 아버지가 포로로 잡혀 있는 동안 프랑스를 다스렸다. 그는 삼부회 소집을 섭정의 시작으로 삼았다. 사람들은 그가 독재를 단념하고, 측근에 백성을 화나게 하는 사람들을 멀리하며, 제 3신분 사람 몇을 자문회에 맞아들인다면 물심양면으로 그를 도울 것이라고 약속했다. 하지만 샤를은 자신의 권력이 무한하고 백성들이 자신에게 복종하는 것이 당연하다고 생각하여 삼부회를 해산

---

12 Mézeray, *Abrégé de l'Histoire de France*, an. 1356.
13 Saint-Foix, tom. III, p. 126.

했다.

그때부터 프랑스 전체가 그를 돕기를 단호히 거부했고, 그는 새로운 삼부회를 소집해야만 했다. 그는 요구받았던 모든 것을 하겠노라 약속하며, 수년 전부터 백성을 도탄에 빠트렸던 22명의 조신(朝臣)을 물러나게 했다. 하지만 죄지은 자들을 붙잡아 재판에 회부할 것을 요구하지 않았기 때문에, 이 22명은 삼부회가 폐회한 직후 샤를 옆에 다시 나타났고, 그는 이들을 총신(寵臣)으로 대우하면서 그들과 함께 또 새로운 부당한 일들을 저질렀다.

농락당하고, 지치고, 짓눌리고, 절망에 빠진 백성들은 더욱 심하게 반발했다. 혼란은 극에 달했다. 각자는 자신의 이익만 생각했고, 그에 도달하기 위해 모든 것을 뒤엎었으며, 그런 것에 놀랄 필요도 없었다. 왕은 대중의 행복보다 자신의 권력을 더욱 키우는 데 몰두했고, 각자는 그런 왕의 본을 따랐다.

여러 도둑 떼가 왕국을 손아귀에 넣었다. 가장 위력적인 것이 세르볼(Cervoles)의 영주 아르노 패였다. 그는 아비뇽 백작령에 들어와 교황에게 토지를 약탈하지 않을 테니 4천 에퀴를 내놓고, 그를 면죄해 주며, 국가 원수급으로 대우하여 식탁에 초대할 것을 요구했다.

이런 지경에 랑(Laon)의 주교 로베르르코크과 파리 상인 대표인 마르셀이 불평가들 선두에 나섰다. (거의 모두가 귀족 아니면 수도사인) 우리 역사가들은 이 애국자들에게 가장 혐오스러운 이름을 붙여 주었다.[14] 그들에게 어느 정도 중립을 유지한 유일한 역사가가 메저레다. 그의 말에 따르면, 만약 마르셀의 열성이 과격파로 변질되었다면 그것은 그가 대중의 자유를 위해 품었던 열정이 너무 강한 반대를 만났기 때문일 것이다. 파리 민중의 대장이 된 다음, 그는 샤를에게 삼부회를 다시 소집하도록 했다. 삼부회가 열리자 이전과 마찬가지의 성의 표시 이외에는 달라진 것이 없었고, 중요한 것은 아무것도 이뤄지지 않은 채로 귀족들은 삼부회를 해산토록 했다.

그러는 사이 무정부 상태가 심각해져서 파리 인근 농민들은 신변의 안전을 위해 파리로 왔다.15 수도원 수녀들은 프랑스를 약탈하는 도둑 떼들을 만나 수도원을 버리고 나왔다. 농노들의 처지는 그 어느 때보다 비참했다. 영주들은 그들이 가진 짐 나르는 짐승을 빼앗고, 땅을 갈기 위해 남녀를 쟁기에 채우며, 도움 되지 않는 늙은이들은 물에 빠트렸다. 가벼운 잘못뿐 아니라 아주 사소한 의심, 사실상 심심풀이로 그들을 죽였다.16

새로운 사태가 전개되어 무질서가 극에 달했다. 장왕은 나바르 왕 악한(惡漢) 샤를이 취하는 거동이 자신에게서 샹파뉴 지방과 브리 지방을 빼앗기 위한 것으로 불안하게 여기고 이 군주를 붙잡아 감옥에 넣도록 했다. 푸아티에 패전 뒤 동요가 이어질 때, 나바르 왕은 감옥을 빠져나와 파리로 갔다. 곧 섭정과 나바르 왕 그리고 상인 대표가

---

14 Thouret, liv. v.

15 *Histoire de Paris*, liv. vi. – 이 불행한 시대보다 영주들이 사치를 누린 적이 없었다. 그 사치는 비탄에서 태어났다. 메저레가 말하기를, 귀족들은 불쌍한 사람들의 불행을 눌렀다.

16 Charron, *de la Sagesse*, liv. 1, ch. 54.

권력을 놓고 다투었다. 셋 모두 지지자들이 있었다. 악한 샤를은 백성들에게 그들을 함부로 대하지 않겠다고 약속했고, 섭정 치하에서 그렇게나 핍박받았던 백성들은 자신들을 해방시켜 주는 자를 잘 섬기겠다고 맹세했다.

섭정은 섭정대로 목소리를 높여 능란하게 자신을 합리화하고, 백성들에게 통 크게 양보했다. 유혹에 잘 넘어가는 백성들은 왕자가 폭정만 포기한다면 그를 지지하겠다고 약속했다.

마침내 마르셀이 입을 열어, 대중이 현실을 직시하도록 했다. 오랫동안 접하지 못한 자유라는 말을 들려주고, 속박에 지친 백성들은 자유롭게 살기 위해 싸울 것을 맹세했다.

그러는 동안 나바르 왕은 처신을 잘하지 못했고, 섭정은 약속을 농락했다. 마르셀만이 단호함과 초지일관을 유지했다. 곧 그의 당이 가장 강해졌다. 악한 샤를은 가장 수가 많은 편으로 방향을 트는 것이 좋겠다고 생각했다. 겉으로 지지하는 정당은 없었다. 그는 섭정의 폭정에 맞서 파리 시민들을 보호해야겠다고 마음먹었다.

섭정은 백성들에게 결국 무언가를 내놓아야 할 터인데, 자신이 꿈꾼 대로 다스릴 수 없는 데에 진력이 났다. 그래서 오직 압도적인 힘을 모아 다시 오기로 굳게 결심하고 파리에서 나왔다.

이런 무정부 상태가 지속되는 동안, 귀족들은 극악무도한 약탈을 계속했다. 무인들은 시골 주민들에게 온갖 폭력을 저질렀다. 주민들은 머물 곳이라고는 숲과 습지 그리고 동굴밖에 없었으며 불행하고, 지치고, 약탈당하고, 짐승처럼 내몰렸다. 그들은 마침내 모든 위험에 맞서며 견디기 어려운 악에 대한 대책은 죽음이라는 것을 보여 주는, 절망에서 나오는 용기를 발휘했다. 그들은 영주들을 처단하기 전에는 깃발을 내리지 않는다는 굳은 결심으로 저항의 깃발을 들었다. 농노들과 마찬가지로 시달린 한 무리의 수도사들은 저항 세력을 규합하기 위해 협회를 만들 생각도 했다.

이 전쟁은 보베지(Beauvaisis)에서 시작되었다. 최초 수장은 자크 카이에라는 이름을 가진 용감한 농민이었다. 우리 역사학자들은 그가 저지른 죄가 어떤 것인지 알지도 못하면서 그를 '강도 두목'으로 묘사했다. 하지만 그는 자유를 요구한 10만 명의 지도자로 나섰다. 사람들은 이 전쟁을 '자크리 전쟁'이라 불렀는데, '자크'라는 수장의 이름에서 비롯된 것이다.

이 전쟁은 끔찍했다. 10만 명의 농민으로 된 군대가 프랑스 북부 지방을 좌충우돌 돌아다니며 영주들을 죽였다. 하지만 영주들의 아내와 딸들은 죽이지 않았다. 영주들 저택은 불태웠지만 가난한 사람의 오두막은 손대지 않았다. 그들은 귀족들 보석을 약탈했고, 노획물을 불행한 사람들과 나눠 가졌다.

이 피비린내 나는 전쟁에서 상당수 백작과 남작이 죽었다. 상황이 아주 조금만 달랐어도, 스위스가 폭군들 손아귀에서 벗어났듯이, 프랑스도 속박을 깨트렸을 것이다. 도시가 농촌에 합류했더라면, 그리고 처음 귀족들이 놀란 뒤 정신 차렸을 때 도와 달라며 모든 이웃 나라 귀족들을 불러들이지 않았더라면 그들은 끝장났을 것이다.

그러자 플랑드르와 에노, 브라반트, 보헤미아, 독일, 피에몬테 그리고 자크리 전쟁 소문이 닿은 또 다른 나라들에서 귀족들이 크고 작은 무리를 지어 프랑스로 몰려왔다. 악한 샤를 또한 그의 총신 두 사람이 살해당한 것을 보복하기 위해서라며 농민들에게 무기를 들었다.

그때부터 상황이 달라졌다. 프랑스와 외국 영주들이 농촌을 차지했다. 그리고 손에 무기와 횃불을 들고 초가집에 불을 지르고 사람을 죽였다. 프랑스를 약탈한 영국인들도 귀족들을 옹호했다. 동시에 8만의 프랑스 영주와 비슷한 규모의 외국 귀족, 악한 샤를의 군대, 영국 도적 무리에 맞서야 하는 농민들은 절망 가운데서도 희망을 잃지 않고 용맹을 떨치며 전쟁을 끌고 나갔다.

영국군 분견대(分遣隊)가 콩피에뉴 부근 롱괴이에 감금된 농민 200명을 공격했다. 이 불쌍한 농민 가운데 한 사람은 자신의 장인이 칼에 찔려 죽자, 도끼를 들고 동료들을 규합하여 영국인들에게 달려들어 40명을 죽이고 나머지는 도망치도록 만들었다. 이런 위업을 달성한 뒤, 그는 병들어 누웠다. 이 사실을 알게 된 영국인 12명이 밤사이에 와서 그를 급습하여 침상에서 죽이려고 했다. 이 사람은 그들 소리를 듣고 일어나 다섯을 죽이고, 다른 일곱은 도망치게 했다. 그리고 다시 잠자리에 들었으나 탈진해서 죽었다.

그러나 용기만으로는 많은 사람과 그들의 잔인함을 상대로 더 이상 버틸 수 없었다. 그들에게 걸려든 농민은 살아남지 못했다. 악한 샤를은 2만 명이 넘는 농민들을 칼날로 처형토록 했다. 그보다 더 많은 사람들을 교수대와 화형으로 처단했다. 그리고 단두대도 하루에 2천 번 정도 사용했다.

설상가상으로 자크 카이에가 붙잡히고 참수되었다. 죽음과 극형에 대한 공포가 자유를 추구하던 나머지 프랑스 사람들을 흩어지도록 만들었다.

분열된 순간부터 그들은 쉽사리 학살당했다. 메저레와 몇몇 다른 역사학자들 말에 따르면, 오세르 주교는 혼자 200명을 죽였다고 큰소리쳤다고 한다. 민중 편에 가담한 수도사들도 처형되었다. 승자들이 패자들에게서 뺏은 노획물로 재산을 불리면서, 영주들은 복수해야 한다는 구한(舊恨)을 핑계로 서로 죽이기도 했다.

그럼에도 파리는 굴복하지 않았다. 섭정은 악한 샤를과 영국군 그리고 영주들과 손잡고 반항하는 농민군을 없앤 다음, 귀족들 선두에 서서 파리 시민들 앞에 나타났다. 그를 배척한 적 없는 대학과 상인 대표는 그에게 수도의 문이 열려 있다고 말해 주도록 했다. 섭정은 주동 혐의자 대여섯 명을 자신에게 인도하라고 말했다. 파리 측에서는 그것을 인정하지 않고, 문을 닫았다. 그리고 파리는 포위되었다.

마르셀은 주민들이 용기를 내도록 격려했다. 포위는 몇 달 동안 이어졌다. 나바르 왕이 파리에 입성하고, 다시 섭정과 사이가 나빠졌기 때문이다. 그런데 어느 날 저녁, 마이야르라는 이름의 보좌판사가 마르셀을 도끼로 쳐 죽이고 장왕의 아들에게 문을 열었다. 그리고 방금 살해한 상인 대표를 추악한 사람으로 만들기 위해 그가 파리를 영국인들에게 넘기기를 바랐다고 민중들에게 고발했다.

정치가 투레의 말에 따르면, 이런 진통을 겪은 뒤 민중이 자신들의 권리를 합리적으로 사용할 줄 알았더라면 자유를 찾았을 것이다. 하지만 프랑스인들은 무지에 빠져 있었기 때문에 과오와 실수를 저질렀고 이 때문에 폭정이 다시 시작되었다.

섭정은 파리에 재입성하고 곧장 반역자와 의심자를 색출했다. 그들 가운데 많은 수를 재판에 넘겨 형벌에 처했다. 의심만 받는 자들도 목을 자르도록 했다. 샤를은 자기 아버지의 대신들을 측근에 다시 불렀다. 이들은 패악질을 수없이 저지른 인물로, 그들의 약탈은 너무도 많은 고통을 야기했고, 백성들은 그들을 배척할 것을 수없이 요구했었다.

농촌은 평화로웠다. 하지만 그것은 무덤의 평화였다. 30만 명이 넘는 농부들을 죽였기 때문이었다. 영주들은 그들의 권리를 되찾았고, 왕은 영주들 위에 군림하는 권력을 얻었다. 장왕이 석방되었을 때, 그는 선대왕들 치하에서보다 왕권이 훨씬 강화된 것을 알게 되었다.

삼부회의 힘은 축소되었지만, 그것을 폐지하면 백성이 너무 큰 타격을 입기 때문에 형식만 유지할 뿐, 백성들은 삼부회에서 힘을 더 이상 행사하지 못했다. 삼부회는 진정서를 올리는 데에 그치고, 삼부회가 끝나면 왕이 그것을 국정자문회의에 검토하게 해서 자신의 마음에 드는 것은 시혜 명목으로 승인했다. 그때부터 폭정이 물러가지 않았다.

하지만 봉건제와 야만성이 거대한 악을 낳는 동안, 미신과 광신 또한 그만한 악을 만들었다. 당시 종교계에서 파문(破門)은 매우 빈번했고, 두려움의 대상이었다. 미남왕 필립 4세가 십자군 원정을 거부하자, 교황이 그를 파문하고 그의 왕국을 마비시켰다. 필립 4세는 자신을 떠나려는 민중을 붙잡기 위해 성직자의 수장들을 회유하고, 프랑스 전역에서 종교회의에 700쪽의 파문장을 공개적으로 낭독하도록 했다. 파문당한 왕은 신하들에게서 존중과 섬김을 기대할 수 없었다.

교회는 파문이라는 벼락으로 왕과 민중을 지배했다. 또한 성직자들은 말하자면 사법을 좌지우지하고 있었다. 교회는 불가침권을 누렸다. 특권이 주어진 성단에 피신한 범죄자는 사형을 집행할 수 없었다. 추기경과 몇몇 고위성직자들은 사면권을 부당하게 행사했다. 이 같은 특권을 가졌으니 이런 비참한 시대에 성직자들이 가졌던 영향력이 어떠했는지는 쉽사리 짐작할 수 있다. 편협하기가 이루 말할 수 없었다. 모든 이교도는 극형으로 죽였고, 이교도라고 의심되는 사람도 모두 그렇게 했다.

1306년에는 유대인들의 재산을 몰수한 다음 잔인한 폭력을 동원해서 그들을 프랑스에서 추방했다. 셰베트 랍비와 다른 문필가들은 그해 200만 명이 넘는 유대인이 죽었다고 단언한다. 이 불행한 사람들에 속한 한 명은 성모 마리아의 그림을 농락했다고 잔불 화형을 당했다. 정신 이상자인 또 다른 사람은 자신이 기독교도의 세력을 강화하기 위해 필라델피아에서 보낸 천사라 말했다고 역시 화형을 당하게 되었지만, 용서를 구하면서 기독교로 개종하고 프랑스 재판관들이 원하는 모든 것을 하여 화형을 면하고 무기징역형을 받았다.

1319년, 가론강 변의 베르딩 대저택에 피신해 있던 유대인 다수가 붙잡혀 화형당할 위기에 놓이자 서로 목을 잘라 죽었다. 그중 유일한 생존자가 있었다. 그는 죽음을 받아들일 용기가 없어 세례를 요청했다. 기독교도들은 피로 세례받게 될 것이라고 대답했고, 그는 갈가리 찢겨 죽었다. 이 같은 끔찍한 일들이 매일 되풀이되었다.

미남왕 필립 4세는 성전(聖殿) 기사단(騎士團)의 재산에 눈독을 들였다. 그래서 1306년 그들을 잡아들이고, 거의 5년에 걸쳐 재판을 열었다. (프랑스에 종교재판 제도가 탄탄하게 확립되었으므로) 그들을 엄격하게 심문하는 일이 재판관들에게 맡겨졌다. 결국 성전기사들은 악마를 숭배하고 요술사들에게 둘러씌우는 온갖 추잡한 짓으로 더러워졌다는 혐의를 받아, 산 채로 화형에 처하는 판결이 내려졌고 모두 그렇게 처형되었다. 기사단장도 예외가 아니었다.

도대체 이 야만의 시대에 벌어진 범죄를 연구할 필요가 있을까? 한 해에 일어난 끔찍한 일들만 기록하는 데도 여러 권의 책이 필요할 것이다. 2마리 개 사이에 교수형당한 유대인, 끔찍한 상태에 능지처참, 차형(車刑) 당한 불행한 사람들, 물이 채워진 가죽 자루에 익사하고, 몸이 절단되고, 톱으로 잘리고, 십자가에 못 박힌 반역 혐의자들을 곳곳에서 볼 수 있었다.

이교도와 예언자, 사전꾼을 끓는 기름에 넣어 죽인 것도 이 시대였고, 죄인을 굶주린 개들에게 넘긴 것도 이 시대였다. 생트 주느비에브 대법관이 수녀의 치마 하나를 훔친 불쌍한 여자를 생매장하도록 한 것은 1302년이었다.

《황금 전설》과 《순교자 전기집》이 집필된 것도 바로 이 무렵이었다. 그 속에 수많은 극형과 끔찍한 고문 내용이 실려 있다. 이들은 박해를 가하는 자들이 아니라 전설적인 사람들의 시대에 일어난 일들이다.

평민들은 잔인한 형벌에 시달리는 데에 반해 특권을 가진 영주들과 성직자들은 이런 형벌과는 무관했다. 이들은 교회 규범에 정해진 처벌만 받고, 사제들에 의해서만 재판받았다.

이런 사실은 이 혐오스러운 시대의 실상을 잘 말해 준다. 재판받는 죄인은 이 세상에서는 화형에 처하고, 저세상에서는 영벌(永罰)에 처해졌다. 1397년이 되어서야 이런 가혹한 일을 없애고, 죄수에게도 성례를 허락했다.

종교 축일에도 잔인한 풍습이 느껴진다. 성 요한 축일의 환희의 불17은 40마리 정도의 고양이를 불태워 죽이지 않으면 꺼지지 않았다.

14세기 초에도 여전히 성직록(聖職祿) 취득 헌납금(取得 獻納金)이 정착되고, 대사(大赦)18가 제도화되었다. 이 세기가 끝날 무렵이 되어서야 사제의 동거를 진지하게 반대했다. 당시 여자들이 남자 수도원에서 지내는 경우가 많았고 반대 경우도 마찬가지였다. 이 세기에 북쪽 지방에서 비밀재판이 전례 없이 많이 행해져, 생쥐와 벌레조차도 파문되었다. 이런 파문은 이후 세기 그리고 심지어 우리가 사는 세기에도 반복되었다.

1314년 2월 2일 발루아 백작령 의회는 뿔질로 사람을 죽인 황소를 교수형에 처하는 재판관들의 판결을 확정했다. 1444년까지 여전히 광인(狂人) 축제 그리고 비슷한 수많은 광란의 축제가 열려 당나귀와

---

17 [옮긴이 주] 성 요한 축일인 6월 24일 밤 농작물의 번성과 풍요를 비는 불놀이를 의미한다.
18 [옮긴이 주] 50년 동안 성지순례로 로마의 성 베드로와 성 바울 성당을 15번 방문한 자들에게 면죄부를 주는 것을 말한다.

창녀들이 사제 제의를 입고 교회 안으로 들어와 찬양을 받았다. 왕과 왕자들은 수도사들에게 정액 지대를 바치고, 그 아내들은 주교에게 봉건 맹세를 했다.

동네마다 (결혼 초야에 주술을 걸어서) 남자를 불능으로 만들고, 사랑의 미약으로 가정을 어지럽혔다. 주술로 가축을 죽이고, 적을 저주해서 죽음에 이르게 만들었다.

프랑스 전체가 수도사와 점성술사, 점쟁이 그리고 마법사들로 꽉 찼다. 각자는 부적을 지니고 다니고, 사방에 신들린 자들과 구마사(驅魔師)들의 행렬이 거리를 채웠다. 괴이한 출산 이야기가 많이 들렸다. 여자가 뱀을 낳고, 파문당한 남자가 형체도 색채도 없는 괴물을 잉태시켰다. 수도사들은 살아서 저승 여행을 하고, 끔찍한 모험으로 사람들을 놀라게 했다. 악마와 유령이 천의 얼굴로 날마다 나타났다. 강신술사(降神術士)들이 죽은 자들을 무덤에서 불러냈다. 여자들은 마녀 집회에 갔다.

끔찍한 시대였다! 불온한 정신의 소유자가 그 시대에 관해 어떻게 올바른 생각을 가질 수 있겠는가?

나는 그 시대에 관해 뭔가를 보여 주려고 해봤다. 그래서 아주 추악한 특징들을 언급했다. 사람들을 놀라게 할까 두려워 더 추악한 것은 말하지 않았다. 주로 '자크리 전쟁'에 대해서만 설명했다. 이 회고록의 중심 주제이기 때문이다.

이 서문과 마지막 노트는 이 책에 소설처럼 허무맹랑한 부분은 전혀 없다는 점을 독자에게 입증할 것이다.

우리는 14세기 프랑스인들의 후손이다. 우리는 우리의 운명을 조상들의 운명과 비교하고, 봉건시대를 애석하게 여기는 이 사람들의 관대한 뜻을 높이 평가할 수 있다. 또한 우리가 그 시대를 떠올리도록 해 준 사람들에 얼마나 감사해야 할지 알 수 있다.

서문 혹은 이 회고록 서두에 나오는 마르셀이
그의 아들에게 보내는 편지

인생에 애착을 갖게 하는 모든 것을 앗아가 버린 끔찍한 고통과 박해, 전쟁을 겪고 난 마당에, 아들아! 너는 내가 지나온 이야기를 글로 써 주기를 바라는구나. 한참을 망설인 것은 너무도 많은 일이 일어나 정신이 혼란스럽기도 하고, 네게 슬픈 일밖에 들려줄 것이 없기 때문이기도 하다. 또한, 불쌍한 내 조국에 서광이 비치길 바라고, 마음 편히 맞아야 할 미래를 앞둔 마당에 지난날의 끔찍한 일은 덮어 두고자 하기 때문이기도 하다.

하지만 이제 내게 남은 세월은 속절없이 흘러가는데, 영주들은 잃었던 권력을 되찾고 여전히 힘센 자가 모든 것을 차지하며 농민들의 운명은 그 어느 때보다 불행한 처지에 놓여 있다. 내가 겪은 불행이 어떤 것인지를 그림 그리듯 네게 보여 주겠다. 혹시 도움 되는 교훈을 얻을 수 있을지도 모르겠다.

보잘것없는 이 글 속에서 너는 이 세상에 힘없는 자들에게 주어지는 운명이 어떤 것인지, 이전에 행복하고 자유로웠던 사람들이 이제는 얼마나 고된 역경을 겪고 있는지, 영주들과 힘센 자들이 저지르는 범죄가 어떤 것인지, 그리고 신의 대리인을 자처하는 이들이 얼마나 비열한 일들을 저질렀는지를 알게 될 것이다.

너무도 오래전부터 조국 프랑스를 갈가리 찢어 놓고 있는 외국과의 전쟁 이야기는 꺼내지 않을 것이다. 우리나라 사람들 사이에 얽히고 설킨 갈등만 해도 이루 말할 수 없을 정도라 내가 겪은 일에 관해서만 살펴볼 작정이다. 영국 사람들과의 전쟁은 그 때문에 겪은 단 하루 동안의 고통만 모두 이야기하려 해도 오랜 세월이 걸릴 것이다. 들판은 황폐해지고 가난한 사람들의 오두막은 불타며, 원수의 총칼을 피한 농민들조차도 극도의 굶주림으로 죽어 가는 것을.

아들아! 너도 눈으로 직접 보았지. 아이들은 엄마의 젖꼭지에 매달린 채 학살당하고 처녀들과 젊은 아낙들은 야만의 무리들에게 당하여 만신창이가 되며, 그런 끔찍한 치욕을 당한 후 살해당하는 일이 너무도 빈번하였다.

이런 끔찍한 혼란 가운데 어느 한순간만 보아도 영주들이 짐짓 무슨 짓을 하고 있는지 알 수 있을 것이다.

내가 너에게 보여 주려는 것은 프랑스의 한 귀퉁이일 뿐이다. 그곳에서 나는 고통을 참고 지내고, 오귀스탱 신부는 미덕을 베풀어 나를 놀라게 하며, 불굴의 용기를 가진 카이에는 조국의 자유를 위해 목숨을 바칠 것을 맹세할 것이다.

우리가 겪은 내전(內戰)은 너무도 끔찍한 것이어서 나는 두려움에 떨었다. 내가 글로 쓰려는 것은 이 전쟁에 관한 이야기로, 우리 모두에 관한 것이다. 그것은 바로 '자크리 전쟁'이며 10만의 자유농민들이 용맹을 떨쳤으나 그 종말은 처참하기 이루 말할 수 없었다.

네게 얘기할 것은 내 눈앞에서 벌어진 일에 관한 것뿐이다. 파리와
그 밖의 여러 도시에서 일어난 일들에 관해서는 말하지 않겠다. 이들
도시에서는 압제에 반발하기는 했지만, 그들이 가진 권리가 어떤 것
인지를 알지 못해서 사람을 자유롭게 만드는 힘의 원동력을 갖지 못
한 상태였다.

네가 잘 알고 있는, 당시 용감한 상인 대표자였고 우리와 같은 성
씨(姓氏)를 가진 그 유명한 파리 사람 이야기는 하지 않겠다.[1] 카이에
와 마찬가지로 그는 프랑스 땅이 자유를 되찾기를 원했지만, 어느 비
겁한 자에게 살해당했다. 또다시 압제가 모든 프랑스 사람의 너그러
운 마음을 옥죄는 바람에, 사방에서 그 사람을 깎아내리려고 혈안이
되어 있다.

게다가 나는 그 내막을 잘 알지 못한다. 큰 정치적 사건에 관해서
판단하는 것은 아무래도 나의 관심과 능력을 넘어서는 일이다. 그러
다가는 잘못된 생각으로 너를 곤경에 빠뜨릴 수 있을 것이기 때문이
기도 하다. 그러니 내가 볼 수 있던 것들만 말하겠다. 잘 알려진 것들
은 말하지 않겠다. 그것들은 너와 같이 지내는 수도사들이 네게 들려
줄 수 있을 것이다. 내 작업이 부족한 것이라도, 아들아! 내가 이 회
고록을 쓰는 것은 너를 위한 것일 뿐, 후대를 위한 것은 아니라는 것

---

1 [옮긴이 주] 15세기 파리 상인 대표자로서 왕권에 맞서 상인들의 권리를 수장하는
데에 앞장선 에티엔 마르셀(Etienne Marcel)을 가리킨다.

을 기억하길 바란다.

이 회고록을 읽으면서, 모두가 폭군 아니면 노예로 갈라진 네 동족의 운명을 슬퍼하여라. 그리고 언젠가는 프랑스가 이전에 누리던 자유를 되찾길 간절히 기원하여라.

차 례

제 1 부

제 2 부

제 3 부

제1부

일러두기

1. 인명, 지명 등 고유명사는 되도록 외래어 표기법에 따랐다.

2. 원주와 옮긴이 주는 구분하지 않고 순서대로 달되, 옮긴이 주는 '옮긴이 주'로 표시했다.

3. 원주에 나온 참고문헌은 우리말 번역본이 전무하여 번역하지 않고 그대로 표기했다.

4. 이 책은 농민 마르셀이 원저자로, 라틴어로 쓰였으며 이후 콜랭 드 플랑시가 프랑스어로 번역하였다. 역자는 이 프랑스어 번역본을 한글로 옮겼다.

5. 이 책이 쓰였던 당시는 기독교가 개신교와 천주교로 나뉘는 종교개혁 전이라 용어를 통일하는 데 어려움이 있었다. 그러나 본문에서 현재 천주교에서만 쓰이는 수도사나 수도원이 자주 등장하므로 천주교 용어로 통일하였다.

1

토지 예속제. 내쫓긴 성전기사단. 부역. 영주 재판.
봉신 서약. 외지인 소유재산 몰수권

나는 예속된 신분으로 태어났다.[1] 사람들이 주인과 종이라는
두 계층, 아니 차라리 폭군과 노예라는 두 계층으로 나눠진 이후, 우
리 집 그 누구도 한순간의 자유를 누릴 수 있었다고 생각지 않는다.
내가 태어난 해는 1312년이라고들 했다. 그해는 성전기사단이 가진
권력과 재산 때문에 화형대로 보내졌다.[2]

내 아버지는 피카르디 지방의 아미앵에서 몇 리외[3] 떨어진 곳에 있

---

1   [옮긴이 주] 서양의 중세를 지배하던 봉건제에서 영주에 속한 땅인 영지는 두 부류
    의 농민, 즉 토지에 예속된 농노(serf)와 자유농민(vilain)이 경작했다. 전자는 매
    매의 대상으로 자유가 없었고, 후자는 자유를 갖되 정한 노역과 세금을 제공했다.
2   [옮긴이 주] 13세기 말, 중앙집권화를 바라던 프랑스 국왕 필립 4세는 성전기사단의
    권력과 재력을 이용하고자 하였다. 하지만 난관에 봉착하자 프랑스 출신 교황인 클
    레멘스 5세를 앞세워 1312년 이 기사단을 해체하고 단장인 자크 드 몰레(Jacques
    de Molay)를 화형에 처하도록 했다.
3   [옮긴이 주] 리외(lieue): 예전 거리 단위로 약 4킬로미터이다.

는 보켕(Beauquesne) 인근에 영지를 소유한 영주의 농노(農奴)였다. 나는 내 아버지의 주인인 그 영주만 잔인한 괴물인가 생각했는데, 나중에 알고 보니 특권층에 속한 사람들 대부분은 한결같이 비정하고 야만적이었다. 영주가 농민을 대하는 방식을 가만히 보면, 정말로 각각은 피가 다르고 시원(始原)이 다르다는 생각이 절로 들었다. 영주는 권력과 재산을 갖고 죄를 짓고도 당당한 데에 반해, 농민은 언제나 힘없고 가난하며, 고통을 당하면서도 선행을 베풀었다.

모든 농노는 물론 그들의 잘난 주인과 마찬가지로 내 아버지도 일자무식이었다. 하지만 선량했다. 아버지가 좋은 일을 하는 경우가 드물었던 것은 그럴 만한 위치에 있지 않았기 때문이다. 아버지의 오두막과 작은 경작지, 농기구, 아내, 자식들 그리고 아버지 자신 등 모든 것은 영주에게 속했다. 나는 아들 4명 가운데 막내였고, 아버지가 똑같이 애지중지하는 우리 아들 넷은 아버지와 마찬가지로 죽을 때까지 토지에 딸린 종살이를 하며 살아야 하는 신세였다.

내 맏형이 12살 되던 해 어느 날, 아버지와 형 셋은 우리가 사는 오두막과 1리외 떨어진 곳에서 8일 동안 부역하러 갔고, 몸이 아픈 어머니는 허가를 받아 4살인 나를 데리고 집에 남아 있을 때였다. 마침 한꺼번에 불상사가 일어나는 바람에 우리는 고통 속에 빠지게 되었다. 내 어머니에게는 어머니와 마찬가지로 노예 신분으로 태어난 오빠가 한 명 있었다. 우리 형제의 외삼촌인 그분은 어느 성전기사의 농노였는데, 그 성전기사는 외삼촌을 다른 노예들과 달리 대우해서 그가 다니는 곳에 늘 데리고 다니며 외삼촌에게 친절을 베풀었다.

성전기사들을 처단할 것이라는 말이 나왔을 때, 많은 재산을 가진 그 기사는 온갖 수배에 걸려들지 않을 방법을 찾아 파리에 있는 어느 재판관의 집에 은신했다. 그가 많은 재산을 가졌을 당시 은혜를 베풀어 주었던 사람이었다. 4년이 지난 후 감옥 같은 생활이 싫증났든지 아니면 너무 오랫동안 그 집에 머물러 집주인이 더 이상 그를 돌봐주지 않고 고자질할까 두려웠든지, 어느 날 저녁 이 기사는 평범한 귀족 차림으로 파리를 떠났다. 여전히 내 외삼촌은 그를 수행하는 상태였다. 그 기사는 로렌 지방으로 피신하기로 작정하고, 그곳에 사는 가족에게서 도움을 구하려고 했다.

기사를 수행해서 피카르디 지방을 지나던 나의 외삼촌은 불쌍한 여동생을 잊지 않았다. 여동생을 만나 보지 않고 그녀가 사는 근처를 지날 수가 없었다. 모시고 가던 기사도 잠시 휴식이 필요했다. 외삼촌은 기사를 안내해서 우리가 사는 초가집으로 왔다. 닷새 전부터 어머니가 혼자 나를 데리고 있던 중이었다.

어머니와 외삼촌이 오랜만에 만나 얼싸안고 인사를 나누던 중이었다. 맏형이 피곤에 지쳐 집으로 들어왔다. 먹을 것을 가지러 온 것이었다. 아버지가 일주일 동안 먹을 요량으로 빵 3개를 준비해 갔지만, 부역 일을 함께하던 어느 허약한 늙은이와 나눠 먹는 바람에 남은 먹거리라고는 길가 풀밭의 잡초와 아직 익지도 않은 도토리밖에 없었기 때문이다.

이런 사정을 미리 알지 못한 어머니에게는 그날 먹을 빵밖에 남아 있지 않았고, 그것이라도 아버지에게 보내려고 했다. 그러자 외삼촌이 모시고 온 성전기사가 중간에 끼어들며 막았다. 그리고 형에게 동전 몇 개를 내밀며 말했다.

　"자, 보켄에 가서 빵을 사도록 하려무나. 가진 게 더 있으면 좋으련만, 이해하게."

　가스파르(내 형의 이름이었다)는 곧장 아버지가 있는 곳으로 돌아갔다. 어머니는 성전기사의 너그러운 마음에 감개무량하여 허리를 숙여 감사드렸다. 하지만 잠시 뒤, 집 가까운 곳에서 울음소리가 들려왔다. 어머니가 서둘러 밖으로 나가 보니, 우리를 거느린 영주의 재판관이 가스파르를 마구 때리고 있었다. 부역을 빠져나왔기 때문이었다. 곧장 어머니의 울음소리가 형의 울음소리와 함께 들려왔다. 그녀가 재판관에게 제발 때리는 일을 그만 멈추라고 애원하는 동안, 외삼촌과 그의 주인이 재판관에게 다가가 그에게 맞고 있는 내 형을 구해 냈다.

　이렇게 옥신각신하는 사이, 형이 성전기사로부터 받아 쥐고 있던 동전을 손에서 놓쳐 떨어뜨리고 말았다. 재판관은 그 동전들을 보자마자 성전기사와 그의 종을 흘겨보면서 말했다.

　"당신들은 외지인이지만, 관례를 따라야 하오. 영주의 땅에 있거나, 살거나, 그곳을 지나는 모든 사람과 그 사람이 가진 물건의 소유권은 영주에게 속한다는 법에 따라, 당신들은 우리의 농노임을 선언하오."

　이 말을 마치자 그는 온 힘을 다해 영지에 있는 무장 사병(私兵)들을 불렀고, 사병들은 그 초가집 근처로 몰려들었다. 성전기사는 위험한 상황임을 간파하고 도망치고자 했다. 그가 가진 것은 칼 하나밖에 없어 긴 창을 든 병사들을 상대로 싸우기는 역부족이었다. 하지만 때는 늦었고, 그는 외삼촌과 함께 붙잡혀 영주의 저택에 있는 감방에 갇히고 말았다.

외삼촌의 주인이 성전기사라는 것을 아는 내 어머니는 다행히도 성전기사들이 프랑스 전역에서 추방당했으며 모든 지방에서 그들을 수배하고 있다는 것도 알고 있었다. 따라서 어머니는 성전기사의 비밀이 탄로 나게 할 만한 것은 일절 말하지 않고, 감옥에 갇힌 두 남자를 애석하게 여길 뿐이었다. 그리고 가스파르를 집으로 데리고 와서 위로하고, 상처를 치료했다.

어머니는 가스파르를 침대에 두고, 그녀가 직접 빵을 갖고 아버지와 형들에게 가려고 했다. 하지만 어머니는 그렇게 할 필요가 없었다. 부역이 잘되고 있는지 둘러보러 왔던 영주가 내 형이 일자리에 없다는 것을 알아채고 아버지에게 이유를 물었다. 아버지는 몸을 떨며 사실을 이야기하고 자신의 말에 복종한 죄밖에 없는 아들을 벌주지 말 것을 애원했다.

영주가 소리쳤다.

"일주일 넘게 먹어야 할 것을 닷새 만에 먹어 치우다니! 그러니까 네놈은 가진 게 많은 거야! 아니면 내 것을 훔친 거야? 이놈을 감옥에 가둬! 못된 놈 같으니. 네놈은 나의 재판을 받은 다음 8일간 부역하거라."

그는 아버지와 두 형을 함께 묶도록 한 다음 외삼촌과 성전기사가 갇혀 있는 감옥으로 보냈다. 길을 떠나려고 하던 어머니와 침대에 누워 있던 맏형, 그리고 겨우 말할 줄 아는 나도 감옥에 가두었다.

아버지는 전날부터 아무것도 먹지 않았고, 우리 모두는 다음 날까지 아무것도 먹지도 마시지도 못한 채 지냈다. 아직도 나는 그 감옥에서 겪었던 어지러운 고통과 형들의 울음소리, 부모님의 탄식소리를 어렴풋이 기억하고 있다.

다음 날 정오가 되기 전, 영주는 우리를 감옥에서 불러내 그 앞에 데려오도록 했다. 우리 모두가 배고픔과 슬픔으로 기진해 있자 그는 죄수와 개에게 먹이로 주는 호밀빵 하나씩을 먹도록 했다.

영주가 우리의 재판을 시작하려는 순간, 하인이 와서 이르기를 영주의 봉신으로서 그에게 복종하는 이웃 봉토의 후계자가 저택 대문에 와 있으며, 주군인 그에게 예의를 갖추고자 한다고 알려왔다. 관례에 따라 그를 즉시 맞아들였다. 그리고 우리를 영주의 무장 사병들과 함께 안마당 구석에 서도록 하고, 저택의 모든 하인들도 불러 모았다. 또한 부역에 가지 않은 모든 농노들을 동원했다. 영주로서는 많은 사람이 지켜보는 가운데 예식을 치르는 것이 권위를 높이는 것이었기 때문이었다. 봉신으로서는 가능하다면 주군 혼자만 만나고 싶다는 희망을 밝혔는데도 말이다.

모든 준비가 갖춰지자, 봉신이 입장했다. 그는 자기 영지에서 하던 대로 붉고 흰 저고리와 바지를 입고, 같은 색의 모자를 쓰고 있어 오른쪽 절반은 흰색이고 왼쪽 절반은 붉은색이었다. 목에는 노루 뿔을 매단 새끼줄을 두르고 두 다리 사이에는 말 탄 듯 장대를 끼우고 있었다.

남자는 영주에게 다가가면서 양손으로 장대 두 끝을 잡고, 커다란 호박을 머리에 인 채였는데, 호박은 만지면 안 되는 것이었다. 그의 봉토 출신 여자 4명이 염소젖이 든 항아리를 갖고 그의 뒤를 따랐다.

나는 이 행렬과 광경을 놀란 눈으로 보고 아버지와 형들에게 종종 이 이야기를 꺼내었으며, 아직도 그 기억이 머릿속에 가득 남아 있다.

봉신은 영주 앞에 이르자 무릎을 꿇었다. 그리고 이제까지 떨어뜨리지 않고 머리에 이고 있던 호박을 장대 끝을 잡고 있던 손의 손가락으로 지탱할 수 있었다. 동시에 영주가 그에게 물었다.

"봉신, 무엇을 바라는가?"

봉신은 여전히 무릎을 꿇은 채 호박을 두 손으로 잡아 자기 앞에 놓고 금으로 된 작은 십자가를 그 위에 놓으며 대답했다.

"전하, 전하의 어진 봉신이었던 제 부친의 별세로 비천하나마 소생이 전하의 봉신이 되고자 합니다. 여기 와서 모든 사람들 앞에서 전하가 나의 주군 되심을 아뢰고, 내가 가진 모든 것과 갖게 될 모든 것은 전하의 허락을 받아야만 나에게 속한다는 것을 고하며, 이 빛나는 황금 십자가와 하늘, 땅, 기품, 성(聖) 게오르기우스의 장검, 나의 생명 그리고 이 성스러운 채소의 이름으로 전하의 충직한 봉신이 될 것입니다. 또한 전하를 위하여 모든 정성과 거느린 사람들의 몸과 목숨 그리고 재산을 사용할 것이며, 내게 할당된 전하의 따님 결혼 지참금을 지불할 것이며, 포로가 된 전하 아드님의 몸값을 갚는 데 기여할 것이며, 필요할 경우 전하를 위한 인질이 될 것이며, 저에게 부과하는 과금과 세금 납부를 이행할 것을 맹세합니다. 상반된 생각을 갖는다면 나는 배반자요, 저속한 자이며 극형을 받아야 하는 것이 마땅함을 언명합니다."

영주가 크게 소리쳤다.

"배반자, 저속한 자, 극형!"

그러자 모인 농노들도 큰 소리로 따라 했다.

"배반자, 저속한 자, 극형!"

이 말이 끝나자 봉신은 주먹으로 호박을 내리쳤고 호박이 깨지며 그 속에서 자고새 1마리가 나왔다. 자고새는 날지 못하도록 날개 끝이 잘린 채였다. 영주가 양쪽에 거느리고 있던 개 2마리가 자고새에 달려들었고, 그러는 사이 영주는 봉신의 장대를 낚아채고 역시 봉신에게 달려들었다.

잠시 후, 개 1마리가 자고새를 잡았으나, 영주는 봉신을 잡지 못하니 봉신이 멈추었다. 이제 영주도 멈춰 서서 개가 물고 있던 자고새를 빼앗아 봉신에게 저녁 식사용으로 주었다. 만약 개가 먹이를 잡기 전에 영주가 봉신을 잡았다면, 자고새는 그의 몫이 되었을 것이다.

자고새를 받은 봉신은 영주에게 동전 3개를 바치고 물러났다. 그러자 영주는 처녀 4명이 가져온 항아리에 든 염소젖으로 얼굴과 손발을 씻었다.

비록 영주들에게는 신성한 것이지만 어리석은 이 의식, 법과 같은 힘을 지닌 이 우습고 역겨운 관습을 눈으로 보고 있노라니 인간 정신의 보잘것없음에 한숨이 나오는 것을 참을 수 없었다. 인간이란 사방의 비천한 것들에게 둘러싸여 있으면 스스로 대단해진다고 생각하고, 그가 지배하는 모든 사람들을 비천하게 하려고 하지만 실제로는 스스로 비천해질 뿐이다.

봉신이 물러나자, 영주는 오른쪽에 재판관, 왼쪽에는 집행관을 거느리고 높은 자리에 앉았다. 그는 우리 모두를 자기 앞에 오도록 하고, 성전기사에게 그가 누군지, 어디서 왔는지, 어디로 가는지, 자기 영지의 농노가 되는 데에 동의하는지 물었다.

낯선 남자는 자신이 누군지, 어디서 왔는지 말할 수 없지만 로렌 지방에 있는 가족에게 간다고 대답하면서, 자신은 귀족 신분이기 때문에 자신을 종살이시키는 것은 잘못된 것으로 생각한다고 말했다.

그러자 영주가 되물었다.

"자네가 귀족이라는 것을 누가 내게 증명할 수 있을 텐가? 도대체 언제부터 프랑스 귀족이 자신의 땅을 벗어나 홀몸으로 다니는가? 자네가 영주라면 거느리는 집행관과 무사, 사냥매와 개를 데리고 다닐 것이다. 자네 가문의 기(旗)나 기장(旗章)을 보여라."

"나의 모든 귀족 표시 가운데 남은 것은 내가 가진 장검뿐이오."

외삼촌의 주인이 대답했다.

"네 손에 가진 장검 하나로는 아무것도 증명할 수 없다. 농노가 되든지 아니면 네가 누군지 떳떳하게 신분을 밝혀라."

"내가 누군지 알 필요 없소. 노예가 되느니 차라리 죽을 것이오. 당신들이 감히 나를 붙잡을 수 있는지 두고 보시오!"

이 말과 함께 성전기사와 그의 종은 손에 칼을 들고 밖으로 도망쳐 나가려고 했다. 하지만 그와 동시에 저택의 도개교가 올려지고, 그들 뒤에 사나운 개 6마리와 무사들을 풀었다. 저항은 오래가지 않았다. 긴 미늘창으로 무장한 영주의 무사들은 두 남자의 장검을 상대했다. 장검은 미늘창을 휘두르는 사병들을 당할 재간이 없었다. 이런 싸움을 위해 훈련된 개들과 무사들은 힘을 모아 두 낯선 남자에게 여기저기 상처를 입힌 다음 큰 어려움 없이 칼을 땅에 내려놓도록 만들었다.

무사들은 두 남자를 포승줄로 꽁꽁 묶어 재판대로 다시 데려갔다.

"고문을 준비하도록. 이들을 반역자 취급해서 처단해야 해. 그러기 전에, 이들의 정체가 무엇인지 알아야겠어."

영주가 말했다.

먼저 성전기사를 취조했다. 그는 불굴의 용기로 취조를 견디면서 한마디도 실토하지 않았다.

영주의 하수인들은 그에게서 아무런 수확도 얻어내지 못해 실망한 나머지, 불행한 내 외삼촌에게 같은 방법의 고문을 가했다. 외삼촌도 이를 악물고 주인을 따라 했다. 하지만 초주검이 되어 힘이 바닥난 상태에서 파문당한 성전기사를 모시고 있다고 털어놓고 말았다.

"아! 맙소사!"

성전기사는 소리를 질렀다. 그리고 숨을 거두었다.

"뭐라고! 성전기사였다고?"

영주가 말했다.

"그가 죽었다니 안타깝다. 저놈을 산 채로 프랑스 국왕 앞에 끌고 간다면, 왕의 환심을 살 수 있었을 텐데. 그래도 저놈 시체를 소금에 절이도록. 궁정에 가져가도록 하지. 저 시체를 갖고도 챙길 몫이 있을 것이다."

그러는 사이, 영주는 판결을 내려 나의 외삼촌은 파문당한 자를 모셨다는 죄로, 나의 어머니는 그를 집으로 맞아들였다는 죄로 교수대에 매달려 죽도록 했고, 이 날벼락 같은 명령은 당장 실행에 옮겨졌다. 그리고 나의 아버지와 우리 네 아들에게는 평생 발목에 쇠고랑을 차고 다니며, 죽을 때까지 가장 고된 종살이를 하면서 고통 속에 죽어

가도록 했다.

앞에서 말했듯이 그 당시 나는 4살이었다. 사람들은 내 나이를 고려하지 않았다. 그들은 내 아버지, 형들과 마찬가지로 나에게도 무거운 쇠고랑을 채웠고, 땅 파는 일을 시켰다.

3년의 세월이 끊임없는 고통과 땀 그리고 가난 속에서 지나갔다. 참으로 끔찍하게 죽음에 던져진 어머니를 밤낮으로 애도하던 나의 아버지는 헤어날 수 없는 절망 속에 빠졌다. 그나마 목숨을 부지했던 것은 우리를 지키려는 마음 때문이었으며, 자살하는 사람은 영원히 지옥 불에 떨어진다는 것이 두려워 스스로 목숨을 끊지 못했다.

마침내 어느 날, 우리가 쇠고랑을 차고 살도록 만든 영주는 가까운 숲에 사냥놀이를 가고 그의 재판관은 십일조와 봉건세를 내지 못하는 불쌍한 사람들에게 판결을 내려 처벌하고 있었다. 우리는 아버지와 함께 무척 힘든 부역을 하는 중이었는데, 맏형인 가스파르가 우리를 불렀다. 그에게 다가가니 더위와 피곤으로 기진맥진한 아버지는 흙먼지 위에 몸을 뻗어 누운 채였다. 형 가스파르는 그때 14살이었고 총명한 소년이었다. 그는 우리에게 도망을 가자고 제안했다.

"저런! 얘들아, 우리가 어디로 간단 말이냐?"

아버지가 말을 가로챘다.

"어딜 가나 여기서와 같은 취급을 당할 거야. 세상 사람들은 온통 주인과 종이야. 힘 약한 사람은 힘센 사람의 노예가 되기 마련이란다. 하느님도 그것을 원하신단다. 사제들이 그렇게 말하는 것을 보면 말이다."

"그런 사제들 말이 틀렸을 수도 있습니다."

가스파르가 아버지의 말을 가로막았다.

"우리는 더 이상 불행할 수 없고, 어떻게 하더라도 지금보다 나을 것입니다. 사람들은 하느님이 당신 형상대로 우리를 만들었다고들 말합니다. 하느님은 자유롭습니다. 비록 우리가 노예 상태로 살아야만 하는 운명을 타고났더라도, 적어도 우리가 견딜 수 있는 노예 상태를 찾읍시다."

"네가 제안한 것은 불가능한 일이야."

이어서 아버지가 말했다.

"이곳을 빠져나가려면, 지나는 모든 다리, 건너는 모든 강, 걸어야 하는 모든 길에서 통행세를 내야 한단다. 그런데 우리는 지금 당장 돈이 없고, 돈을 갖게 될 희망도 없다."

"천만다행입니다."

가스파르가 큰 소리로 말했다.

"아버지 발목을 잡는 문제가 그것뿐이라면, 제가 그 문제를 해결하겠습니다. 돌아가신 외삼촌이 어머니를 보러 왔을 때, 약간의 돈이 든 작은 지갑을 어머니에게 주었고, 어머니는 외삼촌과 성전기사가 붙잡히자 그 지갑을 집 뒤꼍에 묻었습니다. 나는 그 지갑 묻은 곳을 알고 있습니다. 내가 그것에 관해 비밀을 지킨 것은 언젠가 이 지갑이 우리한테 도움 될 날이 올 거라고 생각했기 때문입니다."

이 말을 듣고 아버지가 자리에서 일어났다. 아버지는 형을 먼저 포옹한 후 우리 모두를 포옹했다. 우리는 집으로 돌아갔다. 아버지는 옷가지를 챙겼고, 형 가스파르는 지갑을 숨겨 둔 땅속에서 파냈다. 지갑은 약간 썩었지만, 안에 든 돈은 상태가 괜찮았다. 형은 돈을 갖고 잠시 자리를 비웠다. 저택에서 사람들 출입이 가장 드문 도개교 앞으로 가서 사람들이 거들떠보지 않는 영지 방패 기장을 떼어 왔다.

"하늘이 너를 돕는구나. 네 생각대로 하면 모든 길을 열고 갈 수 있을 것 같다."

아버지가 큰 소리로 말했다.

피곤해 지쳐 있었지만, 우리는 길을 나섰다. 영지의 바깥 출입문을 지키던 무장 보초는 아버지가 영주의 문장이 새겨진 방패 기장을 손에 들고 있는 것을 보고 쉽사리 우리를 내보내 주었다.

우리는 죽을 때까지 갇혀 있어야 했던 땅의 공기와는 다른 공기를 마시자 다시 살아나는 것 같았다. 하지만 우리가 들어선 지역이 어딘지도 모르고, 우리의 폭군이 사냥하고 있는 숲도 어딘지 몰라 발걸음을 옮길 때마다 그를 마주치진 않을까 두려웠다. 그런데 이제 더 이상 쇠고랑을 차고 다니지 않아도 된다는 기쁨과, 하느님에 대한 우리의 믿음 덕분에 이런 두려움은 희미해졌다. 인간은 인간에게 가해진 부당함을 하느님 탓으로 돌리며, 인간이 비인간적이기 때문에 하느님이 잔인한 것처럼 설명할 뿐이다.

그래도 우리의 두려움은 요지부동의 것이었다. 우리는 저녁이 될 때까지 걸었는데, 300걸음가량 되는 곳에서 우리가 피해 도망 나온 영주가 아들과 부인 그리고 무사 여러 명을 데리고 사냥에서 돌아오고 있었다. 최고로 끔찍한 괴물이나 유령, 악마를 보았어도 그 정도로 놀라진 않았을 것이다. 다행히 우리는 숲 가장자리를 따라 걷고 있었고, 그들 눈에 발각되지 않았다는 생각이 들었다.

아버지는 당장 아들 넷을 데리고 빽빽하게 자란 잡목림 가운데로 몸을 피했다.

아! 원수의 무리가 우리를 보지 못하고 지나갔을 때, 우리는 얼마나 하늘에 감사했던지! 하느님, 감사합니다. 당신은 우리를 구하셨습니다!

폭군들이 멀어지자, 우리는 다시 길을 재촉했다. 나는 더 이상 몸을 가눌 수 없었고, 아버지는 나를 등에 업었다. 여전히 걸어야만 했기 때문이다. 통행세를 내면서 강을 건너고, 배를 타고, 길을 걷고, 다리를 건넜다. 다음 날 저녁이 되었을 때, 우리는 더 이상 가진 돈이 없는 상태였다. 하루하고 반나절을 지나는 동안 우리는 통행세를 11번이나 바쳤다.

우리가 떠나온 영지에서 약 7~8리외 정도 떨어져 있는 외브쿠르(Heubecourt)[4] 땅에 도착한 때였다. 우리는 입구를 통과하기 위해 우리의 폭군 영주의 기장을 보여 주어야 했는데, 그 문장을 전혀 알아보지 못했다. 우리는 문장을 증거로 내밀며 교회 일을 위해 왔다는 핑계를 댔지만 소용없었다. 돈을 내야만 했다. 우리에게 더 이상 가진 돈이 없었기 때문에, 문을 지키던 사람들은 우리를 외브쿠르 영주의 농

---

4 오늘날 에브쿠르(Hebbecourt). [옮긴이 주] 원주에는 이 도시가 에브쿠르가 되었다고 하지만, 미슐랭 지도와 인터넷을 보면 이런 지명은 없으며 비슷한 지명으로 에베쿠르(Hébécourt)와 외베쿠르아리쿠르(Heubécourt-Haricourt)를 확인할 수 있다.

노라고 선언했다. 세금을 내지 않고 영지에 들어오는 모든 사람과 물건의 소유권을 영주에게 허락하는 외지인 소유재산 몰수권을 내세운 것이다.

그런데 우리가 피해 도망쳐 온 영주에 비해 이 새 주인은 훨씬 성격이 부드러워 보여서 우리는 우리의 운명이 나아지리라고 애써 생각하려 했다.

2

|

오귀스탱 신부. 교육. 봉건적 대화

이후 우리가 영주로 모시게 된 사람은 아미앵 주교의 봉신이었다. 그는 우리에게 아직 경작되지 않은 작은 땅과 곡물 종자, 농기구 그리고 우리의 거처를 짓는 데 필요한 것들을 주었다. 그는 이전에 우리를 괴롭히던 폭군에 비해 우리에게 덜 힘든 노역과 덜 비싼 세금을 부과했다. 게다가 더 이상 발목에 쇠고랑을 채우지 않았다.

2년이 지났을 때, 우리는 실제로는 여전한 가난과 계속되는 노역 속에 살았다. 하지만 사철 내내 무거운 징벌과 배고픔에 시달리진 않았다. 그러다 보니 살기가 훨씬 편했고, 어머니가 우리와 함께 있기만 했다면 행복을 맛볼 수도 있었을 것이다.

나는 9살이었고, 외브쿠르 영주의 아들은 10살이었다. 그 아들은 대다수 영주들보다 무지의 어둠에 덜 빠져 있던 그의 아버지가 수도사 한 명을 저택으로 오게 해서 이 어린 귀족의 교육을 맡도록 하자 기뻐 날아갈 듯이 좋아했다. 수도사는 베네딕트 교단 소속이었다. 어진 수도사는 나를 보았고, 나는 그의 마음에 드는 행운을 만났다. 그는 나더러 배우는 것을 좋아하냐고 물었다.

"아! 예. 하지만 나는 일을 해야 합니다."

나는 공부한다는 것이 무슨 말인지도 모르고 대답했다.

"그럼 만약 네가 더 쉬운 일을 하는 방법을 내가 알아낸다면, 너는 편안히 글을 읽고, 보면대 앞에서 노래를 부를 수 있겠니?"

"아! 신부님을 아버지처럼 따르고 싶습니다. 하지만 나에 관한 모든 것은 영주님께 달렸습니다."

"너의 주인 영주는 인정 있는 분이란다. 학식을 갖추었기 때문이지. 내가 그분을 가르쳐 드렸거든. 그분은 배움이 소중하다는 것을 느끼고, 나에게 감사한 마음을 갖고 있지. 만약 네가 착한 사람이 되고 좋은 일을 하며, 내가 너에게 전해 주고자 하는 지식을 다른 사람들한테 전파하고 그 지식으로 하느님을 영광되게 하며, 우리와 함께 하늘을 위해 봉사할 것을 약속한다면, 나는 그분께 너를 가르치는 허락을 얻을 수 있을 거란다."

"신부님을 기쁘게 하는 것이라면 무엇이든 하겠습니다."

이어서 내가 큰 소리로 말했다.

"모든 일에 복종하고, 신부님을 영주님처럼 모실 것입니다."

"잘 알겠다. 하느님의 이름으로 희망을 가지렴, 아들아, 분명 네 형들보다 형편이 나아질 거란다."

수도사가 말했다.

이런 말을 끝내고 그는 나를 꼭 안았다.

이틀 후, 아침 일찍 그는 우리 집으로 왔다.

"기뻐하십시오, 어르신."

그가 내 아버지에게 말했다.

"댁의 아들 마르셀(내 이름이다)이 더 행복해질 것입니다. 외브쿠르 영주님은 마르셀이 그분 아드님과 같이 공부하기를 바라십니다. 그 러면 마르셀은 어린 주인과 나의 말만 따르면 될 것입니다."

아버지는 어진 수도사의 손에 입을 맞추고, 그에게 아버지 자신과 아들들을 위해 복을 빌어 주라고 부탁했다.

오귀스탱 신부는 우리에게 축복기도를 하며 눈물을 글썽였다. 그 리고 가져온 수련 수도사 옷을 꺼내 내밀었다.

"네가 입을 옷이다. 잘 맞는지 보자!"

그가 말했다.

나는 새 옷을 봤을 때 얼마나 기분이 좋았던지 말로 표현할 수 없었 다. 잽싸게 옷을 갈아입고 어린 수사 옷을 입은 자신을 보는 기쁨은 영주가 되어도 맛보지 못할 것 같다는 생각이 들었다. 아버지는 만족 감에 흥분했고, 형들은 내가 잘되는 것을 시샘하는 대신 진심 어린 마 음으로 나를 쓰다듬어 주면서 자기들을 잊지 말라고만 부탁했다.

오귀스탱 신부가 말했다.

"아니, 아니, 당신들을 절대 잊지 않을 것입니다. 안녕, 착한 친구 들. 올해는 조세와 인두세도 내지 않게 될 것입니다. 그리고 마을 신 부에게 내는 십일조를 빼고, 외브쿠르 영주가 나머지를 면제할 것입 니다. 그분을 축복해 주십시오. 그는 그럴 만한 사람입니다."

그러고 나서, 착한 수도사는 손을 잡고 나를 데려갔다.

내 아버지와 형들이 영주의 번영과 오귀스탱 신부의 행복을 환호하며 빌어 주는 것을 보니, 돈 많은 사람들은 마음만 먹으면 행복해질 수 있고 원하기만 하면 사랑받을 수 있다는 것을 알았다. 그들은 조그만 선행을 베풀기만 해도 사방에서 좋아하기 때문이다.

드디어 우리는 저택에 도착했다. 이제 나의 좋은 스승으로 생각하게 된 수사님은 나를 영주에게 소개했다. 영주는 내가 입은 베네딕트 교단 어린 수도사 복장을 보고 미소를 지었다.

영주 부인이 매일같이 영지의 농민들과 그들의 자식들에게 크게 으스대며 자랑하던 그의 아들은, 내가 자신의 공부 친구가 되기로 정해졌다는 것을 알게 된 즉시 반가운 기색을 하며 내게 다가왔다. 한마디로 나를 환영하고 쓰다듬어 주었다. 나는 주인들과 함께 맛있는 것을 먹게 되었다. 나는 상상하기 어려울 정도로 행복을 누리게 되어, 며칠 동안 긴 꿈속을 헤매는 듯한 생각이 들었다.

나는 아침마다 아버지와 형들을 보러 갈 수 있었다. 갈 때마다 과일을 비롯한 여러 가지 작은 물건들을 가져가는 것을 잊지 않았다. 나의 어린 주인과 오귀스탱 신부가 그들을 위해 나에게 준 것들이었다. 얼마나 행복했던지! 나는 예상하지 못했던 운명을 누리며, 불쌍한 내 아버지에게 좋은 일을 할 수 있었다!

8일 동안 휴식과 오락을 즐긴 다음, 우리는 공부를 시작했다. 나의 어린 주인은 벌써 글을 조금 읽을 줄 알았다. 나는 끈질기고 열심히 해서 그를 따라잡아, 얼마 지나지 않아 같은 수준이 되었다. 그래도 그는 전혀 언짢아하지 않았다. 오귀스탱 신부의 지혜로운 지도 덕분이었다. 신부님은 우리 둘이 서로 선의의 경쟁심을 느끼도록 하면서도, 더 잘하는 사람에게는 상을 주고 덜 잘하는 사람에게는 벌을 주는 것이 아니라 격려를 해 주면서 시기심이 생기지 않도록 했기 때문이다.

오귀스탱 신부님은 우리가 웬만큼 읽고, 쓰고, 간단한 계산을 하고, 교회 성가를 부를 수 있는 단계에 이르자 교회 역사, 지리에 관한 지식을 가르쳐 주고, 우리에게 성경을 설명하도록 했다. 이 뛰어난 스승의 지도 아래 우리는, 특히 나는 매우 빨리 성장하여 한 해가 지난 끝에 함께 공부하던 어린 영주를 훨씬 앞지르기 시작했다. 그러자 그의 어머니는 못마땅하다는 생각을 품게 되었다. 오귀스탱 신부는 이런 사실을 알아차렸다.

그가 내게 말했다.

"마르셀, 너는 이 저택에서 생각할 수도 없는 행복과 혜택을 누리고 있다. 네가 이 저택에서 누리는 행복은 농노 신분으로 태어난 너로서는 바랄 수도 없는 것이다. 모두가 무지의 암흑 속에 살면서 스스로 배우려 하지 않고, 자식들이 배울 수 있도록 해 주려고도 하지 않는 프랑스 영주들은 그들이 거느린 종들이 그들보다 더 많은 것을 알기를 결코 바라지 않는다. 이미 내가 네게 말했듯이, 영주들 가운데는 글을 읽을 줄 아는 이가 거의 없다. 그나마 학문을 덜 싫어하는 영주들은 뭔가를 배울 수 있는 허가서를 비싼 값으로 팔고 있다. 너는 하늘의 은덕으로 덜 야만적인 곳으로 오게 되었다.

하늘이 네게 가져다준 귀한 재산을 잃어서는 안 된다. 너의 피어나는 재주를 시기하는 사람들이 있다. 너의 재주를 숨겨야 한다. 이를 테면, 네가 네 주인이기도 한 공부 친구를 이긴다 하더라도, 승리의 상을 그에게 양보해라. 그리고 그의 어머니로 하여금 그가 항상 너보다 뛰어나다는 생각을 갖도록 해라. 그래도 나는 여전히 네가 잘한다는 것을 알고 있을 것이다. 그러다 보면 언젠가는 네가 받은 교육의 열매를 거두게 될 것이다.

… 아들아, 나도 너처럼 종의 신분으로 태어났다. 오늘의 내가 된 것은 어느 수도사 덕분이다. 나는 그분이 내게 베풀어 준 은덕을 결코 잊지 못할 것이다. 나는 곧 나이를 이기지 못하는 처지가 되었고, 나의 마지막 날이 그리 멀지 않다. 죽기 전에 내가 받은 것을 네게 돌려주고 싶다."

나는 어린아이였지만 이 말의 뜻을 잘 이해했다.

나는 나의 어린 주인인 샤를이 모든 면에서 앞선 것처럼 양보하고 나의 발전하는 모습을 숨겼다. 그러자 그의 어머니가 베푸는 친절을 다시 입게 되었다. 샤를의 우정은 여전했다. 그는 아버지에게서 착한 마음을 물려받았다. 만약 우리가 평등한 사이였다면 우리는 진정한 친구가 되었을 것이다.

내가 외브쿠르 저택에서 산 지 18개월 되던 때, 우리 영주는 도마르 영주의 방문을 받았고, 이것이 우리 모두가 겪게 될 불행의 화근이 되었다. 그는 나이 지긋한 귀족으로 자신이 즐기는 사냥놀이, 영지에서 거느리는 농노, 그 영지에서 벌이는 재판, 그곳에 설치된 교수대, 그리고 자신이 거둬들이는 세금에 관한 이야기밖에 하지 않았다. 그는 자기 영지의 농노들에게 땅에서 일하는 것밖에 가르치지 않았고,

그들의 아내들을 쟁기에 묶어 밭을 갈도록 하는 일에 길들도록 했다. 그리하면 황소를 기르지 않고 그 황소들이 먹어댈 밀짚을 팔아서 돈을 벌 수 있기 때문이었다. 그는 귀족이 알아야 하는 일이란 무기를 다루고, 돈을 세며, 말을 길들이고, 거느린 종들을 매로 다스리며, 주위 사람들을 벌벌 떨게 만드는 것밖에 없다고 생각했다.

그는 외브쿠르 영주와 그의 가족들 앞에서 자신이 즐기는 사냥놀이와 보잘것없이 하찮은 일 때문에 거느린 사람들을 고문에 처하고 교수형에 처한 자신의 단호한 성격 등에 관한 이야기를 장황하게 늘어놓아 사람들을 지겹게 만들었다.

그러고 나서는 화제를 바꾸어 자신이 거둬들이는 조세에 관한 이야기를 시작했다. 내가 기억하는 대화는 다음과 같다.

도마르 영주 말해 보시오, 외브쿠르 영주. 당신은 거느리는 농노들로부터 해마다 종속 십일조, 정액지대, 누진 정액지대, 현물세, 매매와 도량, 부과조로 얼마를 거둬들이시오?[1]

외브쿠르 영주 내가 거느린 농노는 1,200명가량이오. 그들이 내게

---

[1] 영주에게 속한 종속 십일조는 사제의 종속 십일조 다음에 부과한다. 정액지대는 영주가 부과하는 연금이다. 누진 정액지대는 정액지대의 종속물이다. 현물세는 영주에게 내는 것으로 보통 농지와 그 생산물의 5분의 1이다. 매매와 도량, 부과조 세금은 영주들이 그들의 영지에서 매매되고 측정되는 모든 것, 그리고 그들의 방앗간에서 찧는 알곡, 그들의 가마에서 굽는 빵에 부과하는 세금이다. 이 모든 낱말들에 관해서는 중세사전을 참고하길 바란다.

바치는 조세는 현물로 한 해에 밀 1만 파인트2쯤 되오. 내가 소유한 초장과 숲에서도 생산량이 풍부하오. 이런 것에 대해서는 우리 농민들한테 거의 아무것도 부과하지 않소.

도마르 영주 당신은 허수아비 영주요. 나는 말이오, 거느리는 농노는 1,050명밖에 안 되지만, 거둬들이는 것은 밀 8만 파인트가 넘소. 보통 목재 60투아즈3와 각종 술 150통, 판매용 목초 40~50수레 그리고 모든 과일의 2할이오. 농노란 우리를 위해 태어난 것들이오, 외브쿠르 영주. 우리는 그들을 끝까지 부려야 하오. 이 못된 것들은 잠시라도 가만두면 아무 일도 하지 않고 빈둥거리오. 함께 이야기를 주고받으며 이치를 따지려 들어요. 그리고 우리를 상대로 구시렁거립니다. 사소한 것도 가만두면 그들이 반항할 수 있소. 그들은 우리의 적이오.
  그들을 쉬지 않고 고단하게 만들어야 하오. 또한 당신한테 해 주고 싶은 말은, 우리 땅에는 오늘 일하지 않으면 내일 먹고살 것이 단 하나도 없다는 거요. 그렇게 하니 아무런 탈 없이 일도 잘해요. 그런데, 말해 보시오, 외브쿠르 영주. 당신 현물세는 철저하게 관리하오?

외브쿠르 영주 아닙니다. 나는 현물세는 풍년 든 해에만 부과합니다. 누진 정액지대는 절대 강요하지 않습니다. 나는 외래자 소유권을 잘 이용합니다. 할 수 있는 대로, 나는 우연히 우리 땅에 들어온 외지인

---

2 [옮긴이 주] 파인트(*pinte*): 옛날의 부피 단위로 0.93리터에 해당한다.
3 [옮긴이 주] 투아즈(*toise*): 옛날의 길이 단위로 6피트 혹은 약 2미터에 해당한다.

들을 붙잡아 둡니다. 이 점에서는 내가 잘하고 있다고 생각합니다. 그들이 다른 데로 가면 여기보다 더 고생할 것이기 때문입니다. 그렇다고 확신할 수 있는 것은, 내가 영주가 된 이후 우리 농노 가운데 다른 영지로 도망간 농노가 한 명도 없기 때문입니다. 도량세는 어느 정도 부유한 농노들에게서만 받습니다. 가장 가난한 농노들에게는 우리 방앗간과 가마에서 빵을 만들고 아무런 부과조도 받지 않습니다.

도마르 영주 앞서 말한 것처럼, 당신은 허수아비 영주요. 머지않아 당신 종들이 당신보다 더 부자가 될 거요. 하지만, 말해 보시오. 당신, 적어도 그들에게 부역은 잘 맡기시오?

외브쿠르 영주 네. 한 달에 이틀은 동원합니다.

도마르 영주 한 달에 이틀이라니! 우리 농노들은 열흘만 부역에 동원해도 좋다고 하는데.

외브쿠르 영주 나는 이미 너무 불쌍해 보이는 사람들을 절망에 빠뜨리고 싶지 않아요.

도마르 영주 그들은 그러려고 태어나지 않았소? 나는 적어도 당신은 다른 사람이 당신을 무서워하도록 할 줄 알기를 바라오. 말해 보시오, 외브쿠르 영주. 그들이 당신을 존경하오?

외브쿠르 영주 네. 그렇다고 그러기 위해 내가 무슨 일을 하는 것은 아닙니다만.

도마르 영주 당신 영지에서는 못된 놈들 목을 매달아 처벌합니까?

외브쿠르 영주 우리 영지에서는 교수대가 필요 없어진 지 이미 오랩니다. 감옥에는 반란을 일으킨 폭도 몇 명이 있을 뿐입니다. 우리의 사법처리에 관해서는 이게 전부입니다.

도마르 영주 저런! 언젠가 당신 종들이 당신 목을 자르고 말 거요. 나는 나 자신의 일이 걱정돼서 한 달이 멀다 하고 고문해서 목을 매달아 처벌하고 있다는 것, 모르오? 당신은 종들을 자식처럼 다루는군요. 이 못난 것들의 피에 무슨 관심을 갖기라도 한 거요? 외브쿠르 영주, 당신은 그러니까 오래된 귀족 출신이 아니오?

외브쿠르 영주 분명 당신보다 높은 귀족일 거요, 도마르 영주. 당신 가문을 올라가 보시오. 당신 조상들은 폭력과 횡포를 무기로 귀족이 된 거요? 나는 출신 가문과 함께 나의 평소 습관 덕분에 우리 영지 농민들의 주인이 되었소. 나는 그들을 못살게 구는 사람이 되지는 않을 거요. 그들이 나를 두려워하도록 하고 싶지 않소. 그들은 나를 좋아하고 존경하며 나를 위해 헌신한다는 것을 의심치 않소.

"아! 그렇습니다, 영주님."

내가 큰 소리로 말했다.

"모든 사람이 영주님을 좋아하고, 존경합니다. 모든 사람은 필요하다면 영주님을 위해 목숨을 바칠 준비가 되어 있습니다. 사방에서 그들의 종을 뒤뜰 짐승보다 더 잔인하게 다루는 폭군들과 비교하면, 영주님처럼 선한 주인을 누가 좋아하지 않겠습니까?"

도마르 영주 이 볼품없는 말썽꾸러기가 지금 무슨 말을 하는 거야?

오귀스탱 신부 그 애가 말하는 것은 외브쿠르 영지에 사는 모든 종들이 느끼고 말하고자 하는 것입니다.

도마르 영주 나는 네놈한테 물은 것이 아니다, 이 거지야. 수도복을 걸친 이 볼품없는 개는 어디서 왔소?

외브쿠르 영주 부인 농노의 아들입니다. 우리 아들과 함께 키우고 있습니다.

도마르 영주 잠깐, 저놈 엉덩이에 20번 발길질할까 보다.

샤를 되브쿠르 그러면 안 돼요. 애는 내 공부 친구란 말이에요.

외브쿠르 영주 멈추시오. 그 애가 한 말은 내게 전혀 거슬리지 않소. 그리고 설령 그 애가 자기 주인이 지켜보지 않는 가운데 그렇게 했더라도, 오직 나만이 저 애를 벌줄 권리를 가졌소. 게다가, 저 애는 성격이 좋아 잘 대해 줘도 괜찮소. 그리고 도마르 영주, 당신이 조금은 심한 말로 대했던 이 선한 수도사는 내게 진리의 빛을 알려 주고 정을 베풀어 준 존경할 만한 사람이오. 그는 내 아들에게도 같은 수고를 해 줄 것이오.

도마르 영주 외브쿠르 영주, 당신 아들한테 글 읽는 것을 배우게 하다니, 당신은 그 정도로 어리석단 말이오?

외브쿠르 영주 글뿐 아니라, 할 수 있는 모든 것을 배우도록 할 작정이오.

도마르 영주 그렇게 하면 어떤 결과가 당신한테 되돌아올지 말해 주겠소. 5년 전, 어느 시인이 우리 저택에 들러 며칠을 지냈소. 그가 부인을 받들고 성인에게 영광을 돌리기 위해 부른 노래들이 우리 집 사람을 무척 기쁘게 했소. 그래서 그녀는 내 아들에게 글을 가르치기를 바랐소. 나도 그러는 것에 반대하지 않았소. 어떤 결과가 생길지 미처 알지 못한 까닭이오. 아들은 글을 배웠소. 10자를 깨우치기가 무섭게 그 애는 그런 사실에 엄청난 거만을 품었소. 마침내 어느 날에는 감히 나더러 내가 무식쟁이라면서 나 같은 아버지를 둔 것이 원망스럽다고 말하더군요. 제기랄! 당장 선생을 쫓아내고 공부를 금지했소. 하지만 아들은 자신이 배웠다고 생각하고 여전히 버릇없이 굴고 있소. 말해 보시오, 외브쿠르 영주. 아들을 학식으로 키우면 당신을 얕잡아 볼 것이오. 당신 종들을 배우게 하면 언젠가는 그들이 당신 주인이 될 것이오.

오귀스탱 신부 말해 보시오, 도마르 영주. 당신 아들 교육을 누구에게 맡겼소?

도마르 영주 내 영지의 재판관에게 맡겼소.

오귀스탱 신부 당신 재판관은 사람 죽이는 일을 하는 사람이오. 당신 아들의 마음이 천박한 것은, 그런 선생을 ….

도마르 영주 내 아들 마음이 천박하다니! 어디서 굴러온 수도원 쓰레기 같으니, 내 아들의 피는 귀족 출신 중에서도 ….

오귀스탱 신부 그렇더라도 그 애의 마음은 저질일 수 있소.

도마르 영주 아! 아들이 내게 내뱉는 못된 말들을 배운 게 바로 네놈의 더러운 서적에서였구나, 이 한심한 수도사. 내가 살아 있는 한, 그 애는 글을 배우지 못하도록 해야겠어. 나는 글을 배운 적이 없지만 내 아버지를 존경했다고.

오귀스탱 신부 도마르 영주, 나는 편견과 잘못에 대해 진리와 지식의 빛을 지키겠습니다. 당신이 얕보는 저 종의 아들은 주인을 모시고 아낄 것입니다. 샤를은 그의 아버지에게 복을 빌어 줄 것입니다. 하지만, 도마르 영주, 당신은 1290년을 기억해 보십시오. 당신 아버지는 60세였고, 당신은 곧 서른이 될 나이였습니다. 당신은 아직 영주가 되지 못한 것이 괴로운 나머지 당신 아버지를 감옥에 던져 넣도록 했고. 그는 거기서 죽었습니다. 도마르 영주, 당신이 아버지한테 바친 존경이란 고작 이런 것입니까?

이 말을 듣고, 모든 사람들은 분노와 공포로 몸서리쳤다. 자신의 비밀이 탄로 난 것을 보고 놀란 부친 살해범은 눈 흰자까지 붉어졌다. 그리고 몇 마디를 얼버무리더니 버럭 화를 내며 큰 소리로 말했다.

도마르 영주 잘 계시오, 외브쿠르 영주. 당신은 나의 귀족 체면을 짓밟았소. 저 교수대 오물같이 하찮은 것이 당신 앞에서 나를 모욕했고, 이 몹쓸 위선자는 내 명예에 먹칠했소. 다시 봅시다.

외브쿠르 영주 좋을 대로 하시지요. 당신한테 즐겁지 않다면 영영 다시 보지 않도록 합시다.

도마르 영주 아니, 아니요. 다시 보도록 하되, 싸움터에서가 될 거요. 잘 배우고 따뜻한 대우를 받는 종들을 거느린 당신과 땅에 매달리고 매에 시달리는 사람들을 거느린 나 사이에 누가 더 나은 섬김을 받는지 사실이 판명해 줄 것이오. 자! 나의 무사들이여, 여기서 나가세! 우리는 적지에 있네! …

3

영주 전쟁. 도마르 영주의 죽음

"아니 도대체! 영주님."

외브쿠르 영주 부인이 남편에게 말했다.

"도마르 영주 마티외가 당신에게 전쟁을 선포하는데, 당신은 놀라지 않는가요? 노예 무리를 극도로 피곤하게 하여 모질게 만들어 마음대로 끌고 다니는 저 사악한 남자가 무섭지 않은가요?"

"그는 워낙 미움을 사서 그들에게 제대로 지지받기 어려울 거요."

우리 영주가 말했다.

"나는 우리 농부들의 힘을 기대할 수 있을 거요. 나는 그를 조금도 두려워하지 않소. 그도 이런 사실을 알고 있소. 그는 여기 와서 허세만 부렸을 뿐이고, 나에게 싸움을 걸 수도 없으리라는 생각이 들기도 하오. 그래도 나는 그를 거뜬히 맞아들이기 위해 모든 것을 준비할 것이오."

저택 안의 모든 것이 어지럽고, 그날 공부를 다시 시작할 것이라는 말을 전혀 하지 않기에 나는 일어난 일들에 관해 아버지에게 알려 주기 위해 달려갔다.

"아들아, 영주님께 가서 아무것도 겁내실 것 없다고 말씀드려라. 당신 종들이 영주님을 지킬 것이며, 전쟁이 시작되면 도마르 영주는 창피를 당하고 망하게 될 것이라고도 전하거라."

이 말을 하고 나서 아버지는 달려가 세상에서 가장 흉측하고 잔인한 도마르 영주가 무력으로 그들의 영주를 공격하러 온다는 소식을 영지의 농노들 사이에 전파하면서, 그들의 영주를 잃으면 그들은 저 폭군의 종이 될 것이라고도 했다. 또한 생의 절반을 사람을 고문하고 목을 매달아 죽게 하는 데 보낸 괴물의 손아귀에 떨어지느니 차라리 그들을 그렇게나 따뜻하게 대해 주는 영주 옆에서 죽어야 할 것이라고 하며, 그 폭군은 종들이 일한 것의 8할을 떼어 가며 여자들이 쟁기를 끌도록 한다고 했다.

이런 말들은 큰 효과를 가져왔다. 모든 농민이 서둘러 모여들었고, 저택으로 달려가 무기를 요청했다. 그들의 아내들은 남편이 모시는 주인을 실망시키지 않게 처신하도록 단속했다. 노소를 막론하고 당장 창과 칼, 쇠스랑과 몽둥이로 무장했다. 310명의 용감한 부대가 만들어졌다. 사제와 오귀스탱 신부는 그 부대를 축도(祝禱)했다. 사제는 영주를 위해 싸우다 죽을 사람들에게 하늘나라의 자리를 약속했다. 부대 전체가 저택 안마당에서 저녁을 들도록 하면서 고결한 연설을 통해 그들이 치열하게 전투에 임하도록 이끌었다.

다음 날 아침, 미사에 참석한 뒤 그들은 영주의 지휘 아래 적에 맞서 싸우기 위해 출발했다.

곧 외브쿠르 접경 쪽으로 다가오는 도마르 영주의 부대가 보였다. 500명이나 되는 부대였다. 도마르 영주는 영지에 속한 사람들 가운데 걸을 수 있는 모든 남녀를 동원했기 때문이었다. 숫자가 더 많긴 했지만 남녀가 뒤섞여 이상하게 구성된 이 부대는 너무도 뒤죽박죽이고 초라해 보여서 외브쿠르 영주가 보기에 두려움보다 차라리 불쌍하다는 느낌을 불러일으켰다.

도마르 영주의 군대는 각각 50명으로 구성된 10개 분대로 나뉘고, 영주의 명령에 따라 그의 재판관, 사형집행인, 성당지기, 전속 신부, 집행관, 간수, 문지기 그리고 부역 담당 집사 3명이 모두 몽둥이와 창으로 무장하고 분대를 지휘했다.

외브쿠르 영주의 310명 군사들은 15개 분대로 나눠지고 그들이 자유롭게 직접 뽑은 15명 대장의 지휘를 받았다.

두 부대가 마주하자, 도마르 영주는 군사들에게 연설했다.

"너희들, 오늘 너희는 내가 먹여 살릴 만한 사람들인지 아닌지 내게 보여 줘야 한다. 나는 너희 모두를 어떻게 해서든 먹여 살리고 있다. 너희가 싸우는 것은 너희를 위한 것이다. 내가 이번 일을 위해 감옥에서 데려온 자들은 잘 처신하면 사면받을 것이다. 우리가 승리를 거둔다면, 나는 너희 모두에게 올해 인두세와 현물세를 면제하겠다. 도망치는 자들은 고문 뒤에 교수형에 처할 것이다. 전진!"

마지막 "전진" 구령과 동시에 영주는 쏜살같은 동작으로 재판관과 사형집행인, 성당지기 등 분대 지휘를 맡은 지휘관들을 곤봉으로 쳤고, 이들은 다시 각자 지휘 아래 거느린 남녀에게 자신들이 받은 것처럼 구령과 몽둥이질을 가했다. 이 같은 명령 방식은 별로 좋은 효과를 얻지 못했다.

게다가 사람들은 도마르 영주가 때가 되어도 지키지 않은 약속을 기억했다. 비슷한 몇몇 경우에서 죄수들을 풀어 주고 농민에게는 이런저런 조세를 면제해 주겠노라 약속했지만 아무런 조치를 취하지 않았던 것이다. 전투가 끝나자 그가 한 일이라고는 자기 마음에 들도록 처신하지 않은 사람들의 목을 자르는 일밖에 없었다. 그러다 보니, 그가 전진을 명령했을 때 사람들은 사기를 북돋우는 함성을 지르는 것이 아니라 몽둥이질을 받아 아파서 소리를 질렀으며, 전의(戰意)에 불타는 욕망이 아니라 아픈 매질을 피하기 위해 몸을 움직였다.

한편, 외브쿠르 영주도 자기 군대를 향해 연설했다.

"제군들, 제군들의 운명을 제군들이 맞서 싸우고자 하는 불쌍한 사람들의 운명과 비교해 보라. 그리고 제군들 주인을 바꿀 것인지 생각해 보라."

"영주님 만세!"

모두 그렇게 소리 질렀다. 그리고 외브쿠르의 모든 농노는 적군을 향해 달려들었다. 전투가 시작되기가 무섭게 도마르의 농노들은 뒤로 물러났고, 그들 뒤편에 몽둥이를 거머쥔 그들의 영주와 장교들이 없었다면 그들은 도망치고 말았을 것이다.

그때 나의 형 가스파르가 두 군대의 가운데로 뛰듯이 나섰다. 그의 나이 열아홉이었다.

"폭군을 죽여라."

그가 소리쳤다.

"피 흘리지 말자. 저 폭군에 시달리는 불쌍한 노예들이여, 무기를 내려놓으시라. 더 이상 그를 두려워하지 않아도 될 것이다."

이 말과 함께 그는 도마르 영주에게 달려들어 창으로 그를 꿰뚫어 죽여 땅에 떨어뜨렸다. 그 옆에 있던 폭군의 아들은 줄행랑을 놓아 자취를 감추었다. 도마르의 종들은 이제 더 이상 그들의 흉측한 주인을 무서워할 이유가 없었고, 외브쿠르 영주에게 자신들을 받아들여 지켜 줄 것을 간청했다.

두 군대는 포옹하며 화해했다. 외브쿠르 영주는 당장 도마르 저택으로 갔다. 그곳에는 아무도 없었고, 그는 즉시 그 저택을 차지했다. 감옥에서 늙은이와 어린아이 여럿을 데리고 나오도록 했다. 그들은 무기를 들 수 없기 때문에 그곳에 가둬 두었던 사람들이었다. 그는 영지의 농민들에게 10만 파인트의 밀과 그 밖의 몇 가지 곡식과 과일을 풀었다. 그것들은 죽은 폭군이 최근에 비축해 둔 것들이었다. 안마당에 탁자를 마련하고 서둘러 큰 잔치를 열어 모든 사람이 와서 먹고 놀도록 베풀었다. 멋진 하루가 저물어 도마르의 농민들은 그들의 새 영주에게 축복을 빌고, 그들을 폭군으로부터 구해 준 용감무쌍한 가스파르에게 감사와 애정의 세례를 퍼부었다.

하지만 안타깝게도, 사람들은 이런 잔치 분위기가 오래가지 못하리라는 것을 미리 내다보지 못했다.

4

전쟁의 계속. 도마르의 복수를 위한 이웃 영주들의 연합.
도마르를 죽인 자의 판결문. 외브쿠르 영주와
그 가족의 파문. 수도원 포위. 성유물과 수도원 효과

나는 나의 어린 주인과 함께 외브쿠르 저택에 남아 있었다. 전투가 끝나고 2시간이 지난 다음, 결과를 알고 있던 오귀스탱 신부는 우리에게 자신이 돌아올 때까지 밖으로 나오지 말 것을 당부하고 서둘러 도마르 저택으로 향했다. 그러는 동안, 어린 우리 둘은 온갖 불안에 떨어야 했다. 그 불안은 신부님이 우리한테 당부한 주문 때문에 생겨날 수밖에 없는 것이었다.

외브쿠르 영주 부인과 저택 하인들이 오자 우리의 두려움도 사라졌다. 그들은 나뭇가지로 아치를 만들고 큰길에 꽃을 뿌려 영주가 저택으로 들어오면서 밟고 지나도록 했다. 이런 준비는 우리에게 유쾌할 뿐 아니라 다행스러운 승리의 소식이 틀림없다는 것을 확인시켜 주었다. 아직 어리긴 했지만, 우리는 이미 사람들이 종종 가장 사나운 짐승들보다 더 야만스럽고 지독하게 서로 싸운다는 것과 더 많은 사람들을 죽인 사람이 승리를 기뻐한다는 것을 알고 있었다.

그런데 오귀스탱 신부는 도마르 저택 안마당에 많은 불쌍한 농민이 안전한 상태에서 가장 순수한 기쁨에 빠져 있는 것을 보고 깊은 한숨을 쉬었다.

　"저런! 사악함과 원한 때문에 저들의 칼날이 날카로워지는구나. 이런 순진한 즐거움은 얼마 지나지 않아 눈물로 바뀔 테지. 오! 하느님, 힘없는 자는 언제나 불행할 것인가요? 힘센 자들은 언제나 남을 괴롭힐 건가요? 도대체 언제까지 당신의 대리인이라고 자처하는 자들이 사탄의 대리인 노릇을 할 것입니까?"

　하지만 그의 영혼을 뒤흔드는 암울한 예감에 사로잡힌 오귀스탱 신부는 망설일 시간이 없었다. 당장 내 형 가스파르를 불러오게 했다. 도마르의 장정들과 여인들은 선한 수도사 앞에 당당하게 그를 데려와 영지에서 베풀 수 있는 온갖 축복을 빌고 또 빌었다. 오귀스탱 신부가 말했다.

　"여러분, 나 혼자 그와 있도록 해 주시오. 그를 위해 또 여러분을 위해 잠시 그와 이야기를 나누겠소."

　그리고 그는 형을 한쪽으로 데려가서 말했다.

　"가스파르, 전쟁에 임하여 자네가 영주와 인류의 원수를 죽인 것은 훌륭한 일이네. 그렇지만, 도마르 영주를 죽임으로써 많은 피와 많은 불행을 줄일 수 있었더라도, 내가 자네를 구하러 오지 않았다면 자네가 이룬 그 훌륭한 업적 때문에 자네 자신이 화를 당했을 것이라네. 프랑스에서는 모든 농노와 농민의 목숨이 들짐승의 목숨보다 천대받지만, 귀족을 죽이면 무거운 죄가 된다는 사실을 알지 못하는군. 영주는 아무런 가책 없이 사람을 죽인다네. 하지만 종에게는 귀족과 관련된 모든 것에 극진한 존경을 갖게 하고, 그들의 계급에 속한 이에게 작은 손해만 입혀도 최고로 잔인한 형벌로 보복하는 것을 중요하게 여긴다네.

주위의 영주들이 자네가 도마르의 폭군을 죽였다는 사실을 알게 되는 순간부터 그들과 같은 지위의 인물을 존중하지 않은 종을 매섭게 처벌하지 않으면 그들은 자신들의 목숨이 위협받는다고 생각할 것이고, 그들은 자네의 목숨을 요구하러 몰려올 것이라네. 그들은 상상을 초월하는 끔찍한 방법으로 자네를 처벌할 것이라네. 젊은이, 나는 자네를 구할 수 있다네. 내가 죽기 전에 아직 좋은 일을 할 수 있도록 허락한 하늘에 감사한다네. 가서 아버지를 만나 인사하고, 도망가야 한다고 말씀드리게. 두려움을 감추고, 나머지 아들 둘과 함께 자네를 따르라고 당부를 드리게."

위험을 느낀 가스파르는 발걸음을 재촉하여 아버지와 형들을 만나 방금 알게 된 것을 그들에게 알리며 이 사실을 숨겨야 한다고 주의를 주었다. 그리고 그들이 오귀스탱 신부를 찾아가서 만나기를 바랐다.

"최대한 빨리 외브쿠르 저택으로 가십시오."

신부님이 아버지와 형들에게 말했다.

"그리고 가스파르, 자네는 나를 따라 다른 길로 가세."

잠시 후 그들은 각각 따로 저택에 도착했다. 내게는 무슨 일인지를 일부 가르쳐 주었다. 나는 나의 어린 주인에게 작별 인사를 하고, 그의 어머니 손에 입을 맞추었다. 하지만, 그녀는 비밀을 알지 못했다. 그리고 오귀스탱 신부는 우리를 그의 수도원으로 데려가서 어두워질 때까지 우리를 그곳에 숨겼다.

신부님이 말한 두려움은 터무니없는 것이 아니었다. 도마르 영주의 죽음과 함께 상황이 전개되는 꼴을 지켜본 재판관과 형집행인, 간수와 성당지기 등 영주의 모든 보좌진은 잽싸게 도망쳐 각기 다른 길을 통해 이웃 영주들을 찾아갔다. 자신들과 같은 지위의 귀족에게 일어난 일을 알게 되자 그들은 본보기로 복수를 해야겠다고 다짐하며 서둘러 그들의 군사들에게 무기를 들도록 했다.

내 아버지와 형들이 떠나고 3시간이 지난 다음, 도마르 저택으로 6개의 군기와 그 뒤를 따르는 농민 군대가 그들이 속한 영주들의 지휘를 받으며 다가왔다. 이들이 모이자 군사가 2천 명이 넘었다. 그들은 도마르 저택 안으로 들어갈 것을 요구했고, 그 요구대로 문이 열렸다. 이 군대의 수장들은 외브쿠르 영주를 보자마자 그에게 달려들어 에워싸더니 저택의 중앙 접견실에 그를 가두었다. 그리고 그에게 말하기를, 그는 귀족이므로 그의 목숨과 자유는 해치지 않을 것이며 다만 도마르 영주를 죽인 살인범을 처벌하고자 한다고 했다.

그러는 동안 무질서와 혼란, 두려움이 조금 전만 해도 영지의 모든 사람이 맛보던 기쁨과 즐거움을 대신했다. 방금 온 영주의 심복 8명은 이미 저택의 안과 밖에 군대를 배치해 아무도 저택을 빠져나갈 수 없도록 했다.

그때, 이 연합군의 수장들 가운데 가장 영향력 있는 한 명이 사람들 가운데로 나와 탁자 위에 올라섰다. 모여 있는 농민들에게 말하기 위한 것이었다. 그는 나이 지긋한 영주였다.

범인을 찾아 서둘러 처벌하려는 듯 무기를 가진 채였다. 그는 도마르 영주가 주장하던 잔인한 원칙들을 언제나 존중하고 따랐으며, 그의 가장 친한 친구이자 그의 원수를 갚아 줄 해결사임을 자처했다. 그 또한 영주인 이 남자는 이미 머릿속에 내 형과 가족을 어떻게 처단할 것인지를 생각해 두고 있었다. 그는 놀라움과 침묵 속에 그를 둘러싸고 있는 농민들을 둘러본 다음, 이렇게 말했다.

"가장 훌륭한 주인을 모시는 못난 노예들, 너희는 그분을 죽이도록 방조했다! 그리고 너희는 아직 그 살인자를 천 갈래로 찢어 죽이지 않았다! 복수의 시간이 다가왔다. 도마르의 영주 마티외를 죽인 자를 끌고 와야 너희는 용서받을 수 있다.

여기 망자의 친구들이 그분의 목숨을 앗아간 이 철면피 노예에게 내린 판결이 있다. 영주를 살해한 가스파르는 졸지에 주인을 잃은 도마르 농노 모두에게 회초리를 맞아야 한다. 그런 다음 그의 손과 발을 약한 불에 지질 것이고, 이 형벌에도 죽지 않으면 말꼬리에 매달아 끌고 가서 교수형에 처할 것이다. 그는 교수대에서 숨이 끊어질 것이고, 거기 매달린 채 사람들이 보도록 한 달 동안 남아 있을 것이다. 마침내 그의 시체는 화장해서 재는 바람에 날릴 것이다.

그의 아버지와 세 형제는 목을 매달아 죽일 것이다. 이 죄인들을 끌고 오는 사람은 이후 노역에서 풀려날 것이고, 각자 은전 20수[1]의 포상을 받을 것이다. 내일 해가 지기 전까지 이 판결이 실행되어야 한다. 그렇지 않으면 여기 나를 둘러싸고 있는 모든 사람들에게 불행이 닥칠 것이다!"

---

1 [옮긴이 주] 수(sou) : 5상팀(sentime)에 해당하는 동전을 말한다.

이 끔찍한 판결은 그 자리에 있던 모든 사람들을 절망 속으로 빠뜨렸다. 도마르 농민들은 그들을 해방시켜 준 사람이라고 여기는 젊은 이가 이다지 고통스러운 죽음을 당하는 것을 보기보다 차라리 자신들이 받을 처벌을 기다리는 편이 낫다고 생각했다. 외브쿠르 농민들은 그들에게 승리를 안겨 준 사람을 찾아내어 그들의 영주를 배반하기보다 차라리 그 영주를 저택으로 모시고 갈 수 있는 방법을 궁리했다.

하지만 몰려온 영주들의 재판관, 사형집행인, 간수, 문지기, 무장 집사 그리고 모든 보좌진은 몇몇 농민들을 잡아 두고, 외브쿠르와 도마르 인근에서 가택 수색을 벌였지만 소득이 없었다.

이런 모든 일들이 벌어지는 동안, 도마르 영주의 아들은 자기 아버지의 비겁한 하수인들과 함께 아미앵에 숨어서 주교의 도움을 청했다. 도마르 영주는 외브쿠르 영주와 마찬가지로 이 고위성직자의 봉신이었다. 하지만 아미앵 주교는 도마르 영주를 더 좋아하고 더 많이 보호해 주었다. 도마르 영주는 더 많은 조세를 바치고, 농민들을 부역과 봉건 세금으로 끊임없이 괴롭히면서 더 많은 금액을 아무렇지 않게 상관에게 바쳤는데, 외브쿠르 영주는 그렇게 하지 못했다.

게다가, 아미앵 주교는 자신의 높은 자리를 이용해서 봉신들 부인들에 대한 초야권을 즐기면서 도마르 부인의 신혼 첫 사흘 밤 동안 남편 역할을 했다. 2 사람들 말로는 심지어 죽은 영주의 아들은 주교를 자신의 아버지로 생각할 수 있다고도 했다.

---

2 아미앵 주교와 그 교구 사제들은 의회 칙령에 따라 1409년이 되어서야 새신부와 사흘 밤을 지내는 초야권을 잃게 되었다(〈중세사전〉, 초야권 단어 항목).

어쨌든, 아미앵 주교는 그를 살갑게 여겼고, 여전히 그의 어머니도 좋아하며 호의를 표시했다. 사람들은 이런 추잡한 이유들 때문에 이 고위성직자가 도마르의 영주 마티외에게도 특별한 후원을 해 주는 것으로 봐야 한다고 덧붙였다.

　도마르 영주의 아들인 젊은 올리비에가 주교에게 조금 전 일어난 모든 일을 설명하고 난 뒤 얼마 지나지 않아, 주교와 첫날밤을 보낸 것을 은근히 과시하는 도마르 부인도 역시 주교관에 도착했다. 그녀는 남편이 죽었다는 것을 알고 저택을 떠나와 복수를 청했다. 아미앵 주교는 분노하며 도마르 영주 마티외의 살인범에게 확실히 복수할 것이라고 그들에게 약속했다. 동시에 그는 자신의 부속 사제 가운데 한 명을 불러오도록 해서 두루마리 문서를 주고 명령을 내려, 십자가와 촛불로 무장한 수사 6명과 함께 그를 도마르 저택으로 보냈다.

　이 7명의 수행단은 망자의 부인, 상속자와 함께 모두 노새를 타고 도착했다. 그때는 연합한 영주들의 보좌진이 가스파르를 찾아내기 위해 사방으로 흩어져 나선 지 1시간이 지난 다음이었다. 외브쿠르 영주가 도착하는 것을 환영하기 위해 모였던 농민들이 대부분 아직 그곳에 있었다. 성스러운 임무를 맡은 수행단이 저택 안마당으로 들어오자 모든 사람들이 무릎을 꿇었다.

　저택에 도착하기 전, 부속 사제는 그를 보조하는 수사들에게 깊은 침묵 속에 그의 말에 귀 기울이게 할 것을 명령했다. 그래서 노새를 탄 채로 그는 주교가 준 두루마리 문서를 펼쳐 외브쿠르 영주에게 향하는 파문 판결문을 읽어 내려갔다. 그것에 따르면, 영주는 그의 신체는 적에게 넘기고 영혼은 악마에 넘겨야 한다. 신자들의 성체배령에 접근하지 못하게 하고, 기독교의 신령한 의식에 절대 참석할 수 없도록 격리하며, 영원히 그를 영벌자(永罰者)로 선언했다.

판결은 이렇게 끝맺었다.

주교의 권위로써 우리는 외브쿠르 영주와 알고 교류하는 모든 이들에게 그에게 영벌을 내릴 것을 명령한다. 우리는 이 시간 이후 감히 그를 받들고 가까이하거나 아니면 단지 그를 받들려는 생각을 품는 모든 자들도 그와 마찬가지로 파문당하도록 할 것이다.

만약 그의 아내가 그를 다시 보려고 한다면 똑같은 파문이 내려질 것이고, 그의 아들 또한 이전에 그에게 존경과 사랑을 표시했던 만큼 경멸과 증오를 품지 않으면 마찬가지로 파문과 영벌을 감수해야 할 것이다. 파문당한 자들을 적으로 삼는 자들은 그들에게 죽음을 안겨 줄 수 있도록 허락하며, 이 때문에 어떠한 죄책감을 갖지 않아도 된다.

우리의 특권에 따라, 교회가 내린 처벌을 받은 자와 그의 상속자에게서 외브쿠르 영지를 박탈한다. 우리는 이 영지에 사는 농민들에게 더 이상 그를 주인이 아니라 저주받은 자로 취급할 것을 명령한다. 우리는 도마르를 죽인 살해범에게 가장 가혹한 사형에 처할 것을 선고한다. 우리는 비겁한 자에게 죽임을 당한 마티외의 아들 올리비에가 도마르와 외브쿠르의 영주임을 선언한다.

이 판결문을 읽고 나자, 왼손에는 십자가, 오른손에는 촛불을 켜들고 있던 수사 6명은 저주의 말을 읊조렸다. 그리고 나서, 부속 사제가 그 두루마리를 저택 출입문에 붙이는 동안, 들고 있던 촛불을 땅

바닥에 던지고 발로 짓밟으면서 파문은 돌이킬 수 없다고 큰 소리로 외쳤다.

모든 농민들은 두려움에 눌린 가슴을 치면서 하늘을 올려다봤다. 그리고 약간의 행복을 맛보도록 한 다음 왜 이다지도 많은 고통에 시달리게 하는지 물었다. 하지만 부속 사제가 다시 말머리를 잡고, 모여든 사람들에게 새 영주에게 충성을 맹세하라고 명령했다. 모든 사람이 이마를 땅바닥에 대고 엎드려 큰 소리를 외쳤는데, 듣는 사람에 따라 그 소리를 달리 받아들였다.

이제 여섯 수사와 부속 사제, 새 영주, 그의 어머니 그리고 이 의식에 참석한 8명의 연합 영주들은 저택 안으로 들어가 외브쿠르 영주 앞에 모습을 드러냈다. 외브쿠르 영주는 차분하고 평화로운 자세로 그에게 원하는 것이 무엇인지 알려 달라고 요구했다.

올리비에가 무례한 자세로 대꾸했다.

"당신이 내 아버지를 죽이도록 했으니 나는 당신을 죽이겠소. 나는 무기도 가졌고 용감한 군대도 거느렸소. 당신은 가진 무기도 없으니 나를 두고 도망칠 순 없을 거요."

갑자기 연합 영주들 가운데 한 명이 큰 소리로 말했다.

"닥치시오. 당신은 살인을 살인으로 복수하려고 하는군요. 우리는 그것을 두고 볼 수 없소."

"그런데, 칼로 죽이는 것은 과분한 대우입니다. 이 남자는 파문당한 처지입니다. 사람들 말에 따르면, 그는 불경스럽고 심지어 하느님을 저주하기조차 한답니다. 그는 평생토록 수도원에 기부도 한 번 하지 않았습니다. 그에게 합당한 판결을 내려야 하고, 목을 매달고 졸라 죽도록 벌을 내려야 합니다."

수사 한 명이 말을 이었다.

그러자 외브쿠르 영주가 가로챘다.

"신부님, 나는 수도원이 부유해지도록 해야 한다고 생각지 않았습니다. 내 주위의 수사들은 모두 나보다 돈이 더 많습니다. 그리고 설령 내가 좋은 일을 많이 해야 한다 하더라도, 우리 영지의 농민들 가운데 불쌍한 사람들이 아주 많습니다. 도마르 영주의 죽음에 관해 말하자면, 내가 한 일이 전혀 아닙니다. 그를 죽인 사람은 이 영지를 끔찍한 재앙에서 구해야 된다고 생각했기 때문에 일을 저질렀습니다. 부당하고 이유도 없는 전쟁을 일방적으로 선포한 원수를 전장에서 죽였다고 해서 죄인이 된다고 생각지 않습니다."

"그렇지 않습니다."

어느 늙은 영주 한 명이 말했다.

"도마르는 귀족 출신이었고, 그를 죽여서는 안 되는 것이었소. 당신도 귀족 출신이고, 당신을 죽이지는 않을 것이오. 하지만 당신은 파문당했으니 올리비에 영주의 감옥에서 살아야 할 것이오. 안녕히 계시오. 우리는 귀족이 아닌 그 살인범을 처벌할 것이오. 그리고 언젠가 만약 올리비에가 당신 생명을 해치는 날에는 우리가 그의 아버지 죽음에 복수한 것처럼 당신 죽음에 복수할 것이오."

이 말을 끝내자, 연합 영주들은 자리에서 물러났다. 부속 사제와 수사들은 외브쿠르 영주에게 영벌을 내리고, 그의 적에게 그를 넘겼다. 올리비에는 그를 두고두고 괴롭힐 수 있다는 생각으로 그를 죽이지 못하는 것에 위안을 삼았다. 그는 즉시 외브쿠르 영주를 감옥에 가두고 나서 원수의 아내와 아들을 붙잡아 그처럼 감옥에 넣으리라는 생각으로 외브쿠르 저택으로 갔다.

하지만 오귀스탱 신부의 조언에 따라, 외브쿠르의 부인은 아들을 데리고 친정아버지 집으로 피신했다. 친정아버지의 영지는 3리외 떨어진 곳에 있었다. 올리비에는 그들의 흔적도 찾지 못한 채, 새로운 영지를 차지하는 데에 만족하고 다시 가스파르를 찾아내라는 명령을 내렸다.

그러는 사이 아무것도 밝혀진 것 없이 밤이 되었다. 등불이 켜지고, 수도원장과 상의를 마친 오귀스탱 신부는 아버지와 형들 그리고 나, 우리 모두를 부르더니 어떻게 할 것인지를 정했다. 수도원장은 귀족 가문의 막내아들로 성질이 거칠고 자존심이 강한 남자였다. 그는 선행을 베푸는 데에는 별로 관심이 없고 자신의 권리와 특권에 집착했다. 우리가 그의 수도원에 잠시 피신처를 정해서 위기를 모면한 것만으로 충분했다.

궁리 끝에 가스파르는 이 수도원 저 수도원을 옮겨 지내며 파리 가까운 곳에 있는 남자 수도원에 가기로 결정했다. 그곳에는 그의 적들이 그를 찾으러 오지 못할 것이기 때문이었다. 아버지와 다른 두 형은 샹파뉴 지방으로 가도록 했다. 그리고 나는 새로운 결정이 내려질 때까지 오귀스탱 신부 옆에서 지내기로 했다. 아직 어리기도 하거니와 긴 여행의 피곤함을 견디기 어려울 것이기 때문이었다.

이런 계획을 세우고 즉시 실행에 옮겼다. 수사 4명이 가스파르를 맡고, 또 다른 수사 4명은 아버지와 다른 두 형을 맡았다. 그들은 울면서 작별의 포옹을 했다. 그리고 두 작은 무리는 각기 다른 길을 통해 출발했다. 수사들이 돌아온 다음에야 여행이 잘 끝났다는 것을 알 수 있었다. 그리고 며칠이 지난 다음, 수도원들 사이에 주고받는 연락을 통해 내 아버지와 형들이 아무 탈 없이 안전한 곳에 도착했다는 것을 알게 되었다.

나로서는 불안하기 짝이 없었다. 첫날 밤은 내내 잠을 이룰 수 없었고, 아침이 되어서야 약간의 안정을 되찾았다. 아버지와 형들을 데리고 떠났던 수사 8명이 되돌아와 그들이 모두 안전하다고 알려 주었기 때문이다. 그들을 데려다준 곳은 그렇게나 많은 고통스런 일들이 일어난 두 영지에서 4~5리외 떨어진 곳이라고 했다.

그런데 우리가 헤어져야만 해서 우울했던 그다음 날, 연합 영주들의 하수인들이 도마르 영주 올리비에를 찾아왔다. 그는 살인범을 찾았지만 소용없었고 지친 데다 아무것도 찾지 못한 채 밤새 뛰어다니느라 얼이 빠져 있었다. 외브쿠르 영주의 목을 자르지 못한 것에 분노하고 그의 가족들을 놓친 것에 더욱 분노한 올리비에는 그 하수인들에게 수도원에 가 봤는지, 가족을 보호하는 오귀스탱 신부에게 말을 걸었는지 물었다.

"아닙니다. 우리는 아무도 그 생각을 하지 못했습니다."

도마르의 재판관이 답했다.

"어서 그곳으로 가 보시오. 분명 살인자를 찾아내게 될 것이오."

올리비에가 다시 말했다.

이들 무리는 곧 수도원 대문 앞에 도착했다.

"도마르와 외브쿠르의 영주인 올리비에의 이름으로 말하는데, 살인범이 숨어 있을 게 분명한 이 집에 들어가 살펴보아야겠소."

그들 가운데 한 명이 소리쳤다.

"몰리앵 수도원장의 이름으로 말하는데, 그럴 필요가 있더라도 하느님의 이름으로 당신들과 당신들 비슷한 사람들은 이곳에 발을 들일 수 없소."

문을 지키고 있던 수사가 응수했다.

"틀림없이 우리가 찾고 있는 살인범이 저 안에 있다."

하수인 한 명이 소리쳤다.

"마음대로 들어갈 수 없다면, 억지로라도 들어가자."

동시에 그들은 문을 부수려고 했다. 하지만 문을 지키던 수사는 쇠스랑처럼 생긴 살문을 내려뜨리고, 수도원장에게 알리러 가겠다고 위협했다.

연합 영주들의 하수인들은 더 이상 앞으로 가는 것이 불가능하다는 것을 알고, 외브쿠르 저택으로 되돌아와 일어난 모든 일을 주인에게 고했다.

"그렇다면, 우리에게는 무장한 군사 2천 명이 있다. 가서 그 수도원을 포위하자."

올리비에가 격한 목소리로 말했다.

모두 이 생각을 받아들여 모든 농노가 깃발 아래 집결했다. 그리고 돌멩이와 창을 들고 수도원으로 걸어갔다. 잠시 후, 구름 떼 같은 돌멩이들이 성벽 위로 날아들어 수도원 안마당에 가득 찼다. 수도사들은 놀라 눈이 휘둥그레져 예배당 안으로 피신하여 회의를 열었다.

수도원장도 역시 그곳으로 달려왔다. 그는 궁지에서 잘 빠져나올 줄 아는 사람이라, 수도사들에게 걱정하지 말 것을 당부하며 종을 울리고, 성물을 내리며, 성체를 준비하도록 했다. 그 자신이 제복과 그 위에 겉옷을 입었다. 그리고 수도원생들에게도 그렇게 하고 성물을 들고 자신을 따르도록 명령했다. 동시에 다음과 같이 시작하는 기도 말을 노래로 불렀다.

"주여, 사람들이 사는 땅에서 당신의 원수와 당신 대리인들의 원수를 처단하소서. 성스러운 장소를 더럽히고, 당신이 택한 사람들이 조용히 사는 곳을 어지럽히고, 신성한 그릇을 돌로 깨고, 고요하고 평화로운 장소에 전쟁과 살육을 가져오는 자들이 쓰라린 상처를 입도록 내려치소서."

종소리가 나기 시작하자 공격하던 자들은 사람들이 항복하려나 보다 생각하며 잠시 멈추었다. 하지만 아무도 나타나지 않는 것을 알아차리고 공격하기 위해 사다리를 벽에 기대어 빠르게 타고 올랐다.

이번에는 노랫소리를 듣고 다시 멈췄다가 서둘러 땅으로 내려왔다. 황금으로 된 십자가 끄트머리 장식과 문을 향하는 수도원 깃발을 보았기 때문이다. 동시에 6개의 성유물이 성벽 위로 나타났다. 수도원장이 면병(麪餠)이 채워진 성체를 손에 잡고 중앙 출입문 위에 모습을 드러냈다.

이런 광경을 보고 영주들과 농노들, 모든 군대는 무릎을 꿇었고, 원장은 우렁찬 목소리로 외쳤다.

"하느님의 집을 유린하고, 사제들의 목을 자르며, 평화를 전하는 대리인에게 전쟁을 일으키고, 모든 것을 용서하는 하느님의 사원 안에까지 들어와 복수하려는 자들에게 영벌이 내려질 것이로다!"

모든 포위군들은 무기를 버리고 영벌을 받은 사람들처럼 머리를 쥐어뜯었다. 영주들은 몰리앵 수도원장에게 면담을 요청했다. 성벽 위에서 그들에게 수도원으로 들어와도 좋다는 응답소리가 들렸다. 단무기를 갖지 않고, 즉시 들어오라고 했다.

이리하여 올리비에와 그와 같은 지위에 있는 귀족 8명이 수도원의 기도실로 들어가게 되었다. 원장은 그들에게 먼저 성인들께 용서를 구하고, 하느님께 봉헌된 집을 포위하면서 저지른 죄에 대한 잘못을 공개적으로 인정하라고 권했다. 그들은 불평하지 못하고 따랐다.

그리고 원장은 그들이 수도원에서 찾는 것이 무엇인지를 물었다. 어느 늙은 영주가 대답했다. "사람들은 원장님께서 도마르 영주를 살해한 범인을 숨겼다는데 ….."

수도원장 내가 하는 말을 믿기 어렵다면 이 수도원 곳곳을 살펴도 좋습니다. 십자가를 걸고 당신들한테 말하는데, 도마르 영주를 죽인 자는 이곳에 있지 않습니다.

올리비에 그렇다면 그의 아버지와 형제들은 어디 있습니까?

수도원장 그들 역시 이 수도원에서는 찾을 수 없소. 그들은 어제 이곳에 왔지만, 위로와 도움이 필요한 불쌍한 사람들이었소. 죄를 지은 사람들은 아니었소.

늙은 영주 그럼 오귀스탱이 키우는 그 어린 종은?

어느 수도사 어린 마르셀 말인가요? 여기 있습니다.

　동시에 나는 영주들 앞에 나서게 되었다. 수도원 사람들은 용의주도하게 미리 내 머리를 밀고 목에는 큰 묵주를 걸치도록 했다.

올리비에 이 꼬마 거지를 우리에게 넘겨주시오. 하늘이 가스파르와 그의 다른 형제들 그리고 그의 아버지를 우리한테 데려오기를 기다리는 동안, 이 애가 그들 모두가 받아야 하는 극형을 우선 받아야 하오. 아이의 죽음을 보면 농민들은 그들이 영주들을 어떻게 모셔야 하는지를 알게 될 것이고, 이 복수의 서곡은 내 아버지의 영혼을 위로해 줄 것이오.

어느 수도사 당신은 정말 억지군요! 만약 당신 아버지가 천당에 있다면, 그를 위로할 필요가 있겠소? 만약 지옥에 있다면, 다시 한 번 죄를 짓는 것이 그의 짐을 덜어 주겠소?

오귀스탱 신부 당신이 죽음을 바라는 이 아이는 이제 하느님께 바쳐진 몸이오. 감히 그에게 하느님을 모독하는 손을 대면 영벌을 받을 것이오.

수도원장 자비로운 하느님의 제단 아래 피를 뿌리려고 하다니! 좋소,

같은 제단 아래서 나는 당신들 모든 영주들이 복수를 포기하고 용서를 맹세할 것을 명령합니다.

뒤르즈 영주 나는 영벌도, 용서도, 도마르 영주의 영혼도 모두 소용없소. 내가 알고 있는 것은 한 종놈이 귀족을 죽였다는 것이오. 이 종놈의 가족을 극형에 처해야 하고, 이 새끼 뱀 같은 녀석은 오늘 당장 죽어야 하오.

수도원장 그래, 좋소. 외브쿠르 영주에게 내려진 파문이 당신한테도 내려질 것이오. 당신은 아마도 하늘의 재산을 귀중하게 생각지 않고, 땅의 재산만 귀중하게 생각하는군요. 그것마저 잃고 가난 속에 세월을 보내게 되는 것을 걱정하시오. 당신 모든 영주들은 하느님께 바쳐진 이 면병과 성스러운 복음 위에 이 아이에게는 아무런 고통을 주지 않을 것이며, 만약 가스파르가 불행히도 당신들한테 끌려오면 그에게만 복수하겠노라고 맹세해야겠소. 또한 당신 농노들과는 아무런 상관도 없는 죽음 때문에 그들을 벌주는 일은 하지 않겠노라고도 맹세해야 되겠소.

수도원장이 이 말을 하는 것과 동시에 수도사 12명이 촛불을 켜고, 파문을 내릴 준비를 했다. 놀란 영주들은 무릎을 꿇고 맹세했다. 수도원장은 그들의 진심을 담보하기 위해 그들이 손가락에 끼고 있던 반지를 받고 나서, 그들을 수도원에서 내보냈다. 그리고 다시 성벽 위에 나타나 그가 영주들로부터 용서를 얻어낸 것을 농민들에게 알리고, 모든 하수인들에게는 살인자는 추적하되 그 가족은 존중할 것을 약속토록 했다. 그리고 영주들과 농민들에게 축복을 내린 다음 성물을 갖고 〈테 데움〉(Te Deum)3을 부르며 안으로 들어갔다. 그러는 동안 포위군들은 조용히 철수하고, 영주들은 그들의 저택으로 향했으며, 농민들은 오두막으로 향했다.

---

3 [옮긴이 주] 라틴어로 된 감사와 찬송의 노래를 말한다.

5

수도사들의 계속되는 저항.
어린 마르셀과 오귀스탱 신부의 도망.
리브몽 수도원. 초야권. 통행세

　이런 모든 소란이 끝나고, 수도원에는 다시 고요가 찾아왔다. 하지만 나는 아버지와 형제 그리고 나의 어린 주인과 헤어진 처지였다. 내 옆에 선한 오귀스탱 신부가 있고 초심자 수도사들도 함께 있다는 큰 기쁨을 느끼지 않았다면, 나는 오랫동안 의기소침했을 것이다. 하지만, 그들과 즐거운 시간을 보내다 보니, 나는 나 자신이 수도원 생활에 잘 어울린다고 생각되었다.

　그러는 사이 아미앵 주교는 수도원에서 일어난 일을 알게 되었다. 일단 그 일은 자신의 의도에 저항한 것일 뿐이라고 생각한 주교는 그 이유를 알고 싶어 했다. 하지만 수도원장은 같은 가문 출신 귀족이고 자존심이 강한 사람이어서 그것을 그에게 직접 물어볼 수 없었다. 그러자 주교는 우리 가족을 보호하고 내 형의 도망을 주선한 것으로 의심되는 오귀스탱 신부에게 사흘 이내로 아미앵 참사회에 출두하라고 전하도록 했다.

이 명령을 접한 신부님은 즉시 나를 자기 방으로 데려갔다.

"내 자식 같은 마르셀, 너는 어리고 아무 죄가 없는데도 너 또한 괴롭힘을 당하는구나. 너를 아버지와 형들과 헤어지게 했는데, 내가 아미앵 주교에게 불려가게 되었으니 이제는 나와도 헤어지게 되었구나. 내가 살인이나 다른 비슷한 죄를 저질렀더라도, 가벼운 처벌만 받으면 풀려날 수 있을 것이다. 그러나 나는 선을 행했고, 내가 복종하는 고위 성직자가 관심을 갖는 복수에 도움을 주지 않았다. 그 때문에 나는 무슨 이단 범죄를 저질렀다는 구실로 죽을 때까지 지하 감옥에서 지내거나 그보다 더 가혹한 형벌이 내려질 것 같다.

아들아! 네게 이 모든 일들을 말하는 것은, 너는 나이는 어리지만 이미 어른의 분별력을 가졌기 때문이다. 성서는 우리에게 박해를 피해 도망칠 것을 명령한다. 나는 나를 죽이려는 자들 앞에는 나가지 않을 것이다. 하지만 나는 이 불행한 고장을 떠나야만 한다. 내 나이 60이다. 나는 네가 나의 마지막을 지켜봐 줄 것이라 생각했다. 그러나 하늘은 다른 길을 택하라고 명령한다.

잘 있거라, 내 아들아. 행복을 찾으려면, 현명한 길을 가고 항상 배우도록 힘써라. 유순하고 겸손하며 하느님을 경배하거라. 너와 같은 처지에 있는 사람들을 사랑하고 보다 따뜻한 세상을 겸허하게 기다려라. 그때는 하나뿐인 하느님의 피조물들 사이에 평등이 되살아날 것이다.

오, 아들아! 하늘이 너를 지켜 주시기를! 네게 마음의 평화를 주시고, 지금처럼 수도원 생활을 순조롭게 영위하는 자세를 항상 갖게 해 주시기를! 분명 너에게도 수도원이 끔찍하게 여겨지는 때가 언젠가는 닥칠 것이다. 귀찮은 일들이 많고 심지어 싫은 일들도 가끔 있겠지만, 그래도 수도원 생활은 네가 타고난 종살이보다 더 나을 것이다."

오귀스탱 신부는 여기서 말을 멈췄다. 내가 눈물을 쏟았기 때문이다. 내가 말했다.

"아, 신부님. 신부님이 이곳을 떠나시다니 … . 저를 여기서 절망 속에 죽어 가도록 두지 마십시오. 세상 어디로 가시든지 부디 저를 데려가시고, 신부님이 말년에 겪으실 고통을 돌볼 수 있도록 해 주십시오."

"그래 좋아! 그렇게 하자."

선한 신부님이 말했다.

"하늘이 우리를 지켜 주실 것이다!"

오귀스탱 신부님은 아무에게도 떠난다고 알리지 않고 성경과 지팡이 그리고 그날 먹을 음식을 챙겨 나와 함께 길을 나섰다.

4시간쯤 걷고 난 다음, 우리는 도마르를 벗어나 어느 나무 아래 멈췄다.

"좀 쉬어 가자, 마르셀."

신부님이 말했다.

"하늘이시여, 우리와 우리가 먹을 이 조촐한 음식에 축복을 내리소서!"

동시에 그는 호두와 사과, 빵 한 조각, 사과주가 든 도자기 병을 꺼내어 풀 위에 펼쳤다. 나는 이렇게 드넓은 하늘 아래서 선한 신부님과 먹는 식사보다 더 기분 좋은 식사는 지금까지 해 본 적이 없었다고 생각했다. 그가 준비한 음식은 소박한 것이었지만, 그와 나눈 대화는 너무도 달콤했다! 그는 자연의 아름다움과 광대무변한 땅, 하늘의 오묘함과 하느님의 그지없이 선한 뜻에 관해 내게 말해 주었다.

"하느님은 사람이 나쁜 일을 하게 하려고 만드신 것이 아니다."

그가 말했다.

"그분은 사람이 선량하고 또한 자유롭게 살도록 만드셨다. 그런데 사람들은 악한 길로 접어들었다. 사람들은 언제나 순결한 행복을 약속하는 미덕보다 달콤한 유혹의 미끼를 내미는 죄를 따라가길 더 좋아한다. 그리고 이 세상의 최고 재판관인 양심이 그들에게 후회하도록 만들 때에도, 후회의 목소리는 무시하고 악에서 자라나는 잡다한 악령들을 만들어 내며 무질서를 받아들이기만 할 뿐이다.

어떤 사람들은 심지어 하느님이 정의롭지 않다거나, 혹은 죄를 짓는 것이 그분께는 상관없는 일이라 주장하기도 한다. 죄인들은 풍요롭게 잘사는데 착한 사람들은 곤궁 속에 사는 것을 봐왔으며, 오늘날 우리가 보듯 힘없는 사람은 힘센 사람에 의해 가혹하게 억압받고 멸시당하는 것을 봐왔기 때문이다.

아들아! 하느님이 이 세상에 사람들을 오게 한 것은 이곳을 시험의 장소로 삼기 위함이다. 그분이 우리 인간에게 짧은 생명을 준 것은 영생을 얻도록 하기 위함이다. 인간에게 자유를 준 것은 영생을 얻을 만한 자격을 갖도록 하기 위해서다.

그들이 좋은 일을 하거나 사악하고, 남을 억압하거나 억압받는데도 왜 하느님은 기적을 행하는 것일까? 짧은 순간만 지속하는 경향을 멈추게 하려는 것일까? 하지만 그분은 영원히 상을 내리고 벌을 내리실 수 있다. 아들아, 시간이 좀 더 지나면 너는 이 모든 진리를 더 잘 이해하게 될 것이다. 그래도 알아야 할 것은 범속한 사람들에게 이 모든 것들은 이단(異端)으로 보인다는 것이다."

"이단이란 무엇인가요?"

내가 물었다.

"그것은 믿음에 있어 실수를 가리킨다."

"그런데 왜 많은 수도사들이 실수에 지나치게 혐오를 드러내나요?"

"대부분 사람들은 자기들만이 올바른 생각을 가졌다고 마음대로 상상하고, 다른 사람들의 생각을 굴복시키려고 하기 때문이다. 이를 위해 그들은 이단자들을 설득하려 하지 않고, 화형에 처해 버린다. 그들은 잘못 생각하는 사람들의 종족을 없애야 한다고 믿고 있다. 미치광이들 같으니! 우선 그들 자신부터 화형에 처해야 하거늘!"

그날 우리는 보부아르 근처의 작은 수도원에서 머물렀다가 다음 날 리브몽 수도원으로 갔다. 오귀스탱 신부는 그곳에 수도사 한 명을 잘 알고 있었고, 그분은 우리를 반갑게 맞아 주었다. 하지만 그는 우리가 온 이유를 듣고 나자 신부님에게 이렇게 말했다.

"저런! 딱하군요. 여기서는 당신들이 어떤 사람인지 말하지 마십시오. 우리 수도원장은 비열한 위선자여서 당신들이 누구인지 알면 당장 손발을 묶어 주교에게 보낼 것입니다. 내가 어쩔 수 없어 함께 생활하고 있는 수도사들은 이루 말할 수 없는 타락 속에 빠져 있습니다. 여기서 반 리외쯤 되는 곳에 그들이 관리하는 수녀원이 있습니다만, 이곳은 그들의 방탕을 즐기기에 모자라 이 수도원에 속한 영지에 사는 모든 농민들의 아내에게 초야권을 요구합니다. 그뿐만이 아닙니다.

하지만 나는 이다지 추잡한 이야기로 신부님 마음을 불편하게 하고 싶지 않습니다. 다만 알려 드리고 싶은 것은, 우리 가까운 곳의 주교들은 여기서 벌어지는 몹쓸 짓들에 눈을 감고 있다는 것입니다. 그들도 똑같은 길을 가고 있기 때문입니다. 또한 수도원장은 그들에게 굴복하고 비열한 환심을 베풀고 있습니다.

사람들이 신부님을 길 가는 플랑드르의 수도사인 것처럼 생각하도록 하십시오. 오늘 밤은 이곳에서 지내고, 내일은 샹파뉴로 가십시오. 그곳에서는 더 안전한 곳을 찾을 수 있을 것입니다."

오귀스탱 신부는 친구의 조언을 따랐다. 그리고 바로 그날 저녁, 이 수도원의 타락한 진상을 생생하게 목격했다.

수도원의 농노인 한 농부가 결혼식을 올리고 신부를 수도원장에게 데려왔다. 원장이 그녀에게 초야권을 행할 것인지를 알아보기 위해서였다. 젊은 아내는 얼굴이 못생겼다. 원장은 그녀에게 끌리지 않았다. 게다가 그는 전날 밤을 피곤하게 보낸 터였다. 따라서 그는 농부에게 이렇게 말했다.

"자네한테 아내와 첫날밤을 보내는 즐거움을 돌려주겠네. 하지만 그러기 위해서는 한 가지 조건이 있네. 자네 옷을 완전히 벗고, 우리 수도원 뒤뜰에 있는 진흙 연못에 들어가 2시간 동안만 앉아 있도록 하게."

불쌍한 남편은 뭐라 대꾸를 못 하고, 묵묵히 따르기만 했다. 그러는 동안, 젊은 여자를 자기 옆에 둔 원장은 수도사들을 불러 그 여자를 그들에게 양보하노라고 말했다. 즉시 그 파렴치한 수도사들 가운데 한 명이 제안하기를 그 여자를 '플랑드르 수도사'에게 대접하자고

했고, 이 너그러운 제안이 받아들여졌다.

하지만 오귀스탱 신부는 이 여자를 보려고 하지도 않고, 자신은 너무 늙어서 그 같은 일은 생각지도 못하노라고 대답했다. 그러면서, 이 새색시를 자신에게 대접하고자 한다면, 그는 그녀를 곧바로 남편에게 보내겠노라고 했다.

그러자 어떤 늙은 호색가 수도사가 말했다.

"아니, 그렇게 하면 안 되오. 저 종놈들에게 나쁜 버릇이 들도록 두어서는 안 되오. 내가 알아서 하겠소!"

그러고는 그 아낙을 자기 방으로 데려가서 눕히고 그럭저럭 1시간가량 그녀를 탐했다.

다음 날, 오귀스탱 신부는 새벽 4시에 일어났다. 그가 말했다.

"우리는 불행한 시대에 태어나 역겨운 곳에서 살고 있다. 떠나자, 아들아. 다른 지역에서 좀 더 나은 곳을 찾을 수 있을 것이다."

그날 라페르에 도착하기 전, 우리가 우아즈강의 지류를 건너려고 하는데 강 반대쪽 한 초가집에 불이 난 것이 보였다. 이 오두막 주인인 불쌍한 아낙은 부역 간 남편에게 빵 한 조각과 물을 가져다주고 오는 길이었다. 몇 리외 앞에서 그녀의 유일한 재산인 오두막이 불길에 휩싸인 것을 알았다. 그녀는 귀를 찢을 듯이 소리치며 달려가면서 다리를 건너려고 했다. 하지만 다리를 지키는 통행세 징수인이 튀어나와 그녀 앞을 가로막아 서며 말했다.

"통행세를 내시오. 그렇지 않으면 지날 수 없소."

"저런, 제발 나를 오랫동안 멈추게 하지 마세요. 통행세는 곧 내겠습니다. 저 불꽃 속에 내 아이가 들었습니다!"

"애를 구할 시간은 충분하오. 우선 통행세를 내시오. 아이는 2살이니 걸을 수 있잖소."

그 순간 초가지붕이 내려앉았다.

"저런! 하느님! 내 불쌍한 아이가 죽어 가고 있어요!"

그녀가 절망적인 목소리로 울부짖으며 외쳤다. 그리고 앞을 가로막아 선 남자를 밀치고 오두막으로 달려가 불꽃 속으로 뛰어들었다.

그녀에게 밀려 넘어진 것에 화가 난 통행세 징수인은 큰 소리로 주위를 어슬렁거리던 영지 순찰을 불러 그 불쌍한 여자를 일러바쳤다.

"이런, 야만인 같으니!"

오귀스탱 신부가 손수건으로 그 형편없는 남자의 입에 재갈을 물리며 소리쳤다.

"못된 영주를 모시는 하수인답구나!"

동시에 그를 붙잡아 팔로 목덜미를 조여 초소 안으로 밀어 넣어 가둔 다음, 불쌍한 여인을 대신해 동전 2드니에[1]를 던져 주었다.

"아들아, 서둘러 도망치자. 분명 이 못된 놈의 주인은 이보다 더한 파렴치한 괴물일 테니까."

---

1 [옮긴이 주] 드니에(*denier*) : 약 0.08수(*sou*) 에 해당한다.

6

시니 수도원. 늙은 영주의 마지막 순간.
상속 관여 기술

우리는 노트르담드리에스 수도원에서 밤을 보내고, 다음 날에 샹파뉴 땅을 밟았다. 오귀스탱 신부는 나를 시니 수도원으로 데려갔다. 그곳에는 신부님의 조카가 한 명 있었고, 우리는 거기서 몇 주일간 편안히 지낼 작정이었다. 이 수도원은 어마어마한 부자였다. 사람들은 우리를 환대했고, 우리는 처음 예정했던 것보다 그곳에서 훨씬 오랫동안 머물렀다. 우리가 사정상 그 수도원을 나오게 된 때가 몇 년이 지난 다음이었으니 말이다.

외브쿠르를 떠나기 전에 나는, 수도사가 하느님의 친구들이며 세상에서 가장 존경스런 사람들이라고 생각했다. 나는 내 아버지 역할을 하는 그 선한 신부님을 기준으로 그들 모두를 판단했다. 하지만 내가 탈출하기 전에 벌어진 여러 가지 일들과 특히 여기까지 여행하면서 겪은 모험을 통해 나는 그들 모두가 성인 같은 사람이 되기엔 부족한 점이 많다는 것을 깨달았다.

시니 수도원에 도착했을 때, 나는 이다지 많은 타락으로 더러워진 수도사의 옷을 내가 평생 동안 입는다는 것이 마음속으로 겁나기 시작했다. 내가 수도사가 된다는 결정에 거부감이 들지 않은 것은 오귀스탱 신부가 가까이 있다고 생각했기 때문이다.

시니 수도원 사람들은 리브몽 수도원 사람들보다 덜 문란했다. 그들은 기독교 교리를 설교하며 영주가 되기보다, 증여와 기부를 통해 서서히 재산을 늘리면서 성인으로 통하기를 바랐다. 그들의 식사는 거나했고, 그들의 방은 안락하게 치장되어 있었다. 하지만 그들의 복장은 어느 정도 엄격했고, 일반인들의 방문을 받는 장소에는 어떠한 세속적인 장식도 내걸지 않았다.

그들은 대놓고 초야권을 요구하는 것은 아니었지만, 마음에 드는 유부녀와 처녀는 물론 그들의 관리를 받는 여신도와 은둔 수녀들을 상대로 능란하게 그 권리를 주장할 줄 알았다.

그들은 과부들과 힘없는 자들의 유산을 등쳐먹고, 늙은이들에게서 값비싼 증여를 뜯어내 그들 마음대로 사용하는 데에 탁월한 재간이 있었다. 그들은 유언 속에 그들에 관한 언급을 잊은 망자를 위해서는 기도하지 않아서 상속자들이 그 소홀한 몫을 채워 주는 일도 허다하게 벌어졌다.

그들은 또한 돈 많은 독신자들을 성공적으로 그들의 수도원으로 끌어오고 이를 이용해서 상속을 받았다. 고해신부들은 무거운 죄의 고해를 위해 기독교를 위한 기금을 설립토록 했고, 이런 기금은 틀림없이 시니 수도원에 설치되기 마련이었다.

오귀스탱 신부는 이 같은 타락에 괴로워했다. 하지만 그는 다른 데에서 죄악을 보게 될까 두려워 바깥출입을 삼가고 조카와 머물렀다. 그렇지만 그는 종종 조카에게 시니 수도원 수도사들의 타락과 위선에 분개하는 모습을 드러냈다.

"무슨 그런 말씀을 하십니까?"

조카가 그에게 대꾸했다.

"우리도 먹고 살아야 합니다. 논밭에 나가 일하지 않는 우리 같은 수도사들은 자선가들이 아무것도 주지 않는다면 수도복을 벗든지, 혹은 일반 영주들이 하듯이 길거리에서 지나는 사람들을 상대로 물건을 빼앗아야 합니다. 하지만 우리는 어떠한 것도 강탈하지 않습니다. 사람들이 우리에게 바칠 뿐입니다."

"억지로 바치게 하는 것이지. 너희는 상속재산을 훔치고, 고아들의 유산을 가로채고, 가정의 재산을 빼앗고, 소심한 사람들을 주눅 들게 만들면서 이런 것을 폭력이라 말하지 않는다고? 너희가 요구하려는 것을 사람들이 가만히 가져오기만 기다린다고? 사기, 협잡, 악마, 유령, 지옥에 대한 공포, 바로 이런 것들이 너희가 그렇게 잘 써먹는 무기들 아닌가? 이 무기들은 칼보다 더 무서운 것들이다. 이 무지하고 잔인한 시대에 비수를 들이대는 강도에게 맞설 용기를 가진 것과 마찬가지이기 때문이다. 그 강도조차 정신이 너무 미약해, 그들이 직접 봐온 공포로 가득 찬 세상에서 너희가 그들에게 생생하게 그려 주는 천배 더 무섭다는 세상으로 지나가는 마당에, 너희의 협박에 떨지 않을 수 없고 겁먹지 않을 수 없다."

"삼촌, 그런 생각을 말하다 들키면 살아남지 못합니다. 도대체 어디서 그런 이단에 물들었는지 모르겠군요. 나 말고 다른 사람들 앞에서는 절대 삼가십시오. 그리고 수도사들을 사기꾼, 협잡꾼 취급하지 마십시오."

"모든 사람들이 눈을 제대로 뜨고 보기만 한다면, 나처럼 생각하게 될 것이다. 평소 돈을 벌기 위해 사용하는 수단 말고도, 너희는 이사야 선지자의 머리를 찾아내고 죽을죄를 용서받게 해 준다며 억만금을 받고 그 머리에 입 맞출 기회를 팔지 않는가? 양식이 살아 있는 시대에, 샹파뉴라는 곳이 있다는 것조차 알지 못한 이사야 선지자의 머리가 샹파뉴에서 발견됐다는 말을 도대체 누가 받아들인단 말인가?"

"만약 천사들이 그것을 옮겨 왔다면요?"

"누가 네게 그런 말을 해 주었나? 너희는 임신부들에게 성모 마리아의 젖이 든 유리병을 보여 준다. 그녀들에게 성공적인 해산을 약속한다며 이 유물을 보는 영광을 위해 돈을 내라고 한다. 어디서 이 젖을 가져왔는가? 누가 받았고, 누가 보관하다 주었는가? 너희는 시니 수도원에 작은 땅을 바치면 천국에서도 땅을 갖게 된다고 약속한 성 베르나르의 인정서가 있다고 주장하지 않았는가?

너희는 이 세상과 같이 천국에서도 영주가 되는 것을 기분 나빠하지 않고, 저세상에서 되찾기 위해 이 세상에서 가진 재산을 몽땅 바치는 사람들을 틀림없이 만나게 될 것이다. 그런데 하느님의 정의에 모든 희망을 걸고 있다고 할 수 있는 불쌍한 사람들에게 이 세상에서 노예라면 저세상에서도 노예이며, 지상에 힘센 사람과 영주가 있듯 천국에도 힘센 사람과 영주가 있다고 말해 준다면, 도대체 너희는 그들에게 하느님이 어떤 일을 하는 존재라고 말하려는 것인가?

봉건제도 때문에 최악으로 치닫게 된, 사람들 사이의 이 엄청난 불평등은 자연스러운 질서가 아니라는 것을 너희가 잘 알고 있다. 하느님은 우리 모두를 평등하고 자유롭게 창조하셨다는 것을 너희는 알고 있다. 한 사람이 자신의 힘을 다른 사람에게 행사하는 것은 죄이며 월권행위다. 자신의 종들에게 쇠고랑을 채운 영주에게 하느님은 영원히 쇠고랑을 채울 것이다. 그는 폭군을 벌줄 것이다.

　노예 가운데서도 가장 가난하고 힘없는 자들이 하느님 앞에서는 가장 힘센 군주보다 더 강력할 것이다. 더러운 이해관계 때문에 너희는 이런 위안되는 모든 진실을 말하지 않고 있다. 또한 불행한 사람이 희망에 목말라 역경 속에서 죽어 갈 때에도, 보다 나은 세상이 있다는 희망을 그에게 전해 주지 않는다.ˮ

　조카는 오귀스탱 신부 말이 옳다는 것을 알지만 그에게 귀 기울이지 않았다. 그가 가난한 자의 운명에 괴로워하는 데 반해, 수도사들은 모든 수단을 동원해서 온갖 종류의 기부와 유산을 수도원으로 끌어왔다. 오귀스탱 신부는 나를 가르치고 하루의 절반을 나와 함께 지내면서 자신의 비통한 생각을 잊으려 했다.

　어느 날(내가 그 수도원에 온 지 3년째, 내 나이 열다섯이었다), 나는 수도사 한 명을 따라가게 되었다. 인근에 있는 어느 늙은 영주에게 임종 영성체를 하기 위해서였다. 그때 내가 보고 들은 장면은 이렇다.

수도사 당신 부인과 딸, 모든 종들은 물러나게 하시오. 저 혼자만 당신과 있어야 합니다. 그러는 동안 이 아이는 방 저편에서 성유를 들고 당신 영혼의 안식을 위해 속죄 왕의 시편을 읽을 것입니다. 이제 경건

한 마음을 가지십시오. 당신이 일생 동안 저지른 모든 잘못들을 떠올리십시오. 두려운 하느님 앞에 당신이 나아갈 것이라고 생각하십시오. 나는 그 하느님의 대리인으로서 만약 당신이 내가 말하는 대로 한다면, 당신을 그분과 화해하도록 할 수 있습니다.

영주 저런! 당신이 요구하는 것이 무엇입니까, 신부님? 말씀하십시오. 하늘나라에 가기 위한 일이라면, 당신이 원하는 대로 모든 것을 따르겠습니다.

수도사 당신은, 받들던 영주를 속인 적이 없습니까?

영주 아뿔싸! 몇 번 그런 적이 있습니다.

수도사 당신이 거느린 농노들이 가진 것을 부당하게 몰수하지 않았습니까? 그들을 너무 버거운 부역에 시달리도록 하지 않았습니까? 당신이 불만을 가졌을 때, 그들이 경작한 땅을 초토화하지 않았습니까? 그들이 바칠 수 있는 것보다 더 많은 것을 요구하지 않았습니까?

영주 맙소사! 가끔 그렇게 했습니다.

수도사 당신은 응하지 않으면 세금을 물리겠다고 하여, 그들의 아내에게 초야권을 행사했지요?

영주 평생 15번에서 20번밖에 하지 않았습니다.

수도사 영지를 지나는 사람들의 물건을 빼앗았지요?

영주 아휴! 3번 그렇게 했습니다. 돈을 잘 버는 상인들이 많은 돈을 갖고 내 영지를 지난다는 것을 알았습니다. 나는 돈이 필요했고, 악마가 나를 유혹했습니다.

수도사 그때 사람을 죽였지요?

영주 저런! 그렇습니다. 3명 가운데 마지막 상인을 죽였습니다. 그는 단단한 몽둥이로 무장하고, 끈질기게 방어했습니다. 나는 큰 개가 그에게 달려들도록 했고, 함께 있던 재판관의 도움으로 그를 창으로 찔러 죽였습니다.

수도사 당신은 부당한 판결을 내렸지요?

영주 저런! 내가 그렇게 하지 않았습니다. 다만 내 재판관이 그렇게 했습니다. 3년 전에 농노 한 명과 그의 아내를 교수형에 처하도록 했습니다. 그들이 가진 좋은 밭을 차지했더니 나를 모욕해서, 불충을 저질렀다는 명목으로 그렇게 했습니다.

수도사 이게 전부입니까?

영주 맙소사! 아닙니다. 5년 전, 한 남자를 매에 맞아 죽도록 했습니다. 그는 땀 흘리고 절약해서 모은 약간의 돈을 갖고 있었고, 나는 그 돈이 필요했습니다. 나는 그가 내 딸을 유혹했다는 죄를 둘러씌웠습니다. 사실 그는 내 딸에게 말 한마디 붙이지 않았습니다. 그에게 불충죄 명목으로 재산을 몰수했습니다.

수도사 분명 이게 전부인가요?

영주 맙소사! 아닙니다. 6년 전, 어느 가장을 목매달아 죽이도록 했습니다. 그가 야간에 사냥한 것처럼 거짓으로 죄를 씌웠습니다. 그가 가진 황소 2마리와 밭을 뺏기 위한 것이었습니다.

수도사 안 됐군요! 지은 죄가 태산같이 많아요! 더 이상 묻기가 어려울 정도입니다.

영주 세상에! 신부님, 나만큼 적은 죄를 지은 영주도 드물 겁니다.

수도사 나도 압니다. 지옥이 그들을 기다립니다.

영주 내가 건강한 몸으로 수도원 예배당에 가서 예물을 바칠 때, 당신은 내게 지옥은 종들을 위한 곳이라고 말씀하셨는데 ….

수도사 맞습니다. 종들도 죄가 있으면 역시 지옥에 갑니다. 하지만 영주들도 큰 죄를 지으면 그런 벌을 면하지 못합니다. 당신은 양심에 거리낄 것이 없으리라고 생각했습니다. 말씀해 보십시오. 당신은 당신 부친보다 더 부자입니까?

영주 네. 나는 재산을 3배 늘렸습니다.

수도사 그것들을 돌려줘야 합니다.

영주 저런! 내가 잘못을 저지른 사람들은 모두 죽었습니다.

수도사 수도원은 당신이 반환하는 재산을 받아 당신이 그 재산을 빼앗은 가정에 그것을 갈라서 나눠 줍니다. 하느님의 친구인 수도사들이 당신에게 유리하도록 하느님께 부탁할 것입니다. 내가 시키는 모든 것을 하면, 당신은 여전히 천국에 가는 것을 기대할 수 있습니다. 그렇지 않으면 지옥의 심연이 당신 앞에 열리고, 영원한 형벌이 …. 벌써 악마들이 내 주위에 몰려와 당신 영혼을 유황불 속으로 가져가게 된 것을 기뻐하고 있습니다.

영주 아! 당신 좋을 대로 무엇이든 하겠습니다. 하지만 서두르십시오. 나는 곧 죽을 것 같습니다.

수도사 시니 수도원은 당신 영혼의 구원을 위해 기도해 왔기 때문에 당신 죄를 책임질 수 있고, 우리의 수호성인이자 신부인 성 베르나르의 도움으로 용서를 얻어낼 수 있을 것입니다. 하지만 당신이 가진 모든 재산의 3분의 2는 우리에게 넘겨주어야 합니다.

영주 아니! 그러면 전쟁에 나간 내 아들은?

수도사 나머지 3분의 1은 그가 가질 것입니다.

영주 그러면 과부로 남게 될 내 아내는 어떻게 될까요?

수도사 아들과 함께 고행하며 살아가면 될 것입니다.

영주 그러면 내 딸은요?

수도사 수녀원에 들어가도록 해서 당신을 위해 평생 기도하며 지내도록 할 것입니다.

영주 아직 13살밖에 되지 않았는데!

수도사 당신에게 얼마 남지 않은 짧은 시간을 잘 이용하십시오. 지옥의 가마불이 당신을 기다린다고 생각하십시오. 아마도 잠시 지나면, 더 이상 당신을 구할 수 없게 될 것입니다! 영원한 형벌이 … .

영주 좀 더 부드럽게 말해 주십시오. 나는 두려워서 너무 떨립니다.

서둘러 가서 필요한 모든 것과 함께 내 재판관과 수도원장을 데려오십시오. 천당에만 갈 수 있다면 모든 것에 동의합니다. 그런데, 성 베르나르는 내가 이 세상에서 가진 모든 것을 거기서 돌려줄 것입니까?

수도사 물론입니다.

영주 서두르십시오. 간절히 기다리겠습니다. 내 아내는 들어오지 못하게 하십시오.

수도사 그 문제에 관해서는 안심하십시오.

이 말을 하고 나서, 수도사는 서둘러 밖으로 나갔다. 그런데, 그는 생각에 사로잡혀 급하게 가는 바람에 문을 닫지 않았다. 오로지 어떤 사람도 이 위독한 영주 가까이 들어가지 못하도록 하는 것만 생각했기 때문이다. 불행히도, 이 저택은 그리 크지 않아 영주가 사는 건물 동(棟)에 붙은 작은 부속실을 염소 마구간으로 사용하고 있었다. 그런데 때마침 저택의 사냥개 1마리가 이 마구간에 들어가 소동이 일었다. 묶어 두지 않은 염소들이 다투어 뛰쳐나왔다. 뿔이 크게 난 숫염소 1마리와 암염소 2~3마리가 죽어 가는 영주와 함께 내가 있는 방으로 통하는 복도로 달려 들어왔다. 나는 문이 꼭 닫히지 않았다는 것을 몰랐기 때문에 그 문을 밀어 닫지 않았다. 갑자기 마법세계가 펼쳐진 듯, 뿔이 달리고 수염이 난 짐승이 커다란 사냥개에 쫓겨 죽어가는 사람이 누워 있는 방으로 뒤섞여 들이닥치는 것을 보고 나는 등골이

오싹했다. 하지만 숨이 넘어가는 영주가 자신을 찾아온 이 불청객들을 맞는 모습을 보고 두려움도 사라졌다.

그의 불안한 상상력이 갑자기 나타난 짐승들의 크기를 부풀렸는지, 그는 순간적으로 가장 잔인한 악마가 그의 영혼을 데리러 자기 방으로 들어온 줄로 착각했다. 고함을 내지르고, 성 베르나르를 부르고, 그의 고해성사를 맡아 유언에 따라 임종 성체배령1을 집도할 수도사의 도움을 청했다. 그리고 내가 알아들을 수 없는 몇 마디 말을 한숨 쉬듯 내뱉으며 시니 수도원장을 기다리지 못하고 숨을 거두었다.

큰 소리에 놀란 그의 아내와 딸이 들어오지 말라던 당부에도 불구하고 그가 숨을 거둔 직후 달려왔다. 여전히 놀란 동작으로 방 안을 오가는 짐승들을 서둘러 몰아내고 나서, 그녀들은 망자를 보고 눈물을 쏟으며 나에게 그가 죽은 순간의 상황을 말해 달라고 청했다. 그때 수도사가 늙은 영주의 유산을 수도원으로 끌어오는 데에 필요한 모든 사람들을 데리고 돌아왔다.

수도사는 눈물을 흘리고 있는 영주의 부인과 딸을 보고 얼굴이 창백해졌다.

"부인, 어떻게 된 일인가요?"

그가 물었다. 그리고 영주가 죽었다는 것을 알고 큰 소리로 말했다.

"불행한 사람 같으니! 성체배령을 받지 않았는데!"

---

1 [옮긴이 주] 죽음에 임박한 사람이 모시는 영성체를 가리키는 용어로 라틴어 어원은 *Viaticum*. 노자성체라고도 하며 '여행을 위한 준비(돈)' 혹은 '여행을 위한 양식' 이라는 뜻을 지닌다.

그리고 그는 더 이상 아무 말을 하지 않은 채 나에게 따라오라는 신호를 보냈고, 우리는 수도원으로 돌아왔다.

수도원에서는 망자의 재산 3분의 2를 가질 수 없기 때문에, 그에 걸맞은 상당한 돈을 내놓기 전에는 적어도 그의 장례식은 치러 주지 않기로 결정했다. 가족은 악마는 물론 지옥과 수도사들이 두려워 시니 수도원의 요구를 어쩔 수 없이 받아들였다. 수완 좋은 신부들은 망자가 약속한 것의 절반 이상은 잃지 않았다.

경우에 따라 조금씩 차이는 있지만, 이런 방법으로 비슷한 일을 끊임없이 되풀이하면서 이 수도원은 프랑스에서 가장 돈 많은 종교단체 가운데 하나가 될 수 있었다.

7

수도원 서원. 오귀스탱 신부 이야기

　내가 18살 되던 해, 주위에서는 나에게 서원(誓願)하고 출가할 것을 준비해야 한다고 말해 주었다. 비록 나는 세상에서 힘든 일과 슬픈 일 그리고 박해만 겪었으며, 수도복을 벗는다 해도 종살이의 굴종 밖에 내다보이지 않았지만, 수도원 울타리 안에서 나의 모든 자유를 영원히 잃어버리고 싶지 않았다.

　수도사는 농노들보다 심지어 봉신들보다 자유롭고, 봉신을 거느리는 영주들만큼 자유로운 것이 사실이다. 하지만 성직자의 독신(獨身) 의무는 내게 끔찍하게 여겨졌다. 나의 가슴과 모든 감각 속에는 내가 생명을 받은 것처럼 나도 생명을 물려주고 싶은 욕망이 느껴졌다. 나는 물론 종살이 신분의 불쌍한 자식들을 만들 것이다. 하지만 세상이 바뀔 수도 있다. 억압받는 사람들이 워낙 많으니 조금만 힘을 쏟으면 억압하는 자들의 굴레를 흔드는 게 어렵지만은 않을 것이다.

　오귀스탱 신부는 여러 번 내게 얘기해 주었다. 지난 세기의 이탈리아 어느 지역 농노들은 그들에게 채워진 쇠사슬에 시달린 끝에, 힘을 모아 그들을 억압하는 폭군들을 죽이고 작은 도시를 만들어 그곳에서 자유의 빛을 누리고 있다고 했다. 나는 프랑스의 피카르디나 샹파뉴 지방에도 억압에 분개하여 얼굴을 붉히고 있는 사람들이 더러 있을 것이라고 짐작했다.

게다가 오귀스탱 신부가 하는 다음과 같은 이야기를 듣고 수도사가 되는 것을 질색하게 되었다.

"마르셀! 네 인생의 갈 길을 정하는 결정의 시기가 왔구나. 이 정도로 수도사가 되는 것을 두려워하는 것은, 하느님이 너를 이 길로 부르시지 않는다는 것이다. 너의 서원 날짜를 1년 뒤로 미뤄 보겠다. 그때까지 네가 해야 할 바를 깊이 생각하도록 해라. 네게 정열이 있고, 마음이 고상하다면 좋은 수도사가 되기 어렵다. 끊임없이 추잡한 삶을 사느니 차라리 토지에 매인 종이 되는 편이 낫다.

이 세상은 잠시 지나는 통로일 뿐이다. 수도원을 더럽히는 범행과 향락에 발을 들이기보다 차라리 고단함과 가난을 택하여라. 종이 되면 네가 불쌍해지겠지만, 수도사가 되면 네가 불쌍한 사람들을 만들 것이다. 가난한 사람의 땀과 과부의 적은 재산, 고아의 유산으로 배를 채울 것이다. 만약 네 가슴이 사랑에 갈증을 느끼면, 다른 수도사들은 정열을 품는 것이 성직생활에 걸림돌은 되지 않는다며 너와 사랑을 나눌 여자들을 구해 줄 것이다. 그리고 결혼생활의 고생과는 상관없이 감각의 쾌락을 즐기게 될 것이라고 말해 줄 것이다.

이런 신성모독은 무시해라, 내 아들아!

하느님은 인간을 외롭게 살도록 하지 않았다. 예수 그리스도는 수도원을 세우지 않았다. 그의 사도들은 늙은 과부들을 위한 은신처로서 수도원을 허용했을 뿐이다. 하지만 오늘날에는 8살 소녀에게도 수녀복을 입힌다. 남자들도 사정은 비슷하다. 하지만 하느님은 결혼을 축복하고, 불임(不姙)과 이기주의를 저주했다.

아들아, 나는 10살에 영원한 약속인 서원을 할 수밖에 없었다. 하느님은 내가 입고 있는 수도복 때문에 어떤 죄악과 어떤 잘못이 저질러졌는지 알고 계신다. 아들아, 나는 아직 너에게 내가 살아온 이야기에 대해 아무것도 말해 주지 않았다. 내 인생의 비애를 짤막하게 들려주고 싶구나.

내가 종살이하던 영주가 포로가 되었다. 그의 몸값을 갚아야 했다. 황소 10마리, 노새 10마리, 농노 10명과 그들의 아내를 보냈다. 영원히 딴 나라로 보내지는 이 불쌍한 사람들 무리에 나의 아버지와 어머니가 있었고, 나는 그들의 하나뿐인 자식이었다. 나도 그들과 함께 떠나기로 되어 있었다.

그때, 어느 수도사가 나를 불쌍하게 여겼다. 부모들은 슬퍼했지만 나를 그 수도사에게 맡겼고, 그는 나를 수도원으로 데려가서 열심히 글을 가르쳤다. 나는 날마다 부모의 소식을 물었지만 아무도 알려 주지 않았다. 석 달이 지났을 때, 마침내 어느 선한 수도사 한 분이 내게 알려 주었다. 그분은 내 부모가 영국으로 가서 거기서 평생 살도록 되어 있었는데 그들을 태우고 가던 배가 풍랑을 만나 가라앉았다며, 더 이상 그들 생각은 하지 말아야 한다고 했다.

이 이야기를 듣고 내가 얼마나 슬프고 괴로웠는지 말로는 다 할 수 없다. 사람들은 나에게 저세상에 가면 그들을 만나게 될 것이며, 그들을 다시 만날 수 있으려면 수도생활을 해야 한다고 말해 주었다. 그러면서, 극도로 가난하긴 하지만 내가 가진 재주가 기대되기 때문에 나를 수도사들 사이에 기꺼이 받아 줄 것이라고 했다. 간단히 말해 나는 10살에 수도사가 되었다.

나의 처지에 관해 극도의 혐오를 느끼기 시작한 것은 그러고 10년이 지난 뒤였다. 어느 여자의 모습을 보고, 그 여자를 생각하면 내 가슴은 모든 것을 삼킬 듯한 정열의 불꽃으로 타올랐다. 그렇지만 나는 평생 독신으로 살다 죽기로 맹세한 처지라니! 나는 내 앞에서 많은 남자들이 같은 약속을 하고, 그 약속을 지키는 것을 별로 중요하게 생각하지 않는 것을 보았다. 하지만 나는 하느님 앞에서, 그를 모시는 제단 아래서, 그분에게 바친 떡을 놓고 성스런 복음서 위에 맹세한 약속을 깬다는 생각을 하면 전율이 느껴졌다.

나는 가장 암울한 슬픔과 미처 몰랐던 고통 속에서 3년을 보냈다. 나는 죽음을 원했고 천 번이라도 그 죽음을 맞았을 것이다. 하느님과의 약속을 깨뜨림으로써 그분을 업신여긴다는 두려움을 갖지 않았다면. 나는 차라리 농노의 종살이가 그리워졌다. 하지만 내가 타고난 쇠사슬에 다시 얽매인다면, 사랑의 마력에 회한 없이 빠져들 수 있는 희망을 그저 놓치게 되리라는 것을 알고 있었다.

마침내 절망에 빠져 죽을 지경이 되고, 공허한 후회 속에 심신이 타들어 가던 중이었다. 그때 가까운 곳에 있는 수녀원을 돌아보기 위해 방문하게 되었다. 처음 나는 이 일이 겁났다. 분명 내 기력을 탕진하고 말 것이기 때문이었다. 하지만 어떤 예감 같은 것이 이 모든 걱정들을 잠재우고 약간의 행복한 기분이 들도록 만들었다. 나는 수녀원으로 갔다. 내가 한 무리 젊은 여자들에게 둘러싸이게 되었을 때, 왠지 모를 어지러움 같은 것에 사로잡힌 느낌이 들었다.

이 여자들은 우아하고 매력이 넘쳤지만 나처럼 갇힌 처지에다, 무서운 매듭에 묶여 있었다. 말은 하지 않지만 아마도 그들 가운데 몇은 육체적 사랑의 순수한 즐거움을 역시 아쉬워하고 있었을 것이다.

이 수녀들 가운데 유독 한 명이 내 주의를 끌었다. 그녀는 19살에 생김새가 순하고 소박해 보이는 데다 눈을 내리뜨고 있었다. 그녀에게 말을 붙이려고 가까이 다가섰다. 다른 사람들은, 내가 그녀와 혼자 있도록 물러가 주었다. 나는 그녀가 행복한지 물었다. 깊은 한숨이 그녀의 대답이었다. 이 한숨과 함께 그녀가 나에게 던지는 괴로움의 시선이 나를 불타오르게 만들었다. 나는 그때까지 막연히 느끼고 추측했던 불길보다 더욱 분명한 불길로 타올랐다.

망설임이 확신으로 바뀌었다. 순간적으로 내가 맹세한 것은 내 가슴에서 나온 것이 아니었으며, 내가 아직 분별력이 없을 때 한 것이라는 생각이 들었다. 또한 나는 수도생활에 돌입해서 단념해야 하는 즐거움이 어떤 것인지조차 몰랐다. 이렇게 하느님이 인정하지 않은 생활을 그만두고, 그분이 이루고 축복으로 채워 주셨으며 성체배령 가운데서도 가장 성스럽고 가장 엄숙한 것으로 성서에 나타나 있는 결혼을 한다면 그분을 업신여기는 것이 아닐 것이라는 생각도 들었다.

나는 그 젊은 수녀에게 물어, 그녀는 작은 영지를 가진 영주의 여덟 번째 자식이고, 9살에 수녀가 되었으며, 그녀가 불행하다는 것을 알았다. 또한 자신은 원인을 알지도 못하는 우울증 때문에 곧 죽게 될 것이라고도 말했다. 나는 그녀에게 위로와 희망의 말을 해 주고, 나의 진심을 털어놓았다. 내가 그녀를 보기 위해 그녀가 있는 수녀원에 다시 가 있는 며칠 동안, 그녀는 내가 함정을 치는 것으로 생각했다.

마침내 그녀는 자신이 느끼는 가책과 두려움을 털어놓았다.

'아, 신부님. 나는 어떻게 하면 좋아요?'

'내게 속마음을 털어놔도 괜찮아요. 만약 우리의 마음이 통하면, 당신은 덜 불행할 겁니다. 극도로 괴로운 때에는 마음을 단단히 먹어야 합니다. 나를 따라오고 싶다면 당신을 이 감옥에서 멀리 떨어진 곳으로 데려가겠어요. 비록 그곳에서 물질적 자유를 찾지 못하더라도 최소한 마음이 억압받지는 않을 것입니다.'

'아! 당신을 알기 전에는 사랑을 알지 못했습니다. 당신 마음이 그렇다면, 당신을 사랑할 수 있다고 느낍니다. 그런데 내가 겪고 있는 가장 괴로운 일이 무엇인지 말하겠어요. 당신 수도원 원장이 나에게 강렬한 추파를 던집니다. 오래전부터 그의 지긋지긋한 구애에 시달리고 있습니다. 이틀 뒤에 그가 이 수녀원에 와서 밤을 지낼 것입니다. 그 같은 거동의 대상이 될까 두렵습니다. 나를 감시하는 여자들이 있을까 떨립니다.'

'오, 하늘이여!'

내가 소리 질렀다.

'하느님이 당신에게 그런 모욕을 벗어나라고 명령합니다. 내일 해가 지면 와서 당신을 이곳에서 데려가겠습니다. 준비하고 있으십시오. 그때까지 이 고약한 곳을 빠져나가는 일은 죄를 벗어나는 것이라는 생각을 굳히십시오. 당신을 하느님 다음으로 사랑합니다. 나의 열

렬한 사랑을 믿어 주십시오. 안녕히 … .'

나는 수도원으로 돌아왔다. 그리고 2리외 떨어진 곳에 사는 돈 많은 귀족이 임종을 앞두고 있어 돈을 벌어 올 테니 여비를 달라고 요청했다. 수도원 관계자는 나의 열성을 높이 사며, 내가 원하는 것을 주었다. 나는 예비 수도복을 챙겨 가지고 출발했다.

나는 내 젊은 애인에게 그녀의 수녀원 정원 안쪽에서 나를 기다리라고 말해 놓았다. 수녀원에 도착해서 나는 수녀원 원장을 만나러 갔다(그날 내가 한 거짓말은 내 양심에 걸리는 전무후무한 거짓말이다).

'수녀님, 우리 수도원 원장 신부님이 수녀님을 방문하러 오셨습니다. 하지만 날이 어두워지고, 다른 사람들 눈에 띄는 것을 원치 않으셔서 저더러 정원 열쇠를 얻어 와서 시끄럽지 않게 수녀원으로 들어갈 수 있게 해달라고 하셨습니다.'

'아! 내가 신부님과 같이 거기로 가겠어요.'

수녀원장이 말했다.

'당신은 이 수녀원을 잘 알지 못합니다. 그리고 나는 내 정신적 아버지를 기다리게 하고 싶지 않습니다.'

'아닙니다, 수녀님. 수도원장님은 수녀님이 젊은 수녀들을 그대로 두고 나오시기를 원치 않습니다. 그분은 사람들의 의심을 받으면서 들어오고 싶어하지 않습니다. 또한 수녀님을 좀 놀라게 해 주기를 바라기도 합니다. 제게 열쇠를 주시고, 걱정하지 마십시오.'

수녀원장은 더 이상 고집부리지 않았고, 나는 정원 안쪽에서 가벼운 꾸러미를 들고 있는 젊은 수녀를 만났다. 나는 그녀의 손을 잡았고, 순식간에 우리는 그 불길한 곳에서 멀리 벗어났다. 이제 나는 그녀에게 내가 가져온 예비 수도복으로 갈아입도록 했다. 그리고 그녀를 내 동생인 것처럼 꾸며서 파리로 데려갔다.

도시 안으로 들어가기 전 우리는 무릎을 꿇었다. 그러고는 우리가 수도원에서 서원한 것은 우리 마음에서 우러난 것이 아니라는 것을 하늘에 밝히면서, 하느님 앞에서 영원히 서로를 사랑할 것을 맹세했다. 그리고 가능한 한 빨리 부부가 될 것이며 살면서 힘든 일을 당하면 서로 도울 것을 약속했다. '안나'라는 이름의 내 젊은 애인은 자신이 귀족 출신이라는 것을 잊었고, 나는 내가 하층민이라는 것을 잊었다. 똑같은 불행이 우리를 동등하게 만들어 준 것이고, 너무도 힘든 종살이를 해야 하는 시골보다 그래도 여러 가지 특권을 누릴 수 있는 파리에서 우리는 더욱 행복하게 지낼 수 있으리라고 생각했다.

파리에 도착해서 우리는 작은 방을 세내고, 평상복을 구입했다. 돈은 우리가 수도원에서 입던 옷을 팔아 마련했다. 그리고 우리는 웬만큼 차분하게 생활하기 시작했다. 우리는 별반 걸릴 것 없이 자유로웠고, 며칠 동안 우리의 운명은 태평스러워 보였다. 하지만 아직 우리는 결혼하지 않은 연인일 뿐이어서 부부가 되고 싶었다. 나는 우리가 누구인지, 우리 성(姓)과 나이를 묻지 않고 우리가 가진 돈에 맞게 결혼식을 맡아 줄 선한 사제를 찾아나서 목표를 이루었다. 이제 우리의 나날은 꿈처럼 흘렀다. 우리 둘은 모두 바라 마지않았던 행복과 기쁨을 맛보았다. 내게 세상 모두를 준다 해도 내가 사랑하는 안나와는 바꾸지 않았을 것이다.

하지만 우리에게 있던 얼마 되지 않는 돈이 바닥나고 말았다. 살아갈 방편을 찾아야 했다. 나는 글을 쓸 줄 알았기 때문에 일반 서사 (書士)가 되었다. 내가 가진 변변치 않은 재능으로 우리는 거뜬히 생활을 꾸릴 수 있었다. 이 불행한 시대에 시골과 마찬가지로 대도시에도 무지가 짙게 드리워져, 웬만큼 글을 쓸 줄 아는 사람은 큰돈을 벌 수도 있었다.[1]

바란 만큼 우리는 행복했다. 우리는 몇몇 조세 부과금을 내야 했지만, 내가 버는 것으로 모든 것을 감당할 수 있었다. 우리는 평화롭고 안락하게 살아갔다. 2년이 지나도 우리의 사랑은 식을 줄 몰랐고 오히려 두 배 더 깊어진 느낌이었다. 우리는 아무런 죄가 없기 때문에 거리낌 없이 살았고, 매일 아침 하느님께 우리의 처지에 대한 감사를 드렸다.

저런! 아름다운 운명은 그리 오래가지 않는 것이었다. 그리고 전혀 다른 세상이 왔다. 이 세상에서 우리가 애태우며 찾는 행복은 너무도 덧없기 때문이다. 그 끔찍한 날은 내 기억에서 영원히 잊히지 않을 것이다. 8월 28일이었다. 파리 어느 작은 교회에서 열린 설교 모임은 많은 신자들을 끌어모았고, 우리도 그 모임에 참석했다. 사랑하는 나의 아내와 나는 하느님의 말씀에 겸허히 귀 기울이고, 그의 대리인이 전하는 성스러운 충고를 받아들이고자 했다. 하지만 우리는 이 설교

---

1 14세기에 태어나고 1418년에 죽은 니콜라 플라멜(Nicolas Flamel)은 대서업으로 그 당시에 비해 엄청난 재산을 일궈, 사람들은 그가 시금석을 찾았을 것으로 의심했다.

회가 짓궂은 연극2일 줄은 미리 알지 못했다.

설교하기로 되어 있던 사제가 조잡한 그림을 들고 연단으로 올라갔다. 그리고 그 그림을 청중들에게 보여 주고 경배하도록 했다. 이어 우스꽝스런 목소리로 성(聖) 줄리앙 이야기를 했다. 사슴 1마리가 성 줄리앙을 보고 말하기를 그가 부모를 살해할 것이라고 했고, 실제로 그는 부모를 죽였다. 그리고 아내와 함께 고행을 행하여 다리가 놓여 있지 않은 강에서 자선으로 한센병 환자를 건너게 해 주었다. 그런데 한센병 환자가 그의 손에서 흰 십자가로 변했다.

사제는 이 일들을 이야기하면서 어이없고 어리석은 일화들을 섞어 넣었고, 이 어리석은 이야기들은 복음을 경청하러 온 나의 기대에 어긋났다. 모든 참석자들은 그렇게나 과장되게 들려주는 기적들을 깊은 신앙심 속에서 감탄하며 들었다. 내 아내도 그 말들을 믿을 줄밖에 몰랐다. 하지만 나는 웃음이 터져 나오는 것을 막을 수 없었다. 바로 그때, 그 설교자는 설교하는 중에 뿔피리를 불면서 성 줄리앙의 사냥을 알렸다.

내가 내는 소리가 그 사제의 설교를 멈추도록 했다. 모든 신도들의 시선이 내게로 집중되어 나는 밖으로 나오고 싶었다. 사람들은 이단이라고 외쳤다. 죽음의 외침이었다.

불행하게도 바로 내 앞에 종교 재판관 한 명이 있었다. 이들은 매년 프랑스 전국을 돌며 이단자와 불신자들을 색출해서 뿌리를 뽑는 일을 하는 사람들이다. 이 종교 재판관은 3년 전에 내가 떠나온 수도

---

2 원문은 *histrionia.*

원에 왔던 사람이었다. 그는 나를 알아보았다. 그는 내 아내도 알아보는 듯, 우리가 일반인 옷을 입고 있는 것을 보고 놀랐다. 그리고 우리 둘을 신앙과 교회의 이름으로 붙잡았다.

우리는 헤어진 채 사흘 동안 감방에 갇혔다. 그리고 우리를 종교 재판관 앞에 출두시켰고, 재판관은 우리를 이단, 배교, 불경, 무신론으로 유죄를 선언했다. 그리고 우리가 순순히 이 모든 죄를 실토하지 않자 고문을 가했다. 나는 아내 때문에 몹시 불안했다. 그녀의 연약한 팔다리가 가혹한 형벌에 찢어지지나 않을지 …. 나는 우리의 모험을 숨기지 않고 이야기했다.

'더 이상 볼 필요 없어.'

재판관이 큰 소리로 말했다.

'이들의 재산을 몰수하도록. 이 둘 모두 죄질이 나쁘군. 이단은 끝장내야만 해! 이 여자는 오늘 당장 화형에 처하고, 남자는 내일 같은 길로 보내시오.'

이 무시무시한 선고가 내려졌을 때, 나는 울부짖었고 내 사랑하는 안나의 눈물은 폭포수처럼 흘렀다. 나는 이 짐승 같은 재판관들 발치에 엎드려, 그들이 그토록 피에 목마르다면 차라리 내 목숨을 가져가라고 애원했다. 나는 내 아내가 죄가 없다고 항변하고, 내가 그녀를 속이고, 유혹하고, 억지로 납치했다고 주장하며, 죽을죄를 지은 것은 나 혼자라고 소리쳤다.

아, 이다지도 잔인한 일이 있을 수 있단 말인가! 이 괴물들이 조그만 마음의 움직임도 없이 나의 절규하는 목소리를 듣는 동안, 그들의 하수인들은 내 사랑하는 아내를 죽음으로 몰아넣었다.

고개를 돌렸지만, 그녀는 더 이상 내 곁에 없었다. 그녀에게 작별의 눈길조차 건네지 못했는데, 더 이상 그녀를 볼 수 없게 되었다. 나는 이 살인 하수인들에게 피를 토하며 비난을 퍼붓기도 하고, 하느님의 용서와 예수 그리스도의 모범을 번갈아 일깨우기도 했다. 내 눈에서는 피눈물이 흘렀다. 가슴이 찢어지고, 목이 터지고, 애원하고, 저주하고, 절망하고 …. 아무리 해도 그들의 동정을 얻어 낼 수 없었다. 내가 도망치려고 하자, 사람들은 내게 쇠고랑을 채웠다.

곧 내 사랑하는 아내의 처형을 알리는 종소리가 들렸다. 이 소리를 듣고 나는 기절했다. 나는 살인자들 앞에서 쓰러져 버렸다. 하지만 잠시 후, 한 가닥 희망의 빛이 새어 들어 정신을 차렸다. 불쌍한 내 아내가 귀족 출신이라는 생각이 떠올랐고 목숨은 구할 수 있으리라는 희미한 믿음이 생겨났다. 나는 서둘러 재판관들에게 이 사실을 소리쳤다.

'아! 불행하기도 하오.'

재판관 한 명이 말했다.

'좀 더 일찍 그 말을 하지 않다니! 서둘러 화형대로 가 보도록. 아직 집행하지 않았다면, 화형 시간을 미루도록. 그리고 너, 이 몹쓸 배교자, 만일 거짓말하면 가장 잔인한 처형을 면치 못할 것이다.'

'좋습니다! 내가 애통해하는 내 아내를 구할 수만 있다면, 내 목숨 따윈 중요하지 않습니다!'

내가 대꾸했다.

'나는 사기 치는 인간이 아닙니다. 나는 거짓말하지 않습니다. 그

래도 거짓말이라고 한다면 기꺼이 죽겠습니다!'

하지만, 아! 절망이었다! 때는 늦었다. 관계자는 이미 그녀가 불꽃 속에서 죽어 갔다고 알려 주었다. 내 이름을 부르며, 후회하지 않고, 원망하지 않고….

이 마지막 말들과 이와 함께 쏟아내는 저주의 말들을 듣고, 나는 정신이 혼미한 가운데 내 혼이 착한 아내의 혼을 따라 날아가려는 것 같다는 느낌이 들었다. 나는 착란을 일으키고, 모든 의식을 잃어버렸다. 하지만 맙소사! 나의 최후의 순간은 여전히 멀었다!

마침내 천국에서 되살아났다고 생각했지만, 깨어난 곳은 더러운 감방 안이었다. 하지만 참아야 한다고 나는 생각했다. 한두 시간의 고통은 길지 않다. 오히려 달콤할 것이다. 야수 같은 인간들이 득실거리는 이 땅에서 이 고통들은 나를 영원히 천사들과 내 아내의 품속으로 데려다줄 것이기 때문이다.

몇 시간이 지난 다음, 내 감방의 문고리를 당기는 소리가 들렸다.

'마침내, 나를 데려가는 건가요? 나를 처형할 화형대가 준비된 것입니까?'

내가 소리 질렀다.

'너를 데리러 왔다.'

금 간 듯한 목소리가 내 말에 답했다.

'하지만 아직 죽지는 않을 것이다. 너의 불행을 보고 마음이 아팠다. 너처럼 나 또한 실수를 저질렀고, 그 실수를 고행으로 사죄하고 있다. 나는 다른 재판관들보다 인정이 많다. 너에게 회개할 시간을 주겠다. 너는 네 아내라고 부르지만 여기서는 네 공범으로 간주하는 여자는 죽었다. 만약 그녀에게 죄가 없다면, 그녀는 천국에서 너를 기다릴 것이다. 그녀를 다시 만날 자격을 갖춰야 한다. 비겁한 절망을 통해서는 영원한 영광을 누릴 수 없다. 이 세상의 삶은 단지 한순간이라는 것을 생각해라. 슬픔과 고통을 못마땅해하지 말고 견뎌라.

좋은 일을 하고, 애통해하는 사람들을 위로해라. 불화를 가라앉히고, 가난한 사람의 오두막에 평화와 희망을 전해라. 힘세고 돈 많은 자들의 대궐에 절제를 권해라. 밤이 깊어 가도, 낭비할 시간이 없다. 네가 입지 말았어야 할 옷을 벗고 이 수도복을 입어라. 그리고 박해와 옳지 못한 일들만 보게 될 도시에서 벗어나라.'

나는 이 말을 듣는 동안 깊은 침묵에 잠겼다.

'선한 어른.'

내가 응답했다.

'아, 나의 신부님. 당신 말씀은 꿀보다 더 달콤합니다. 당신은 나의 아픈 상처에 향유를 발라 주셨습니다. 당신은 잔인한 내 운명을 견디라고 명령하십니다. 나는 그 명령에 따르겠습니다. 평생 고통을 견디며 살겠습니다. 하지만 하느님은 내가 사랑하는 아내를 애통해하는 것을 막지 않으십니다.'

'네가 그토록 사랑하는 너의 아내가 천사라면, 반복해서 말하지만 그녀에게 어울리는 남편이 되도록 해야 할 것이다. 네가 천국에 갈 자격을 갖기 위해 이 세상에서 무엇을 했는가? 자, 불행을 당하였으니, 너그러운 마음을 갖길 바란다.'

'그런데 신부님, 나를 구하느라 당신 신변에 위험이 닥치지는 않을지요? 저 살인자들이 저들의 먹잇감이 보이지 않으면 뭐라고 하겠습

니까?'

'이곳은 모든 것이 사기와 미신 그리고 광신일 뿐이다. 너를 심판한 재판관들은 하느님을 좋아하지 않는다. 대신 그들은 악마를 무서워한다. 이곳에 네가 벗어 둔 옷만 있는 것을 보면, 그들은 어둠의 천사가 와서 그들의 손으로 너를 데려갔다고 생각할 것이다. 그리고 네가 마력을 가졌다고 고발하며, 너의 이야기가 퍼지는 것을 두려워할 것이다. 하지만 무슨 상관인가? 서둘러 떠나라. 하느님께서도 네가 그러기를 명령하신다.'

동시에 그 늙은이는 내게 수도복을 입히고 나서 내 손을 잡고 나를 감옥에서 끌어내더니 도시의 출입문까지 데려갔다.

'잘 가거라. 하늘이 너를 안내하길! 너에게 좋은 일이 함께하기를!'

나는 감사의 말을 하려고 했지만, 그는 벌써 저 멀리 사라져 갔다. 그는 내게 작은 지갑을 주었다. 내가 통행세를 내려면 돈이 필요하리라는 것을 미리 알았기 때문이다. 나는 인생에 어떤 선택을 해야 할지 생각하면서, 정처 없이 걷기 시작했다. 내 영혼 속에는 보다 잔잔한 고통, 보다 감미로운 고독이 절망의 흥분을 잠재우고 찾아들었다. 나는 내가 이 세상을 떠나는 것을 하느님이 기뻐할 날을 체념 속에 기다리기로 작정했다.

마침내, 오랜 길을 걷고 또 걸어 마르셀 네가 나를 알게 된 수도원에 도착했다. 사람들은 서운치 않게 나를 맞아 주었다. 나는 거기서 조용히 울 수 있고, 종종 좋은 일도 할 수 있었다.

외브쿠르 영주의 아버지가 나를 알게 되어, 나에게 자신의 아들을 가르치는 일을 맡긴 것이 바로 이곳이다. 여전히 이곳에서 나는 제자의 아들과 너에게 내가 알고 있는 것을 가르쳤다. 이제 나는 너를 아들처럼 소중하게 생각하고 너를 끝까지 데리고 다니며, 마지막 순간까지 돌볼 것이다.

이제 너는 이 수도복이 나를 얼마나 깊은 악의 심연으로 빠져들게 했는지 알 것이다. 나는 큰 잘못을 저지른 것을 두려워한다. 하지만 하느님이 용서해 주시기를 바란다. 네 문제를 말하자면, 아직 한창인 나이에 서원함으로써 너는 얽매이게 된다. 나는 그렇게 하는 것을 늘 반대했고, 그에 대해 너에게 아무런 말도 하지 않아야 하리라고 생각했다. 네가 사람들이 너무 일찍 알게 되는 감각적 쾌락을 궁금해하지 않도록 하기 위해서였다. 요즘 내 윗사람들은 더욱 조급하게 생각하고 있긴 하지만, 나는 한 해 더 늦추기를 바란다.

네 마음을 잘 짚어 보아라, 내 아들아. 수도복에 떨칠 수 없는 거부감을 느낀다면, 죄를 짓는 사람이 될 위험에 노출되지 않고 혹은 적어도 종교적 박해를 피하기 위해서라도 종의 신분으로 힘들게 살기를 택하라. 큰 덕을 쌓을 수 있는 자여야만 당당하게 수도복을 입을 수 있는 법이다."

8

젊은 마르셀의 꿈. 시니 수도원 출발.
봉건적 모험. 감옥

오귀스탱 신부가 짧은 시간 동안 되짚어 준 자신이 겪은 일들에 관한 이야기에 내 마음이 일렁였다. 나는 그가 내 나이에 느꼈을 감정을 느꼈다. 아직 사랑의 불길은 아니었지만, 사랑하고 싶은 마음이 불타올랐다.

"아, 신부님, 아, 이 세상에서 가장 선량한 신부님. 마음 편히 지내십시오. 신부님의 삶은 잘못이 없고, 신부님의 영혼은 순수합니다. 하늘이 제게도 신부님과 같은 노년을 허락해 주면 좋겠습니다! 저는 신부님이 이끄는 대로 따르겠습니다. 제게 신부님의 명령은 하느님의 말씀과 마찬가지입니다."

나는 그에게 벌거숭이 내 영혼을 드러냈다. 그는 시니 수도원장에게 온갖 노력을 다했다. 하지만 내 서원을 단지 몇 달밖에 연기하지 못했다. 이 예식을 위해 정한 날짜가 다가왔다. 결정을 내려야 했다. 오귀스탱 신부의 조언과 마찬가지로 나의 생각 또한 수도생활을 달갑게 여기는 것과는 거리가 멀었다.

마침내 사흘 앞으로 다가왔다. 슬픈 꿈을 꾸는 바람에 걱정이 너무도 커서 나는 오귀스탱 신부에게 작별의 기도를 부탁하고 도망치고 싶은 생각도 들었다. 불쌍한 내 아버지와 그를 따라 도망간 내 형들이 죽게 되는 꿈을 꾼 것이다. 나는 식은땀에 젖은 채로 잠에서 깼다. 숨이 가쁘고 공포에 떨며 애통해하는 소리를 질렀다. 바로 내 옆방에 있던 오귀스탱 신부가 즉시 달려와 무슨 소리냐고 물었다.

"아, 이제 아버지와 형을 못 보게 되었습니다. 내게 남은 것은 하느님과 신부님밖에 없습니다!"

내가 그에게 말했다.

"진정하거라, 아들아. 불길한 꿈 때문에 불안한 생각에 시달리는구나. 우리 주위는 아무런 일 없다."

신부님이 있다는 사실에 나는 안심되었고, 나는 내 꿈 얘기를 해드렸다. 그는 이 같은 예감은 믿을 것이 못 된다며 내 아버지와 형들은 분명 모두 잘 지내고, 그들의 영주는 인정 많고 관대한 사람이라 말해 주었다. 하지만 이 모든 위로의 말들은 내 불안을 잠재우지 못했다. 내가 아버지와 형들을 본 지 너무 오래였고, 얼마 전부터 그들을 다시 만나 얼싸안고 싶은 생각이 간절했다!

이러는 사이, 내가 지른 소리에 잠을 깬 수도사 몇 명이 내 방으로 와 내게 무슨 일이 일어났느냐고 물었다. 오귀스탱 신부는 내가 갑자기 몸에 심한 불편을 호소했지만 진정되었다고 대답해 주었다.

내게 몇 마디 위로의 말과 함께 안정을 취하라고 주문한 다음 그들은 신부님과 함께 잠을 청하러 갔다. 나는 잠을 이룰 수 없었고, 말로 표현하기 어려운 고통 속에 밤을 새웠다.

날이 밝았을 때, 나는 오귀스탱 신부를 찾아갔다.

"신부님, 신부님은 제가 뭐라 감사드려야 할지 모를 정도로 제게 좋은 일을 많이 해 주셨습니다. 하지만, 감히 한 가지 부탁을 드릴 것이 있습니다. 제가 어디서 아버지와 형들을 찾을 수 있는지 말씀해 주십시오. 그리고 제가 가는 길에 가호를 빌어 주십시오."

"뭐라고!"

신부님이 큰 소리로 외쳤다.

"강도들이 득실거리는 세상에서 혼자 길을 떠나겠다니! 아들아, 내가 여전히 너의 길벗이 되겠다. 네가 보고 싶어 하는 사람들은 여기서 크게 멀리 떨어져 있지 않다. 아마도 사흘이면 그들을 만날 수 있을 것이다. 하지만 떠나기 전에, 너는 다시 종살이 신분에 매이게 된다는 것을 생각하여라."

"저의 갈 길은 정해졌습니다."

내가 대답했다.

"하지만 신부님은 지금 조용히 살고 계신 곳을 떠나지 마십시오. 지금까지도 나는 신부님께 어려움만 안겨 드렸습니다."

"혼자 떠나면 안 된다. 준비를 갖추어라. 오늘 저녁 해가 떨어지면 길을 떠나자. 하지만 아무도 알지 못하도록 해야 한다. 알려지면 우리를 떠나지 못하게 만들 것이다. 끝까지 말없이 떠나야 한다."

나는 신부님을 포옹하고, 조용히 여행을 준비하겠다고 약속했다. 감격에 벅차올라 나는 내게 베풀어 주는 이 끊임없는 은혜를 어떻게 감사해야 할지 몰랐다.

신부님도 몇 가지 준비를 해서 저녁과 함께 우리는 길을 나섰다. 하지만 가족에 대한 나의 걱정을 끝내려고 떠난 이 길이 나에게 더 큰 불행을 가져다주다니!

시니 수도원을 나선 지 2시간이 막 되어서였다. 우리는 하느님의 은혜에 관해, 그리고 사람들의 비겁함과 죄악이 초래하는 비참한 현실에 관해서 이야기를 나누고 영주들의 지나친 향락과 두려움 모르는 야만 행위를 성토했다. 그리고 나는 신부님께 오직 폭력과 불안을 일으키면서 자신들의 존재를 알리는 이 세상의 힘센 자들과, 가난한 자들을 억압하는 폭군들이 바로 성서 속에 수없이 언급된 악마가 아닌지 물었다.

바로 그때, 우리 뒤에서 말발굽 소리가 크게 들렸다. 고개를 돌리니, 별빛 아래 누군지 알 수 없고 머리와 팔이 없는 것으로 보이는 시커먼 기사 여러 명이 나타났다. 사방이 트인 곳을 지나는 중이었고, 그들이 너무 가까이 다가왔기 때문에 도망칠 수도 없었다. 곧 나는 그들 가운데 둘러싸였다. 오귀스탱 신부에게 다가서려고 했는데, 소리 지를 겨를도 없이 그가 사라졌다. 그를 불렀지만, 묵묵부답이었다. 동시에 알 수 없는 그 기사 가운데 한 명이 내 얼굴에 베일을 씌우고 나를 그의 앞에 태웠다. 그리고 1시간은 족히 달린 다음 나를 감방 깊은 곳, 쥐 죽은 듯 적막이 감도는 곳에 내려 주었다.

나는 사건의 과정에도, 나를 납치한 사람들이 끝까지 아무 말을 하지 않는 것에도 적잖이 놀랐고, 내게 일어난 일들에 관해 어떻게 생각해야 할지도 도무지 알 수 없었다. 나를 데려다 놓은 곳이 어딘지를 정확히 알 수가 없어 일단 해가 뜨기를 기다렸다. 하지만 내게 해는 떠오르지 않았다. 내가 있는 어두운 구석은 하루 중 해가 가장 높이 떴을 때만 창살이 쳐진 환기창으로 실낱같은 빛이 들어오는 곳이었다. 나는 누군가 내게 먹을 것을 가져다주러 오면 내가 있는 곳과 내 운명이 어떻게 될 것인지에 관해 알 수 있기를 바랐다.

하지만 정오 무렵이 되어, 감방의 창구 문에 나 있는 작은 구멍이 열리더니 누군가 먹을 것을 던지고 가버렸다. 아무 말도 없고, 내가 외치는 질문에 아무런 대답도 없었다.

내가 있는 곳은 도대체 어디인가? 내가 이런 고통을 당할 만한 일을 했는가? 내가 저지른 죄가 도대체 무엇인가? 어느 영주가 나에게 벌을 내렸는가? 내가 가진 돈을 뺏으려는 것인가? 내게 있지도 않은 돈을…. 나를 영지에 소속시키려는 것일까?

오귀스탱 신부는 어떻게 된 것일까? 이 선량한 노인이 오직 나 때문에 불결한 지하 감방에서 나처럼 신음하고 있을까? 이런 괴로운 모든 생각들이 뇌리를 스치고, 나를 가장 씁쓸한 낙담 속으로 추락하게 만들었다. 나는 또한 내가 꾸었던 불길한 꿈과 두려움, 내 아버지가 처한 상황을 떠올리고, 아마도 그를 영원히 다시 만나기가 불가능할 것 같다고 생각했다.

나는 날마다 간수에게 수없이 질문했지만, 벽을 보고 말하는 것과 다름없었다. 아무도 내 말을 들어주지 않았다. 이렇게 날이 가고, 달이 가고, 해가 지났다. 그렇게 내 인생의 가장 아름다운 시절이 배고픔과 눈물, 침묵과 절망, 가장 어두운 고독과 함께 끔찍한 감방의 공포 속에서 사위어 갔다.

제 2 부

9

부서진 빗장. 오귀스탱 신부

나는 내 인생의 어두운 통로에 한동안 머물러 있긴 했지만, 나를 이렇게나 기적적으로 온전하게 지켜 준 하느님께 감사드렸다.

나는 늘 마음 한편에 언젠가 큰 난관을 만나게 될 것임을 예감하고 있었다. 하지만 감옥에서 겪은 고통은 사전에 전혀 예상하지 못한 것들이었다. 내가 처한 끔찍한 상황, 나를 가둬 놓은 감방의 악취 나는 공기, 잔인할 정도로 인색하게 넣어 주는 조잡한 음식, 괴로움과 회한(悔恨), 이 모든 것들이 이 기막힌 생명을 견디는 힘을 나에게서 앗아갔다.

죽음에 가까운 고독과 어둠과 적막이 내 주위에 드리워졌다. 환기구를 통해 실낱같은 빛이 비치는 낮 동안에도, 내 눈에 드는 것이라고는 늪지 같은 습기 때문에 거무스름해진 벽과 두엄이 되다시피 한 밀짚뿐이었다.

붙잡힌 처음 몇 달 동안, 내 머리에 떠오른 것은 내가 자유를 완전히 잃었다는 것과 오귀스탱 신부님을 더 이상 볼 수 없게 되었다는 것, 그리고 나보다 비참하지는 않겠지만 내 형제들과 아버지가 아마도 죽었을 것이라는 생각뿐이었다.

하지만 이 감방에서 상당한 시간이 지난 후 죽음이 나의 소망을 지켜 낼 수 없게 한다는 것을 알게 되었다. 나는 생명을 부지하고 고통을 이겨야 하며 내가 던져진 가혹한 처소에 적응해야만 했다. 그리고 더 이상 생명체의 모습은 볼 수 없을 것이며 사람의 목소리는 더 이상 들려오지 않을 것이고, 모든 생존의 희망을 빼앗겼다는 것을 알게 되었다. 그러자 나는 그야말로 눈앞이 캄캄한 절망 속에 떨어졌다. 나는 제 몫을 할 수 없게 된 오감이 낳는 모든 고통스러운 몸짓과 함께 분노와 광기 그리고 간절함이 뒤섞인 감정을 느꼈다.

감방의 벽을 두드리기도 하고, 쓸데없이 환기구에 매달리려고도 했으며, 불현듯 터무니없는 생각이 떠올라 내 운명을 기꺼이 받아들이기도 했다.

"아니, 내가 무엇을 탓한단 말인가? 나는 다른 사람들보다 더 행복하지 않은가? 여기서는 영주의 더러운 꼴을 보지 않아도 된다. 아무도 나를 괴롭히지 않는다. 먹는 것이 부실한 것은 사실이지만, 강제 노역은 하지 않는다. 영지를 상징하는 휘장(徽章)에 예의를 표시하지 않는다고 사람들 앞에서 곤장을 맞는 일도 없다."

그러다 잠시 후, 이런 비겁한 생각에 화가 치밀고 비탄에 잠기다가도, 문득 이런 생각이 들었다. 하느님이 내리는 거역할 수 없는 심판이 있다는 것과, 이 세상은 영원한 삶을 위한 수련기일 뿐 많은 괴로움을 겪은 후에야 행복을 기대할 수 있으며, 나를 괴롭히는 자들은 천국의 재판관 앞에서 공포를 당할 것이라는 생각이 그것이다. 그러면 비로소 마음이 진정되었다.

오귀스탱 신부의 가르침 또한 내 가슴속에 떠나지 않고 있어 나에게 용기를 주었다. 하지만 이 선한 선사(禪師)의 현명한 조언을 떠올릴 때마다 나의 불안한 생각을 그에게 투영하게 되었다. 도대체 어떻게 우리가 헤어지게 된 것일까? 그리고 그분은 어찌 되었을까? 그분도 나처럼 감방에서 고통을 겪고 있는 것일까? 그의 목숨 또한 고통과 눈물 속에서 꺼져 가야만 하는가?

하지만 이런 모든 괴로움 가운데 가장 잔인한 아픔은 내 감각과 가슴이 겪는 혼란으로 인한 것들이었다. 그것을 누가 믿어 줄 것인가? 나는 한 모금의 물로 목을 축이고 한 조각의 거친 호밀빵과 잘 익히지도 않고 맛도 냄새도 나지 않는 야채로 배를 채웠다. 하지만 나는 변함없이 기력을 잃지 않아 혈기 왕성한 남자로서 사랑을 나누고 싶었으나, 그 욕구를 채울 수 없는 무기력에 짓눌렸다. 함께 나눌 여자가 있다면 달콤할 듯한 고독 때문에 늘 화가 치밀었다.

하지만! 나의 바람과 욕망, 고통, 절망과 분노 따위는 내게 아무런 소용이 없었다. 10년이 넘는 세월 동안 나는 숱한 괴로움을 삼켜야만 했다. 아! 이 오랜 감옥생활 끝에 어느 위로하는 목소리 하나가 "너는 겨우 10년 동안 이 감방에서 신음하고 있다. 인내심을 가져라. 너는 아직 오래 살 수 있을 것이다"라고 말해 주기만 했어도 나는 위로받았을 것이다. 하지만 이렇게 보낸 10년의 세월은 내게 수 세기처럼 느껴졌다. 나는 죽지 않았다는 것이 놀라웠고, 나의 상상력은 제멋대로 발동했다. '나는 산 사람에 속한 것이 아닌가?'라는 생각도 가끔 들었다.

"도망치는 나를 납치한 사람들은 악마들이 아닌가? 이 감방은 지옥이 아닌가? 하지만 아니다. 영주들이 보이지 않고, 나 혼자인 것을 보니 아니다. 하느님은 그렇게나 불행한 삶 이후에 나를 벌주다니, 도대체 내가 그분께 무슨 짓을 했단 말인가?"

잠시 후, 나는 여기저기 수도원에서 들은 온갖 기적과 경이로운 이야기를 떠올리면서 또 다른 생각에 사로잡혔다.

"하느님은 사람들에게서 박해받지만 자신을 사랑하는 자들을 놀라운 이적(異跡)으로 지켜 주신다. 그 때문에 데시우스의 폭압에 시달리던 7명의 신자들[1]은 2세기가 넘도록 감방에서 잠들었다 지상에 다시 나타날 수 있었다. 나도 같은 운명일까? 이 감방에서 겪는 모든 공포는 단지 고통스러운 꿈에 지나지 않을까? 하지만 입김 한 번으로 지상의 모든 폭군들을 처단할 수 있는 하느님이 기적으로 나를 보호해 줄 정도로 내가 한 일이 무엇인가?"

내가 감방에서 경험한 모든 느낌을 여기 일일이 밝히고자 하면 너무 장황해질 것이다. 내가 붙잡힌 지 열한 번째 해가 지나간 세월과 마찬가지로 느리고 고통스럽게 지나고 있었다. 어느 날, 감방 문 앞에서 말을 주고받는 두 사람의 목소리가 들려왔다. 이 뜻밖의 소리 때

---

1 [옮긴이 주] 로마 데시우스 황제 시절, 기독교를 믿는 혐의를 받는 에페소스 출신 궁전수비 장교 7명이 잠든 채 생매장당했다가 오랜 세월이 지난 테오도시우스 황제 시절 산 채로 발견되었다는 전설이다.

문에 나는 너무도 기분이 들떠 모든 고통을 잊었다. 나는 문 쪽으로 뛰어가 목소리를 높여 소리 질렀다. 이런 말이 들렸다.

"마르셀, 아직 살아 있어?"

천사의 목소리 같다는 생각이 들었다. 나는 대답하고 싶었지만 소리를 지를 수밖에 없었고, 그 소리는 기쁨보다 오히려 착란에서 비롯된 소리였다. 동시에 문고리를 당기는 것 같았으나 녹이 슬어 움직이지 않는 모양이었다. 잠시 후 문고리를 부수더니, 오귀스탱 신부가 나타났고 나는 그의 품에 안겼다.

"아, 신부님! 또다시 나를 구하러 오셨습니까?"

내가 말했다. 하지만 그는 너무도 감격한 데에다, 감방 공기의 악취가 너무 심해 목이 막힌 나머지 내게 대답하지 못했다. 그가 내 손을 잡고 3개의 어두운 계단을 오르게 하여, 나는 어두운 감방에서 빛과 함께 잊고 있었던 하늘을 다시 보게 되었다.

"아! 마침내 맑은 공기를 들이마시게 되다니! 내 가슴이 되살아나는 것 같습니다! 그런데, 당신은 정말 나의 신부님이 맞습니까? 내가 정말 풀려난 겁니까?"

동시에 나는 그 점잖은 늙은이를 살펴보았다. 나의 영혼 속에 그의 이목구비가 새겨져 있지 않았다면, 나는 그를 알아보는 데에 애를 먹었을 것이다. 그만큼 그의 얼굴은 나이와 고생 때문에 바뀌어 있었다.

"아들아! 나는 네가 그동안 어떤 고통을 겪었는지 얘기해 달라고 말하지 않겠다. 야윈 몸과 창백한 혈색, 초점을 잃은 눈, 이전과는 판이한 너의 모습에 네가 겪은 고통이 어떤 것이었는지 충분히 짐작된다. 이제 바라건대 너의 크나큰 고통이 끝나고, 하늘이 네게 건강과 힘을 되돌려 주기를 … ."

이 말을 끝내고 그는 눈물을 훔치면서 나를 아래층으로 들게 하더니 저녁식사를 준비토록 했다. 나는 마침내 지상으로 다시 나오게 된 기쁨에 사로잡혀 어안이 벙벙한 채 침묵을 지켰고, 선한 선사가 묻는 물음에 답을 하지 않았다.

"신부님, 당신이 맞습니까?"

나는 두 번째로 물었다.

"신부님이 아직 살아 계시다니 도대체 어떻게 된 일입니까? 그동안 어떻게 지내셨으며, 내가 신부님 곁을 떠난 지 얼마나 되었습니까?"

"11년쯤 되었지."

"무슨 말씀! 고작 11년밖에 되지 않았단 말씀입니까? 신부님이 착각하신 건 아닌지요? 내겐 이 11년이 얼마나 길어 보였는지! 아무래도 하늘이 똑같은 고통을 겪도록 하지 않았던 것이겠지요?"

오귀스탱 신부가 대답하려는 순간, 수도사 한 명이 익힌 양고기와 갓 구운 흰 빵 그리고 맛있는 포도주 한 주전자를 가져왔다. 오래전부터 보잘것없는 고기 찌꺼기만 먹어 온 나는 이 식사를 보자 즐겁고 먹고 싶은 마음에 미칠 것 같다는 생각이 들었다. 식사를 준비한 수도사가 물러가고 우리 둘만 남았다. 선한 신부님은 지금은 하고 싶은 말을 할 때가 아니라고 말씀하셨다. 그리고 내가 식사를 들도록 하는 데에만 신경을 쓰면서 우리가 헤어져 지낸 세월에 관한 이야기는 적절한 시간으로 미루었다.

그는 나에게 과식하지 않도록 했고, 내가 기력을 회복하자 자정 전에 두 번째 식사를 들게 해 주겠노라 약속하며 정원으로 데려갔다. 그리고 내가 입을 옷가지를 가져오도록 해서 걸치고 있던 누더기를 갈아입게 했다. 나는 천의 부드러운 감촉을 느끼며 새로 태어난 기분을 느꼈다. 하지만 내가 하는 말이 어눌하고 조리가 맞지 않는 데다 동작이 굼떠 나를 보는 사람들은 내가 멍청이인 줄 알았을 것이다.

오귀스탱 신부조차 처음 몇 시간 동안 나를 정신 나간 사람으로 생각했다고 털어놓았다.

그가 데려간 정원에 들어섰을 때, 그는 내가 지금 이곳이 어딘지를 알려고 묻지 않는 것을 보고 나에게 우리가 있는 이곳을 알아보느냐고 물었다. 하지만 나는 대답하지 않은 채, 부드러운 잔디가 깔린 잔디밭을 보고 이곳과 내가 갇혀 있던 감방을 비교하면서, 다른 사람들이 보면 발작하는 것으로 생각할 괴성을 지르며 달려가 뒹굴었다.

선한 선사는 내 곁으로 와서 풀 위에 앉더니, 내가 입을 열기를 기다렸다. 1시간 남짓 이상한 동작과 독백을 계속하던 나는 그에게 물었다.

"여기가 어디입니까?"

"시니 수도원 경내지!"

"맙소사! 그럼 내가 그렇게나 쓰라린 눈물을 흘린 곳이 바로 여기란 말입니까?"

"그렇다, 아들아. 바로 이곳에서 너는 가장 음흉한 배신자에게 희생당한 것이다. 만약 자네가 지금 내 말을 들을 수 있는 상태라면, 이 끔찍한 사건의 전말을 들려주겠다."

"아! 말씀해 주십시오, 신부님."

내가 큰 소리로 말했다.

"도대체 내가 겪은 이 많은 고통이 누구 때문인지 말씀해 주십시오. 그리고 무엇보다 우리가 이다지도 오랫동안 떨어져 있으면서 신부님에게는 어떤 일들이 일어났는지 알려 주십시오."

"그래, 그렇게 하지."

선한 신부님이 말했다.

"우리가 말없이 수도원을 떠날 채비를 하던 날을 기억하겠지. 나는 우리의 비밀을 아무에게도 알리지 말았어야 하는 것인데도, 내 조카에게만큼은 우리가 도망가는 이유에 관해 속마음을 털어놓아도 되리라고 생각했던 것일세. 우리가 지나야 하는 길의 통행료를 위해 돈이 필요했기 때문이지. 그 비겁한 자는 우리의 행동을 인정하는 듯이 보였고, 내가 바라는 모든 액수를 주면서 즐거운 여행을 하길 바란다며 우리가 떠나도록 해 주었지.

하지만 대부분의 수도사들이 수도복을 입으면서 마음속에 품게 되는 이기심 때문에 그는 자연에서 비롯된 모든 감정을 외면하게 되었다네. 그는 수도원의 이익에 매달려 내가 자신의 삼촌이라는 사실을 잊고, 내게 빚진 모든 것을 떠올리지도 못했지. 내가 눈앞에 드러나는 수도원의 지나친 점들에 너무 자주 반감을 드러내다 보니, 나 또한 수도사라는 이름을 갖고 있음에도 마음속으로 사람들은 나를 수도사들의 적으로 간주했네. 그에게 우리는 거룩한 성전에서 도망치고, 수도원의 원칙을 험담하며, 다른 사람들이 수도원 사람들을 경멸하도록 가르치는 두 배반자로밖에 보이지 않았던 거였지.

그 광신자는 내가 자네를 제단에서 멀어지게 함으로써, 수도원이 자네의 젊은 재능을 잃게 하고 우리가 수도원에서 그토록 성토했던 나쁜 점들을 다른 곳에 퍼뜨릴 것이라는 생각을 갖게 되었다네. 한마디로 그는 우리를 처단하지는 않더라도 감옥에 넣어 격리해야 할 이단이요 배교자로 여긴 것이지.

우리가 수도원 울타리를 벗어나자마자 그는 우리에게 온갖 악의적인 험담을 둘러씌워 수도원장에게 고해바쳤다네. 수도원 전체를 움직이는 것은 바로 이같이 폭력적이고 위선적인 정신이라네. 원장은 우리의 동선과 우리가 가야 할 길을 알기가 무섭게 부하 수도사들에게 명령을 내려 무장하고 말에 올라 우리를 추적하도록 하고, 말없이 붙잡아 우리를 수도원에 따로 데려와 두 감방에 끝까지 넣어 둔 것일세.

부하 수도사들은 이 명령을 즉시 실행했고, 3년 동안 나 또한 너와 마찬가지로 잔인한 운명을 겪었다네. 그런데 나를 배반한 이 조카가 어느 영주의 유산을 갈취하다 영주의 아들에게 살해당했지. 그런 상황에서 오래전부터 나에게 관심을 보여 온 어느 나이 든 수도사가 용기를 내어 우리를 감싸고 나섰네. 그는 수도원장에게 우리를 고해바친 사람이 죽은 것은, 그가 삼촌에게 배은망덕을 저지른 것을 보고 노한 하늘이 벌을 내린 것이라는 것을 알아차리도록 하였지. 늙은 수도사는 원장에게 소개하기를 그의 삼촌인 내가 신앙생활에 길을 약간 벗어나 방황하긴 했지만 행실과 경륜으로 볼 때 여전히 존중할 만한 수도사라고 말해 주었다네.

몇몇 수도사들도 늙은 수도사의 말에 동조하였고, 수도원장은 그들이 늙은 오귀스탱 형제의 석방을 바란다면 자신은 거기에 동의한다고 했네. 하지만 젊은 변절자는 감방에서 죽음을 맞도록 두라고 했지.

그렇게 해서 나는 감방을 나오게 되었다.

아들아! 하지만 네가 불행에 놓여 있다는 것을 아는데, 나의 석방이 그저 기분 좋을 수 있었겠는가? 나는 너를 옥죄고 있는 쇠사슬을 풀기 위해 모든 노력을 기울이고, 기도하고, 애원하고, 생각할 수 있는 모든 수단을 동원했지만 소용없었다. 이 사제의 마음을 움직이려고 바위라도 녹일 듯한 노력을 쏟았지만, 내가 쏟은 피와 눈물에 그가 돌려준 대답은 이랬다.

'그는 못난 환속자(還俗者) 치고 아직 너무 좋은 대우를 받는 것이다. 이단자, 무신론자, 배교자 등 모든 괴물들은 이 세상에서 고통을 당하고 저세상에서는 불 속에 던져져야….'

끝내 나는 그의 배척에 굴복하지 않고 그는 평화를 실현하는 하느님의 대리인이며 그의 임무는 용서와 아량이고, 그는 하느님의 너그러움과 선의, 예수님의 온화함을 따라 해야 한다고 끈질기게 주장했다. 그러자 그는 내가 귀찮게 굴어서 지친 듯 어느 날 이렇게 말했다.

'당장 이 수도원에서 나가시오. 그리고 기억하시오. 만약 악마가 당신을 이곳으로 다시 데려온다면 당신은 가장 깊은 곳에 있는 감방에서 썩어 갈 것이오. 당신이 돌보던 그 불결한 자처럼….'

그리고 그는 등을 돌려 가버렸고, 나는 수도원에서 나왔다.

우리가 헤어진 지 5년째 접어들던 때였다. 나는 네가 겪고 있는 모든 아픔을 알았지만 해결책을 찾을 수 없었다. 너의 감방지기를 움직여 보려 했지만 허사였다. 그 또한 그의 주인만큼이나 고집불통이었다. 내게 남은 희망은 단 하나, 원장이 죽기를 바라는 것이었다. 비록 비인간적이긴 하지만 나는 그러기를 바랐고 기도하기까지 했다. 그렇게 하는 것은 나쁜 일일까? 나는 그렇다고 생각지 않는다. 존재 자체가 재앙인 사나운 짐승을 저주하는 것을 하느님께서 언짢아하실 리 있겠는가?

그러면서, 나는 어디로 발길을 돌려야 할지를 모르던 중에 네가 너의 부친과 형제들을 다시 만나고 싶어 하던 기억을 떠올렸다. 그리고 그들이 불행하다면 위로할 수 있도록 찾아 나서기로 결심했다. 하지만 그들에게 네가 처한 딱한 사정은 말하지 않을 작정이었다. 나는 그들을 백방으로 찾았지만 허사였다. 그들의 영주는 프랑스가 영국과 전쟁을 벌이는 동안 조국을 배반했고, 그의 영지는 어느 수도원에 맡겨져 너의 아버지와 두 형제는 영지에 딸린 짐승처럼 비인간적으로 팔아넘겨졌다.

나는 그들이 거쳐 갔을 것으로 생각되는 곳을 찾아갔지만, 흔적을 찾을 길이 없었다. 수없이 많은 헛걸음을 한 다음 마침내 나는 그들이 로렌으로 옮겨갔다는 것을 알게 되었다.

석 달 전부터 나는 이 오랜 여행을 계속할 수가 없었다. 너를 그렇게나 고통스러운 처지로 몰아넣은 폭군이 무서운 질병에 걸려 서서히 앓아 온 끝에 이제 오늘내일 죽을 날을 앞두고 있기 때문이었다. 어제 드디어 그가 숨을 거두었고 나는 오늘 아침 수도원을 찾아왔다. 나는 너의 석방을 간절히 요구했고, 다행히 허락을 얻어 내었다. 너를 이곳에서 멀리 떨어진 곳으로 데려간다는 조건에서였다. 내일 아침 일찍 우리는 로렌으로 떠나야 한다."

10

|

로렌 여행. 마르셀 부모의 죽음

　나는 오귀스탱 신부님에게 무한한 감사를 다시 한 번 고백하며 포옹했다. 우리는 수도원 가까운 농가에서 밤을 보내고, 다음 날 아침 로렌을 향해 길을 나섰다. 길을 가는 도중에 어디든 다름없이 극에 달한 가난한 세상의 풍경을 본 것을 제외하면 그다지 특별한 일이 일어나지 않아 이 여행에 관한 자세한 이야기는 하지 않겠다.

　며칠을 걸은 다음 우리는 티오쿠르 근처의 작은 수도원으로 들어갔다. 우리 두 사람은 수도사 복장을 하고 있었고, 나는 이제 맑은 정신을 완전히 되찾았다. 우리가 내 부친과 형제를 다시 만날 수 있으리라고 기대한 곳은 생미이엘 근처 브라세트 영주의 농지에서였다. 우리는 가진 돈이 바닥나 우리를 맞아 준 수도사들의 호의에 기대어 몇 주 동안 신세를 질 요량이었다. 그런데 이 선량한 수도사들은 민간에 퍼진 온갖 미신과 철면피 같은 무지에 물들어 있어 우리가 도움받기엔 쉽지 않았다. 그들은 전체적으로 리브몽과 시니 수도원의 수도자들보다 신앙이 더욱 돈독하고 덜 위선적인 것이 사실이었다. 우리는 표면적으로 쉽사리 그들의 모든 잘못이 존중할 만하다고 받아들임으로써 그들의 호의를 얻어낼 수 있었다.

우리는 이 수도원에 며칠을 머물고 나서, 기도를 드리기 위해 생미이엘에 가야겠노라며 약간의 노잣돈을 달라고 부탁했다. 그러자 원장 신부가 말했다.

"좋은 생각이에요. 당신들은 우리의 형제인 베네딕트파 수도사들의 수도원에 숙박할 수 있을 것입니다. 그리고 내일은 마법사 28명을 재판에 회부해서 즉시 화형에 처할 것인데, 당신들은 돌아오기 전 이 모든 행사를 볼 수 있을 것입니다. 저도 내일 아침 그곳에 갑니다. 재판관 중 한 명이라서요. 이 같은 광경을 보는 것은 당신들을 참된 길로 이끄는 데에 도움이 될 것입니다."

그런데 우리는 생미이엘에 가기 전 브라세트에 들렀다. 나는 아버지와 형들을 본 지가 너무 오래되어 다시 만나고 싶은 마음으로 불타올라 그들에 관해 수소문했다. 내가 말을 건넸던 야윈 남자는 머리를 절레절레 흔들며 말했다.

"무척 착한 사람들이었는데, 이미 죽었습니다. 저기 그들의 오두막이 있어요. 거기 가면 큰아들의 아내를 만날 수 있을 것이고, 그녀가 그들이 처한 어려운 사정을 얘기해 줄 것입니다."

늙은 농노는 이 말을 하고 나서 멀어져 갔고, 우리는 슬픈 예감이 들어 가슴이 미어지는 것을 느끼며 가르쳐 준 초가집으로 들어섰다. 가난에 찌든 누더기를 걸친 젊은 아낙이 홀로 눈에 띄었다.

오귀스탱 신부는 하늘의 평화와 행복을 그녀에게 빌어 주었다. 그녀는 한숨을 쉬며 말했다.

"행복이란 것을 나는 알지도 못합니다. 사람들 말로는 내가 죽은 다음에야 그것을 찾을 수 있을 것이라고들 합니다. 나는 차라리 죽고 싶습니다."

나는 겨우 용기를 내서 그녀에게 보다 나은 미래가 있다며 약간의 위로를 해 주었다. 그리고 내가 누군지를 알려 주었다. 나는 그녀에게 이전에 내가 꾼 슬픈 꿈과 함께 내가 겪은 모험과 감방에 갇혔던 일들을 이야기해 주었다. 나는 그녀가 괴로워하는 이유와 그녀가 내형의 아내가 맞는지 여부를 말해 달라고 청했다.

그녀의 대답은 이랬다.

"나는 더 이상 그의 아내가 아닙니다. 나는 그의 과부입니다. 그렇게 된 지도 이미 오래되었습니다."

"과부! 아니! 내 형이 죽었다니!"

"그는 죽은 것이 아닙니다. 죽임을 당한 것입니다."

"맙소사! 언제나 어디서나 가난과 범죄는 가실 줄 모르는군요. 아! 부디, 내 아버지와 형들이 어떻게 되었는지 말해 주세요."

"그들은 종종 당신 이야기를 했습니다. 하지만 내가 당신을 만나리라고는 기대조차 하지 않았습니다. 나도 곧 죽임을 당할 것입니다. 나는 마녀니까요."

"아니! 무슨 말입니까?"

오귀스탱 신부가 말을 잘랐다.

"내가 고통을 참고 산 지도 너무 오래되었습니다만, 수도사와 사제들은 내게 스스로 목숨을 끊으면 지옥에 간다고 끊임없이 말했습니다. 나는 마녀 집회에 가게 되었고, 그 후 내가 마녀라는 것을 실토했습니다. 내일 나는 재판을 받게 되고, 죽임을 당할 것입니다. 하지만 그러기 전에 내 죄를 면죄받기를 바랍니다. 나는 회개할 것이고, 저세상으로 갈 것입니다. 그러면 여기서보다 괴롭지 않을 것입니다. 하지만 원하시는 대로 당신 아버지와 형제들의 운명에 대해 알려드리겠습니다. 내가 본 모든 것을 말하겠습니다. 그런데 당신들은 이곳에 오지 않는 편이 오히려 나을 것이었습니다. 이미 불길한 마음이 든다면 더 이상 아무것도 들으려 하지 말고 가는 것이 나을 것입니다."

"아닙니다. 말해 주십시오, 형수님. 어떤 말씀을 하시든 제 마음은 각오가 되어 있습니다."

내가 말했다.

"당신의 아버지와 형제들이 이 영지로 온 지가 6년이 다 되어 가는군요."

그녀가 말했다.

"이곳으로 온 것은 제 발로 불행을 찾아온 것이었습니다. 그들은 사형을 집행하는 사람보다 더 잔인한 주인의 손아귀에 들고 말았기 때문입니다. 이곳 숲속에도 브라세트의 살인마보다 더 잔인한 살쾡이는 없습니다.

당신 아버지와 형제들에게 그들이 감당할 수 있는 것을 넘어서는 작업이 맡겨졌고, 그들이 맡은 작업을 해내지 못하면 저녁마다 그들에게 몽둥이질이 가해졌습니다. 하지만 그렇다고 그들이 유별난 취급을 당한 것은 아닙니다.

너덧 달이 지난 다음, 영주는 당신 맏형이 성장한 것을 보고 그에게 나와 결혼하라는 명령을 내렸습니다. 그리고 영주는 당신들도 잘 알고 있는 초야권을 내게 행사하기 위해 신혼 첫 이틀 동안 나를 그의 저택에 데리고 있었습니다. 그사이에 영주는 남편에게 나뭇단 200개를 만들라는 지시를 내렸습니다.

불쌍한 내 남편은 가슴이 미어질 듯하면서도 이 고통스러운 일을 해내기 위해 숲으로 갔습니다만, 그 일의 반밖에 해낼 수가 없었습니다. 그리고 서글픈 마음으로 자신의 오두막으로 돌아와 그에게 내려질 처벌을 기다렸습니다. 그런데 우리가 겪을 불행의 씨앗은 다른 데에 있었습니다.

이튿날, 당신의 형은 작업하던 숲에서 산토끼 1마리를 발견했습니다. 산토끼는 영주가 사냥할 때 죽인 것으로 보이며 어느 나무 둥치 아래에 죽어 있었습니다. 남편은 경솔하게 그 죽은 토끼를 가져왔습니다. 영지의 야생 짐승을 죽이면 사형당할 수도 있다는 것은 알고 있었습니다만, 죽은 짐승을 주워 오는 것이 위험한 줄은 알지 못했습니다.

이틀이 지난 다음, 영주가 무장한 사병과 재판관을 대동하고 집으로 찾아왔습니다. 초야권 이틀 동안 약속한 나뭇단을 다 채우지 못한 남편에게 대가를 받기 위한 것이었습니다. 그들이 우리 오두막 안으로 들어왔고, 나는 영주의 무릎에 매달려 남편을 용서해 달라고 애원했습니다. 그때, 같이 온 재판관이 집 한쪽에서 우리가 먹고 난 산토끼 가죽을 발견하고 영주에게 그것을 보여 주었습니다. 그리고 우리가 반역죄를 저지른 밀렵꾼이라고 소리 질렀습니다.

그는 당신 아버지와 형제들이 언젠가 물고기도 먹었다는 말을 들었으며 그들 중 누군가가 낚시를 한 것이 분명하다고도 했습니다. 남편과 당신의 동생 그리고 아버지는 무릎을 꿇고 눈물을 흘리며 자기들은 물고기는 맛본 적도 없다며 결백을 주장했습니다. 그리고 그들은 낚시나 사냥을 할 도구가 없으며, 자신들은 사냥을 하면 어떤 대가를 치러야 하는지 잘 알기 때문에 그렇게 할 엄두도 내지 못한다고 했습니다. 또한 문제가 된 산토끼는 나무 아래 죽어 있는 것을 발견한 것이라고도 했습니다. 하지만 영주는 냉정한 목소리로 말했습니다.

'너희들의 해명은 들어줄 수 없다. 너희가 저지른 죄목은 그 산토끼를 잡았든 주웠든 상관없이 내 영지에 속한 짐승을 먹었다는 것이다. 그 맛에 길들지 못하도록, 3명 모두 옷을 벗고 각각 백 대의 곤장을 맞도록 하라.'

영주는 이 명령을 내린 즉시 떠나고, 그의 형리가 바로 이곳 불행한 오두막 앞에서 그 명령을 실행했습니다. 그리하여 오랫동안 이 집 앞뜰에는 그들이 흘린 핏자국이 배어 있었습니다.

이런 고역을 치른 다음, 아직 상처가 아물지도 않고 고통이 가시지도 않은 상황에서 그들은 작업장으로 내몰렸습니다. 결국 가엾은 아버지는 쓰러지고 말았습니다. 고약한 재판관들이 그의 노구를 고려하지 않았기 때문입니다. 죽어 가던 아버지는 당신에게 지워진 보충 사역을 감당할 수 없었습니다. 아시다시피, 영지 농민이 너무 늙어 더 이상 일할 수 없게 되면 영지에서는 대부분 이런저런 핑계를 내세워 그들에게 힘든 일을 떠맡겨 죽게 만듭니다. 아무 일도 못하는 사람은 먹여 살리지 않는 것입니다.

숨이 넘어가는 아버지는 오두막으로 옮겨졌고, 곧 신부 한 명이 고해를 위해 찾아왔습니다. 신부가 아버지에게 영주를 위해 기도했는지, 일요일 설교에서 추천하는 것처럼 적어도 일요일에는 그렇게 했는지 물었을 때 아버지는 아니라고 대답했습니다.

'무엇 때문입니까?'

신부가 물었습니다.

'영주들은 나에게 고통을 안겨 주기만 했을 뿐이기 때문입니다. 평생 한순간의 행복도 누리지 못하고 비참하게 살아온 것은 그들 때문입니다. 내가 기도하는 유일한 영주는 외브쿠르 영주입니다.'

'브라세트 영주를 위해서도 기도해야 합니다.'

'나는 하느님께 그와 그를 닮은 모든 영주들을 지상에서 거두어 가시라고 기도합니다.'

'저런! 모든 성인은 자신을 괴롭힌 자들을 위해 기도합니다. 영주에게는 주어진 권리가 있습니다. 그들은 당신 목숨과 재산을 마음대로 할 수 있습니다. 그들을 사랑하고 그들의 번영을 위해 서원해야 합니다. 그러지 않으면 당신은 지옥으로 가게 됩니다.'

'하느님은 내가 살인자들을 저주한다고 해서 나를 벌주지는 않을 것입니다. 그들의 권리라는 것들은 부당합니다. 하느님은 나의 아버지요, 모든 불쌍한 자들의 아버지며 기댈 언덕입니다. 신부님도 말씀하신 것처럼, 하느님은 피 뿌리는 일을 즐겨 한 자들을 최후의 날에 받아들이지 않을 것입니다.'

'당신은 죽음을 앞두고 있습니다. 당신이 영주들을 위해 기도하고

나야 나는 당신의 죄를 면해 줄 것입니다.'

'나는 양심에 거리낄 것이 없습니다. 비록 몇몇 잘못을 저질렀지만, 그 죗값을 치렀습니다. 하느님은 자비로우십니다.'

'당신 영주들을 위해 기도하십시오!'

'그들이 죽기를 기도합니다. 그들이 내 아내를 죽이고, 나를 죽게 하고, 내 자식들을 죽게 할 것처럼!'

이 말과 함께 늙은이는 면죄받지 않은 채 숨을 거두셨습니다. 화난 신부는 아버지의 주검을 들고 나가 그것은 신성한 땅에 안장될 자격이 없다고 선언하며 들판에 버리도록 했습니다. 그리고 개와 독수리를 비롯한 짐승들에게 맡겨 버렸습니다.

당신 형들이 집으로 돌아와 그사이 일어난 일을 알게 되었을 때 그들은 필설로 다하지 못할 절망을 표현하고, 그들을 괴롭히는 폭군에게 저주를 퍼부었습니다. 그들은 심신이 지치고 괴로웠지만, 아버지의 시신을 안아 보고 싶어 시신이 버려진 곳에 가서 수습하여 집으로 모시고 왔습니다. 그리고 눈물로 시신을 씻다시피 하며 그들이 알고 있는 영결 기도를 올리고 나서 밤사이 공동묘지에 안장했습니다.

다음 날 아침, 사람들은 공동묘지의 땅이 새롭게 일궈지고 아버지의 시신이 보이지 않는 것을 알아채고, 아들들이 한 일을 의심했습니다. 그리고 그들을 붙잡아 영지 관리소로 데려갔습니다. 고문을 이기지 못한 형들은 사실을 말하였지만, 그들이 한 행위는 범죄는 아니었습니다. 하지만 재판관들은 두 형제가 반역이며 사형에 처하는 것이 마땅하다고 소리쳤습니다. 그들은 당장 교수대로 끌려가 그날 저녁 처형되었습니다.

이때부터 내게 남은 거라고는 가난과 굶주림, 고통과 더불어 힘에 부치는 노동 그리고 가혹한 체벌이었습니다. 사람들은 숱한 괴로움과 함께 내가 영벌을 받게 될 것이라고 끊임없이 말했습니다. 나는 차라리 악마의 우두머리를 만나고 싶었습니다. 그가 영주보다 덜 잔인할 것이라는 생각 때문이었습니다. 나는 마녀가 되었습니다. 내일이면 나는 화형에 처해질 것입니다. 하지만 내가 형을 당하더라도, 이 세상에서보다 더 불행하기야 하겠습니까?"

11

마녀. 마녀 회의. 간부(姦婦). 마녀 무리 처형 등

우리는 몇 번이고 울음을 참지 못하여 불쌍한 과부가 된 내 형수가 하는 이야기를 중간에 끊었다. 그녀가 말을 마친 다음 나는 다시 한 번 실컷 울었다. 오귀스탱 신부는 내가 보다 좋은 세상에서 내 아버지와 형제들을 만날 수 있을 것이라고 위로하며 내게 용기를 북돋워 주었다. 언젠가 하느님이 우리 모두를 폭력도 없고, 불의도 없으며, 가난도 없고, 폭군을 두려워하지 않아도 되는 곳에서 모이게 해 줄 것이라며 격려해 주었다.

"그리고, 자매. 자매는 너무 암울한 상상의 착란에 휘말려 들지 마시오. 자매가 본 것은 악마가 아니오. 하느님은 사람 앞에 악마가 나타나도록 두지 않기 때문이오. 자매는 마녀도 아니오. 그렇게 될 수가 없기 때문이오. 지옥에도 가지 않을 것이오. 하느님을 거스르지 않았으니까요. 자매의 삶은 슬픔과 괴로움의 연속입니다. 자매 주위를 돌아보시오. 사악한 한 명과 1천 명의 불행한 사람들이 있습니다.

사방이 똑같은 광경이지요. 그러니 힘을 내서 어려움을 견디시오. 그러면 구원받을 것입니다. 나는 고통과 박해 가운데서도 많은 나이가 되었소. 나는 모든 것을 견디었소. 이제 내 인생도 종점에 가까워져 가오. 내가 변함없이 지내 온 것에 대한 상을 기다리고 있소."

"나는 아직 젊지만 더 이상 힘도 없고 용기도 없습니다. 나는 죽음을 바랄 수밖에 없고, 내일이면 그것을 맞이할 것입니다."

"저런! 만약 자매가 마녀 가운데 한 명으로 낙인찍혔다면, 내가 알기로 자매를 구할 아무런 방도가 없소. 당신의 죽음을 기정사실로 받아들일 것이오. 하지만 도망쳐 조금 덜 열악한 곳으로 가서 하느님이 자매에게 예비해 둔 시간을 기다릴 수 있지 않을까요?"

"도망치는 것은 불가능합니다. 영지의 모든 출입문은 보초가 지키고 있습니다. 게다가 나는 감시받고 있습니다. 또한 도망칠 수 있다 하더라도 마찬가지로 견디기 어려운 삶을 만날 뿐입니다. 나는 죽기를 바라고, 내일 죽을 것입니다."

"자매의 굳은 마음을 더 이상 반대하진 않겠습니다. 실제로 자매는 덜 불행할 것이니까요. 또한 자매가 사별하여 슬퍼하는 사람들을 다시 만날 수 있을 것이니까요. 하지만 자매가 죽음에 다가서기 전에 자매와 꼭 하고 싶은 일이 있습니다. 그것은 하느님이 언제나 자매를 지켜보고 계신다는 것을 확신하고, 자매가 빠져 있는 미신과 자매가 안다고 여기는 악마에 관한 그릇된 생각을 지우게 하는 것입니다. 도대체 자매가 어떻게 마녀 회의에 가게 되었는지 말해 줄 수 있겠소?"

"이 모든 의심스러운 것들에 관해 말씀드리겠습니다. 삶의 무게와 함께 내가 버려진 슬픈 고독, 날마다 나를 지치게 만드는 고된 노역, 영벌에 대한 두려움을 견디지 못할 때 나는 한 노파를 만나러 갔습니다. 마녀로 통하는 노파였습니다.

'이웃이여, 나의 괴로움을 벗어나게 해줄 방도를 찾아 주십시오. 그러시면 감사의 표시로 내가 할 수 있는 모든 것을 할 것입니다.'

그리고 나는 그녀에게 나의 심신이 처한 상황을 알려 주었습니다.

'안심하시오. 모든 것을 맡기고 내가 이끄는 대로만 따른다면, 당신에게 무수한 즐거움을 가져다주겠소. 그러면 당신의 모든 고통을 잊게 될 것이오. 그리고 나는 당신을 지옥 불에 던져지지 않도록 해줄 것이오.'

'내가 무엇을 해야 합니까?'

'우선, 악마는 그들을 저주하는 사람들만 못살게 군다는 것을 알아차려야지. 그들은 본성이 착하오. 내가 40년 전부터 해오고 있는 것처럼, 만약 당신이 그들에게 도움 되는 일을 하면, 그들은 당신에게 온갖 호의를 베풀 거요. 당신은 마녀 회의에 올 수 있을 것이고, 그들은 당신에게 돈과 함께 마음의 즐거움을 주게 될 것이오.'

'좋습니다! 가겠습니다. 그런데 누가 나를 거기에 인도해 주나요?'

'바로 나요. 내일 밤 11시에 나를 만나러 오시오.'

다음 날 나는 약속 시간을 정확히 지켜 노파의 집으로 갔습니다. 노파는 작은 등 3개에 불을 켜고, 끝이 불탄 막대기로 커다란 마법 원을 그린 다음 그 가운데 나를 자리 잡게 하여, 그 원둘레에 마른 풀을 둘러치더니 알아들을 수 없는 말을 중얼거렸습니다. 그리고 내 옷을 발가벗겨 희고 작은 단지에 몰래 갖고 있던 기름으로 내 몸을 문지르고 셔츠와 치마를 다시 입히더니 빗자루 자루에 말 타듯이 걸터타도록 했습니다. 이제 그녀가 내 주위에 둘러진 마른 풀에 불을 지피니 짙은 연기가 났고, 내 얼굴에 헝겊 같은 것을 씌웠습니다.

그럼에도 나는 웬 흑인 남자 한 명이 당나귀 1마리를 몰고 그녀의 오두막으로 들어오는 것을 알 수 있었습니다. 마녀는 나를 손으로 잡아 원에서 끌어내는 것 같았고, 흑인 남자는 나를 당나귀 위에 태웠습니다. 그런데 우리가 집 밖으로 나서자 마녀는 우리가 오두막 굴뚝을 통해 밖으로 나온 것이며, 악마가 나를 노새 모양으로 변장시켜 마녀 회의에 데리고 가는 거라고 말해 주었습니다.

나는 약간 떨렸습니다만 비장한 각오를 했습니다. 30분쯤 걷고 난 다음 마녀가 내게 말했습니다.

'두고 보시오. 지금껏 당신이 본 적이 없는 것을 곧 보게 될 것이오. 이제부터 당신은 마녀 회의에 걸어서 오고 싶지 않다면 오늘처럼 오면 될 것이오.'

여전히 빗자루가 나의 다리 사이에 걸쳐진 상태여서 아무 쓸모가 없이 거슬렸습니다. 나는 노파에게 그걸 치워도 되겠느냐고 물었습니다.

'좋소. 이제 당신은 얼굴에 둘러쓴 것을 벗어도 되오.'

동시에 그녀는 내 얼굴에 씌웠던 헝겊을 벗기고 땅바닥에 내려서도록 했습니다. 내가 있는 곳은 황량하지만 나무로 둘러싸이고 밝은 불빛이 비치는 곳이었습니다. 내가 눈부시게 밝은 불빛에 적응하도록 내 눈을 부비는 동안 흑인 남자와 노새는 모습을 감추고 나 혼자 노파와 함께 있게 되었습니다.

나는 우리가 마녀 회의에 온 것이 맞느냐고 물었습니다. 그녀는 맞다고 대답하면서 나를 데리고 어느 나무 아래로 갔습니다. 나무 앞에는 음식이 차려진 탁자가 놓여 있었습니다.

'모임 장소는 이곳이오. 자정이 되면 악마의 왕자를 보게 될 거요.'

그때 마녀들 여러 명이 다가오는 것이 보였고, 남자 마법사도 몇몇 있었습니다. 하지만 남자는 인원이 훨씬 적었습니다.

조금 뒤 나팔 소리가 들렸습니다. 성가대에서 가수의 목소리를 받쳐 주는 소리와 비슷한 것이었습니다. 개 2마리가 짖어 댔습니다. 모든 사람들이 속이 빈 늙은 나무 둥치 앞으로 이동했고, 나무 둥치 둘레에는 커다란 등불 3개가 매달려 있었습니다. 어떤 쉰 목소리가 '대장 염소를 경배할 준비를 갖추라!'고 외쳤습니다.

마녀가 말했습니다.

'잘 들으시오. 악마는 언제나 처음에는 숫염소 모양을 하오. 그리고 그렇게 마녀들로부터 첫 경배를 받고 싶어 하오. 그를 혐오하지 않고 모신다는 것을 확인하기 위한 것이오. 이 촛불 토막을 들고 나를 따르시오.'

그러자, 늙은 나무 둥치의 어깨높이에 난 커다란 구멍으로 숫염소의 아랫도리 부분이 나타나는 것이 보였습니다. 모든 마녀들이 손에 촛불을 든 채 이 사람 앞에 무릎을 꿇고(그들은 그 형상을 사람처럼 대했습니다) 경배의 주문을 중얼거리며 입을 맞추었습니다. 나는 다른 사람들이 하는 대로 고스란히 따라 했습니다.

이제, 그 쉰 목소리는 사냥개처럼 보이는 '악마 왕자에게 경배를 드릴 것'이라고 소리 질렀습니다. 의식은 숫염소 때와 마찬가지였습니다.

그리고 그 쉰 목소리가 이번에는 '거인 형상의 악마를 볼 것'이라고 소리 질렀습니다. 거인 형상은 악마가 적들 앞에서 취하는 모습이라고 했습니다. 모든 사람들이 이내 움직임을 멈추었고, 속이 빈 나무 둥치 높은 곳에서 큰 호박 닮은 둥그렇고 커다란 머리가 나오는 것이 보였습니다. 두 눈은 촛불 달린 듯하고, 이상한 빛으로 밝혀진 큰 입과 두 귀 그리고 뿔 2개가 달렸습니다. 이런 머리 다음에는 보통 사람의 3배나 더 긴 몸통이 보였습니다. 그 몸통에는 치마 모양의 검고 큼직한 천이 걸쳐졌고, 두 팔이 달렸는데 다리는 보이지 않았습니다.

이 망측한 인물이 전혀 움직이지 않는데도 모든 마녀가 무서워하는 기색을 보이자, 쉰 목소리는 우리에게 '이 악마는 더 이상 우리를 두려움에 떨지 않도록 하기 위해 꼼짝도 하지 않을 거'라고 말했습니다. 사실 이 악마는 사람이라기보다 허수아비 꼴을 하고 있었습니다.

그러고 난 다음 이 악마는 원래 모습으로 나타났습니다. 그는 큰 코에 턱수염이 덥수룩한, 사나워 보이지는 않지만 못생긴 남자 얼굴이었습니다. 이마에 난 것 같은 두 뿔은 머리에 두른 검은 띠 같은 것으로 지탱되었습니다. 그가 상스럽지 못한 몸짓으로 옷을 들춰, 팔뚝만 한 길이의 뱀 모양 성기를 우리에게 보여 주었습니다. 나는 얼굴이 화끈거려 고개를 돌렸고, 눈앞에 펼쳐지고 있는 모든 것들을 어떻게 생각해야 할지 몰랐습니다. 이제 그는 등을 돌리고, 엉덩이를 보였습니다. 모든 마녀들이 그의 엉덩이에 입을 맞추려고 다가갔습니다. 노파는 내가 서둘러 그들을 따라 하지 않는 것을 눈치채고 나를 이끌어, 나는 어쩔 수 없이 노파가 원하는 대로 하고 말았습니다.

우리가 식탁으로 돌아오는 동안 악마는 사라졌습니다. 그리고 우리에게 알리기로, 그는 천사 몇을 거느리고 다시 올 것이며 우리가 더 편안하도록 그 천사들은 모두 사람 모습을 하고 올 것이라고 했습니다. 아니나 다를까 한 무리의 악마가 나타났습니다. 그들은 모두 수도사로 변신했고, 작은 뿔이 2개 달린 것 외에는 특별한 차이가 없었습니다. 그 뿔은 이마에 두른 띠 아래서 난 것 같아 보였습니다.

동시에 마녀들이 나타났는데 어떤 마녀들은 검은 고양이를 들고, 또 어떤 마녀들은 두꺼비를, 또 어떤 마녀들은 검은 암탉을, 또 어떤 마녀들은 까마귀를 들고 있었습니다. 그들은 바구니에 담아 온 이 짐승들을 그들의 친한 수호신이라고 부르기도 하고 그들의 귀여운 하인이라고 부르기도 했습니다.

마녀들은 악마, 마법사들과 어울려 춤을 추기 시작했습니다. 그들의 손과 어깨 그리고 머리에는 가져온 여러 가지 짐승을 얹은 채였습니다. 어떤 악마가 처음 여기에 온 나에게 고양이 새끼 1마리를 주었습니다.

'당신 집의 수호신이 될 거요. 잘 기르시오. 언젠가 당신한테 보물을 발견토록 해줄 것이오.'

그렇게 나도 다른 모든 사람들과 마찬가지로 춤을 췄습니다. 그동안 나이 든 마녀들은 밤참을 준비하고, 그중 한 명은 그들이 '악마 미사'라고 부르는 의식을 올렸습니다. 남자 마법사들은 악기를 연주하면서 노래를 불렀습니다. 이 노래들은 내가 일찍부터 들어 온 노래 가운데 가장 음탕한 노래들이었습니다. 악마와 마녀들은 그 노래의 후렴을 반복했습니다. 나는 너무도 창피했고, 그때부터 이곳을 빠져나가고 싶어졌습니다.

그들은 1시간가량 즐기고 나더니 식탁에 앉았습니다. 마녀와 악마는 아무런 구분 없이 마구 섞여 앉았습니다. 밤참은 무척 맛있었습니다. 나는 그런 것을 먹어 본 적이 없어 나에게는 진수성찬이었습니다. 하지만 포도주가 몇 순배 돌고 나서부터 입에 담지 못할 말과 키스, 민망한 행동이 봐주기 어려울 정도로 계속되었습니다. 결국 나는 잠시 용변을 봐야겠다는 핑계를 대고 자리를 떠났습니다.

나는 나무들 사이에 숨어 저만치서 벌어지는 광경을 지켜보니 너무도 끔찍해서 십자 성호를 그리며 하느님께 용서를 빌었습니다. 이런 신호와 기도를 하면 마녀 회의를 무산시킬 수 있다는 말을 들었습니다만, 전혀 그렇게 되지 않았고 밤참은 끝날 줄 몰랐습니다. 이러다 보니 나는 눈에 드는 모든 것에 관해 깊이 생각하게 되었습니다. 내 앞에 펼쳐진 장면은 너무도 혐오스러워 도저히 죄가 되지 않는다고 생각하기 어려웠습니다. 나는 무릎을 꿇고 하느님께 나의 경솔한 처신을 용서해 달라고 빌었습니다. 그리고 나는 내 오두막집으로 돌아가려고 했습니다.

하지만 모임 장소는 벽으로 둘러싸여 있었습니다. 나는 밖으로 나갈 수 없어 난처한 상황이었습니다. 그때 나를 데려온 노파의 식탁에서 내 옆에 자리했던 악마가 큰 소리로 나를 부르며 찾기 시작했습니다. 나는 발각될까 두려워 몸을 떨면서 그들의 추적을 필사적으로 벗어날 수 있는 방법을 찾았지만, 생각이 떠오르지 않았습니다. 내가 궁여지책으로 가지가 땅에 닿는 나무 위로 올라가 꼼짝하지 않고 있으니 사람들은 나를 찾지 못하였습니다.

마침내 끔찍한 잔치가 끝나는 것을 보고 나는 위험을 피하게 되었다고 생각했습니다. 그리고 하느님께 얼마나 감사한 마음을 갖게 되었는지 모릅니다. 모두 식탁에서 일어났습니다. 마법사, 마녀 그리고 악마 모두가 발가벗고 풀밭에 몸을 던졌습니다. 이제 흉측한 방탕과 간통, 상상치도 못하고 말하기조차 꺼려지는 추잡한 일들이 내 눈앞에서 벌어졌습니다. 불결한 것과 행위를 보면 야한 생각이 들게 된다고들 합니다만 내 눈앞에서 벌어지는 일들은 역겹고 끔찍하다는 생각밖에 들게 하지 않았습니다.

내가 보기에 몇몇 마녀들은 악마들에 몸을 맡기고 어쩔 수 없이 그짓을 했습니다. 하지만 사람들은 그 마녀들에게 더없이 나긋나긋한 친절을 베풀어 시중드는 애인과 주인의 호감을 얻어낼 수 있어야 한다고 말하며 그렇게 하면 언젠가 바라는 모든 행복을 맛볼 수 있을 것이라고 했습니다.

날이 밝을 무렵이 되어 닭 울음소리가 들렸습니다. 그러자 마녀들이 말하듯이 이 짐승 소리가 악마를 쫓았는지, 아니면 아침이 가까웠다는 경각심 때문인지 마녀와 악마들이 헤어지고 모든 불빛이 꺼졌습니다. 나만 혼자 어둠 속에서 나무 위에 있게 되었습니다.

하지만 곧 먼동이 텄습니다. 마침내 나는 내가 남자 수도원 정원 안에 있다는 것을 알았습니다. 그곳은 마을에서 0.25리외가 덜 되는 곳이었습니다. 간밤 마녀 회의에 보이던 악마들이 모두 다시 나타났습니다. 그들은 수도복으로 갈아입고 탁자와 의자, 등잔 등을 건물 안으로 들였습니다. 몇몇은 경내 여기저기를 둘러보며 문을 닫기도 했습니다. 나는 겁이 나 몸이 떨려 왔습니다. 사정을 파악하고 말할 수 없이 당황했습니다. 마녀 회의가 정말로 이 정원에서 벌어졌던 것인지, 아니면 내가 어디가 어딘지도 모르는 사이 지옥으로 끌려갔다 온 것이 아닌지 알 수 없는 듯한 지경이었습니다.

아무튼, 모든 것이 조용해졌을 때, 나는 밖으로 나오려고 시도했습니다. 그러기 위해 나는 벽을 타고 넘어서야만 했고, 해가 뜬 다음 피곤과 두려움에 지치고 정신이 반쯤 없는 상태로 집에 돌아왔습니다. 사람들은 내가 어딜 갔다 왔는지 물었습니다. 나는 무슨 말을 해야 할지 몰랐습니다. 내가 불안해하고, 악마와 마녀 회의에 관해 횡설수설 얼버무리는 꼴을 보고, 사람들은 내가 이들을 만나고 온 것을 의심하면서, 내가 마녀가 되었다고 고발했습니다. 그러자 영지 재판관이 말했습니다.

'악마의 도움을 받는다니 더 열심히 일해야 하오.'

그러면서 그는 나더러 더욱 깊이 땅을 파도록 만들었습니다. 힘든 노역과 잦은 처벌, 내가 본 모든 기억, 저승에서의 불확실한 운명, 추잡한 악마들과 영원히 함께 있어야 하는 두려움, 이 모든 것이 나를 일종의 광기 속으로 떨어뜨렸습니다. 나는 마녀 회의에서 본 온갖 만행들을 사방에 떠벌리며 다녔습니다.

얼마 지나지 않아, 사람들은 종교 재판관과 교회 심판관에게 나를 고해바쳤습니다. 나와 함께 내가 정신 이상을 일으키는 동안 함부로 이름을 들먹인 영지의 몇몇 여자들이 고발당해 우리는 감시받고 있습니다. 내일이면 우리는 생미이엘에서 재판을 받습니다.

나는 더 이상 살고 싶지 않고, 더 이상 고통받고 싶지도 않습니다. 나는 두 번 다시 마녀 회의에 가지 않고 죽고 싶습니다. 내일 나는 죽을 것입니다. 하느님이 당신들이 말하는 것처럼 선하다면, 나를 영원한 불꽃 속에 던지지는 않기를 바랍니다.”

이 말과 함께 죽은 내 형님의 아내는 눈물을 쏟으며 무릎을 꿇고 흐느끼는 목소리로 하늘의 용서를 간청했다.

신부님이 나와 형수를 보고 말했다.

“아! 잘 들었는가? 그리고 분명 잘 이해했겠지! 그리고 자매! 다시 말하지만, 걱정하지 마십시오. 하느님은 끔찍한 재판관이 아닙니다. 이 세상의 종교 재판관들은 스스로 하느님의 대리인이라고 내세우며 폭압을 일삼는 폭군들입니다. 하느님은 잘못을 용서해 주십니다. 당신은 죄를 짓지도 않았습니다. 악마를 만나지도 않았습니다. 악마란 보이지 않습니다. 당신처럼 분별력을 가진 사람이 아직도 그 마녀 회의가 사기라는 것을 알아차리지 못했다니 뜻밖입니다.

이곳 영지와 같이 영주가 초야권을 행사하는 여러 영지에서는 수도사들이 언필칭 마녀들을 불러 모아 난봉을 부리려고 마녀 회의를 엽니다. 그렇다고 마녀가 없었다거나, 가끔 악마가 나타나지 않았다는 것은 아닙니다.

하지만 그러던 시대는 지나갔습니다. 메시아가 온 이후 지옥을 지키는 괴물들은 더 이상 힘을 쓰지 못합니다. 당신은 수도원 정원에서 마녀 회의가 열리는 것을 보고, 수도사들이 온갖 속임수를 동원해서 악마인 것처럼 연출하는 것을 보았습니다. 그러고 나서 우연찮게 당신은 그들이 탁자를 치우고, 방금 즐겼던 난장판의 흔적을 말끔히 지우려고 애쓰는 것을 보았습니다. 이런 광경을 보았으니 사리 분별을 할 수 있을 것입니다. 내일 당신을 심판하는 재판관들 가운데, 당신이 거기서 본 악마 중 몇몇도 다시 보게 될 것입니다.

당신이 죽음을 피하려고 하지 않는 이상, 자매여, 적어도 마녀와 악마에 대한 거짓된 생각을 떨치십시오. 그것들은 하느님의 정의로움과 너그러움 그리고 지혜로움을 욕되게 합니다. 사악한 자들에게도 함부로 복수하지 않고 불행한 자들에게 영원한 보상의 보물 창고를 열어 주시는 한없이 선하고 자비로운 하느님께 간구하십시오."

젊은 미망인은 오랜 꿈에서 깨어난 듯 큰 소리로 말했다.

"아! 신부님, 당신은 나에게 위로의 천사입니다! 당신은 나를 무지에서 깨어나게 하고, 내게 영혼의 평화를 가져다주었습니다. 나는 죽습니다. 하지만 선한 하느님을 생각하고 희망을 품은 채로 죽습니다. 내 죽음은 행복의 시작이 될 것입니다."

그 순간 집 앞에서 여러 사람의 목소리가 들려왔다. 무장한 남자 12명이 마녀 3명을 함께 묶어 데려와 내 형수도 잡아가려고 들른 것이었다. 그들 중 2명이 한 수도사의 지시에 따라 그녀의 등 뒤로 손을 묶었다. 나는 이루 말할 수 없는 슬픔을 느끼며 작별 인사를 했다. 헤어지기 전 그녀는 오귀스탱 신부님께 기도를 부탁했다.

"자매여, 용기를 잃지 마십시오. 당신은 이 세상을 떠나도 아무것도 잃을 것이 없습니다. 당신 남편이 천사들 사이에서 당신을 기다립니다. 자! 하느님이 당신에게서 죽음의 고통을 거두고 복을 내려 주시고 당신의 죄를 용서해 주시며, 순교당하는 당신을 하늘나라에서 맞아 주시기를 바랍니다!"

그녀는 무장한 사람들과 집을 나섰다.

그런데 우선 내가 마녀에게 작별의 인사를 나누는 것을 보고 의아하게 여기던 수도사는, 오귀스탱 신부가 그녀에게 복을 빌어 주면서 그녀가 순교당한다고 말하자 거의 분노하는 것처럼 보였다.

그가 우리를 흘겨보며 말했다.

"당신들은 누구요?"

"베네딕트 수도사들이오."

"당신들은 이단에 빠진 사람들이오. 당신들은 추잡한 마녀와 소통하는 것을 두렵게 생각하지 않습니까?"

"그녀는 죽은 내 형의 형수요."

"이런 상황에 혈육이 무슨 소용이오? 종교를 위해서는 모든 타고난 매듭을 끊어야 하오. 설령 당신 어머니라 해도 마녀는 화형에 처하라고 저주해야 하는 법이오. 당신이 수도복을 입었기에 망정이오. 보통 사람이 당신처럼 처신했더라면, 내일 심판받는 일행들과 함께 처형될 것이오."

그러자 오귀스탱 신부가 말했다.

"그런데 당신은, 화형대로 끌려가는 이 여자가 마녀라면 당신은 악마라는 사실을 나보다 더 잘 알고 있소. 당신은 그 여자를 마녀 회의에서 보았소. 당신이 그렇게 했다는 것을 사람들이 알고 있다는 것이 두렵지 않소?"

"목소리를 낮추시오. 보아하니 당신은 우리 비밀을 알고 있는 것 같군요. 아니 그렇다고 넘겨짚는 것 같군요. 우리 수도원에서 하는 것을 당신 수도원에서도 할 테니까요. 도대체 무엇이 잘못되었단 말이오? 우리도 영주들과 마찬가지로 살아 있는 사람이오. 그들이 온갖 초야권을 누리는 만큼 우리도 우리에게 있는 육체의 욕망을 채울 수 있는 방법을 생각해 내야 하는 것이오. 그래서 우리는 악마로 변장하고 늙은 마녀들을 이용해서 젊은 여자들을 끌어모아 우리가 잘할 수 있는 유희를 벌여 우리의 욕망을 만족시키는 것이오. 우리는 모든 사람들을 알아보지만, 사람들은 우리를 알아볼 수 없소. 우리는 루주(rouge)를 바르고, 콧수염과 뿔을 달고 마녀 회의에 가기 때문이오. 당신들도 마찬가지로 할 거라고 생각하오.

우리는 우리를 찾아오는 여자들에게 아무런 잘못을 부추기지 않소. 하지만 그녀들이 마녀 행각을 발각당하면, 모든 사람들이 마녀의 처형을 요구하는 만큼 우리도 그런 경솔한 여자들을 심판해서 화형에 처하도록 하는 거요. 이런 엄격한 조치는 두 가지 이점이 있소. 먼저 우리의 안전을 보장하며 우리가 헌신적인 모범 기독교도로서 명성을 갖게 해 주고, 다음으로 종교의 대의명분을 높일 수 있소. 즉, 사람들이 악마를 두려워하여 방탕을 저지르지 않게 되오.

내일의 행사를 통한 교훈 같은 것의 효과를 부정하는 사람은 아무도 없소. 게다가 우리는 절대 잔인한 편이 아니오. 내일 우리가 화형에 처하는 28명은 한 해의 전부요. 로렌의 다른 지역 수도사들은 훨씬 엄격하오. 예를 들어 낭시에서는 불과 몇 년 전 일주일에 400명의 마법사와 이단 그리고 늑대인간을 처형했소. 당신들이 생미이엘에 오면 많은 것들을 볼 것이오. 하지만 마녀들에게 너무 가까이 접근하거나 동정하지 마시오. 그렇게 하다간 당신들이 아무리 수도사라 해도 사람들이 당신들을 불 속에 던질 것이 분명하니까요. 이만 잘 있으시오. 나는 가던 길을 계속 가겠소."

수도사가 멀어진 다음 오귀스탱 신부가 말했다.

"로렌도 프랑스만큼이나 행복하지 않군. 이 모든 파렴치한 일들은 정말 믿어지지 않아. 자 마르셀, 생미이엘로 돌아가세. 우리가 해야 할 일이 무엇인지 알게 될 것일세."

도시로 들어서기 전, 들판에 사람 무리가 모여 있는 것이 보였다. 나는 오귀스탱 신부에게 무슨 일인지 알고 싶지 않으냐고 물었다.

"어디 한 번 봅세. 어두워지기까지 아직 몇 시간 남았고, 서둘러 수도원에 갇힐 필요가 없으니. 그곳엔 고작 사형 선고문을 준비하고 있을 걸세. 거기다 내가 조금 피곤하기도 해서 잠시 쉬는 것이 좋겠네."

우리가 본 사람들 무리는 큰 원을 그리고 있었고, 그 가운데에는 옷을 벗은 남녀 한 쌍이 있었다. 남자는 약간 뻔뻔한 기색이었지만 여자는 두 손으로 얼굴을 감싼 채 울고 있었다. 나는 우리처럼 이 광경을 바라보고 있는 어느 노인에게 무슨 일이 있느냐고 물었다. 늙은이는 친절하게 말해 주었다.

"사정을 말하자면 이렇소. 당신이 보는 저 여자는 시내에 있는 어느 착한 식료품 상인의 아내요. 그녀는 옆에 있는 저 남자와 간통을 벌이다 들켰소. 저 남자는 우리 성당에서 문지기 노릇을 하는 사람이오. 저들의 못된 짓을 벌주려고 방금 저들을 이리로 데려왔소. 모욕을 당한 남편이 이 사건을 덮으려고 했지만 허사였소. 사람들은 심판을 받게 해야 한다고 소리쳤소. 건전한 풍습을 유지하려면 가끔 이 같은 처벌을 하는 것이 도움이 되오. 지금은 풍습이 극도로 문란하오."

여자는 어느 정도 미모가 뛰어났지만 상대 남자는 잘생긴 편이 아니었다. 둘 모두 발가벗겨진 상태로 네 발로 기어서 원을 따라 돌며

여기저기 흩어 놓은 버들가지 여러 개를 주위 모았다. 그런 다음 다시
일어나 원 테두리를 돌면서 여자는 원하는 모든 남자들에게 그 버들
가지를 나눠주고, 남자는 원하는 모든 여자들에게 나눠주었다. 남자
들은 간통한 여자를 때리고 여자들은 성당지기인 상대 남자에게 매질
을 하도록 되어 있었다. 하지만 이런 야만적인 심판 속에도 일말의 인
정은 남아 있었다. 여자들은 성당지기 남자를 전혀 때리지 않았고,
간부에게 매질하는 남자도 거의 없었기 때문이다. 두 죄인은 옷을 다
시 입었고, 사람들은 사방으로 흩어졌다.

오귀스탱 신부가 말했다.

"이런 징벌이 풍습을 고치리라 생각하다니! 나는 이렇게 대중 앞에
발가벗긴 채로 던져지고 엄청난 수치심을 느낄 여자가 그런 다음 오
히려 벌을 받지 않으면 저지르지 않을 죄도 더 많이 짓는 것을 본 적
이 있다네."

우리는 생미이엘의 베네딕트 수도원에서 밤을 보냈다. 그곳의 수
도사들은 우리를 극진히 대해 주었다. 수도사들은 돈이 많았다. 그들
은 자신들을 돌볼 줄 알고 수도원으로 양질의 유산을 끌어올 줄도 알
며, 그들이 벌을 내린 모든 사람들의 재산을 몰수해서 재산을 늘리는
데 잘 이용했기 때문이다.

다음 날, 종소리가 울리자 죄인 28명을 중심 교회의 광장으로 데리
고 왔다. 마녀가 18명, 마법사가 3명, 그 밖에 주술사와 유대인, 이
단, 늑대인간 등이 포함되었다. 이들에 대한 심문은 이미 감방에서 마
쳤기 때문에, 이미 인정한 것을 관중 앞에서 되풀이하도록 강요했다.
몇몇은 순순히 따랐고, 또 몇몇은 고문 끝에 자신의 잘못을 인정했다.

심문에서 자신의 잘못을 전혀 인정하지 않은 이들에 대해서는 심한 고문을 가한 끝에 가장 가혹한 판결을 내렸다.

그들의 죄는 사람들의 공분을 샀다. 마녀 가운데 한 명은 자신의 딸을 벨제뷔트[1] 악마에 몸을 팔아 아이를 낳게 하려고 했다. 또 다른 마녀는 16살부터 일주일 중 하룻밤을 아스타로 악마와 지냈다. 그녀는 마흔을 넘은 나이였다. 또 다른 마녀는 어느 젊은 남자에게 미친 개구리를 몰래 국 속에 넣어 먹도록 하여 식욕부진과 우울증을 겪게 만들었다.

또 다른 마녀는 마녀 회의에서 여러 악마의 엉덩이에 입을 맞추었다. 그녀는 자신이 다니는 성당에서 본 사제들이 올리는 예배 의식을 불경한 방식으로 모방하여 악마 미사를 올렸다. 또 다른 마녀는 이웃의 구두 속에 마석을 몰래 넣어 발목을 삐게 했고, 또 다른 마녀는 3명의 유부남에게 좋아하는 척하여 마법을 걸어 죽였다. 모두가 마녀 회의를 찾아 드나들었고, 모두가 악마와 난잡한 관계를 맺었다.

마법사 가운데 한 명은 묘약(妙藥)으로 처녀 한 명을 꾀어 어디든 그녀를 데리고 다니면서 하고 싶은 대로 했다. 또 다른 마법사는 성유물을 모독하는 죄를 저질렀다.

주술사는 영주에게 주술을 걸어 영주가 석 달 동안이나 초야권을 행사할 수 있는 힘을 빼앗았다. 또한 영주와 같은 권리를 즐기는 어느

---

1 [옮긴이 주] Belzébuth. 외래어 표기법에 따르면 벨제뷔트. 베엘제붑 혹은 바알제붑으로도 표기되었다. 일반적으로 지옥에서 상당히 높은 계급에 속한 악마로 묘사된다.

수도원 원장에게도 그런 주술을 걸어 고통을 안겼고, 그 밖에도 여러 사람이 그의 주술을 불평했다.

유대인은 역시 유대인다운 행동으로 벌을 초래했다. 그는 돼지고기를 거부하고, 토요일에는 일하지 않으며 일요일 예배를 지키지 않았다.

이단자는 성 베르나르가 진짜 신자가 아닌 광신자라며, 하느님이 그런 사람을 성인으로 받아들인다면 많은 다른 사람도 성인이 되어야 마땅하다는 말을 함부로 하고 다녔다. 그는 또한 무염시태(無染始胎)[2]도 인정하지 않으며, 삼위일체의 동등성도 믿지 않는다고 비난받았다.

늑대인간 가운데 한 명은 바보였다. 그를 돌보는 신부가 그에게 종종 말하기를 간음죄를 저지르는 사람은 늑대가 된다고 했다. 또한 로렌 지방의 모든 늑대인간은 그들이 저지른 음행 때문에 그렇게 되거나 그렇게 되도록 벌을 받았다고도 했다. 그런데 그 바보가 성숙한 나이가 되자 생미이엘에 사는 어느 늙은 여자의 유혹에 넘어가서 그녀와 함께 '나쁜 짓'을 저질렀다. 그 일이 있고 난 다음 그는 지독한 공포에 사로잡히게 되었는데, 어느 날은 악마가 자신에게 주먹을 휘두르며 위협하는 모습을 보았다. 이 일 때문에 그는 더욱 겁을 먹었다.

어느 날 저녁, 가난해서 그 전날부터 배를 쫄딱 굶고 있던 그는 자신이 갑자기 늑대인간으로 변한 것을 알고 울음소리를 내며 사방 길

거리를 뛰어다니기 시작했다. 그러다 길가에 있는 어느 아이의 어깨를 물었다. 하지만 아이가 잽싸게 빠져나와 달아나는 바람에 별다른 피해는 입히지 않았다. 단지 어느 부잣집에 들어가 늑대인간을 피하라고 소리 질러 주인을 쫓아내고, 빵과 고기 한 접시를 가져와 저녁 식사를 만들어 어머니가 기다리고 있는 집으로 돌아왔다. 그것이 그가 벌인 가장 유명한 소동이었다.

또 다른 늑대인간은 고약한 불량배가 자신이 원해서 늑대인간이 된 경우였다. 그는 이웃을 놀라게 해서 그가 갖고 싶은 것을 훔칠 수 있도록, 악마에게 자기 모습을 바꿔도 된다는 허락을 받았다. 대개 이런 악마에게 이익을 얻는 불행한 사람들은 악마에게 돈을 주고 환심을 산 사기꾼들이었다. 그렇게 해서 그들은 사람들을 무섭게 하여 더 쉽게 강도짓을 했다. 이런 사람들은 못된 짓을 하지 않으면, 가난과 불안, 고통, 우울 때문에 침체해 있거나, 편집광이 되거나, 절반은 미쳐 버릴 불쌍한 사람들이었다.

3시간쯤에 걸쳐 이들의 죄에 관한 장황한 설명을 듣고 난 관중들은 입을 모아 이들을 죽이라고 요구했다. 인근의 모든 늙은 수도사들이 심판관 자격으로 이 의식에 참석했다. 판결문을 발표하기 직전, 그들 가운데 재판장이 제안해서 몇몇 마녀들에게 악마가 어떻게 생겼는지 물었다.

내 형수가 응답했다.

"당신들처럼요."

동시에, 오귀스탱 신부가 말해 줘서 알게 되었듯이 그녀는 다시 알아볼 수 있는 모든 수도사들을 마녀 회의에서 본 악마라며 가리켰다.

모인 관중들은 당장 분개해서 "신성모독!", "하느님 부정!"이라고 소리를 질렀다. 재판관들은 서둘러 사형선고를 내리고, 악마의 친구들인 28명은 화형대로 끌려갔다.

그리고 자리를 바꾸지 않고 빙의(憑依)된 두 여자에게 악마 쫓아내는 일이 이어졌다. 한 여자에게는 일곱 악마가, 다른 여자에게는 세 악마가 빙의되었다. 그들은 큰 동작으로 몸을 비틀더니 넘어졌다. 여러 번 주머니에서 입으로 손을 갖다 대며 경련을 일으키고 몸을 비틀었다. 털 뭉치와 석탄, 호두 껍데기, 노끈, 못 그리고 구부러진 바늘 등을 토해냈다.

재판관은 그들을 라틴어로 심문했다. 아무도 알아듣지 못했다. 심지어 심판관들도 알아듣지 못했다. 그들은 재판관이 요구하는 모든 답을 내놓았다. 그들의 입을 빌어 말하는 악마는 신학의 곤란한 여러 가지 문제를 쉽사리 해결했다. 재판관은 그들에게 성수(聖水)를 흠뻑 뿌리고, 주위에 향을 피웠다. 그렇게 해서 많은 땀을 흘리게 한 다음 그들을 사로잡고 있던 악마들이 연기를 타고 나가도록 했다. 더 많은 악마가 들었던 여자는 몸이 엄청나게 부풀어 올라 드럼통처럼 보였지만, 악마가 빠져나가자 들것 위에서 몸의 부기도 빠져나갔다. 다른 여자는 여섯 주 전부터 다리를 절었는데, 이제 똑바로 걸을 수 있게 되었다.

사람들은 그들을 교회로 데려갔다.

오귀스탱 신부가 한숨을 크게 쉬며 말했다.

"자, 이제 여기를 떠나세. 더 이상 얻을 것이 없을 테니까. 자네가 태어난 지방으로 되돌아가세. 그곳으로 가면 어딘가에는 좀 더 사람다운 영주가 있고, 좀 더 기독교도다운 수도사들을 만날 수 있겠지. 아니면 차라리 우리의 안식처가 될 동굴이라도 찾아서 내가 그곳에서 편안히 죽을 수 있기를 바라네."

12

|

프로쿠르 영주. 자크 카이에.
마르셀과 마리의 사랑.
고향 사랑 노래

나는 30대가 되었다. 오귀스탱 신부는 곧 80세였다. 노구와 백발 그리고 오랜 불행에도 불구하고 그분은 아직 노쇠하지는 않았다. 기력은 여전히 살아 있었고, 나와 거의 비슷한 속도로 걸었다. 갖은 피로를 견뎠고, 농민들을 짓누르는 갖가지 패악에 관해서 불평을 털어놓았다. 그에게 이런 활기가 남아 있는 것은 영혼의 평정 때문이었다. 프랑스 곳곳에서 벌어지는 심란한 광경들로부터 눈을 돌릴 수 있을 때면, 그와 함께 있는 것이 침울하지 않고 그와 대화하는 것이 유쾌했다.

그가 가끔 말했다.

"무지의 시대에 배운 사람은 불행하고, 야만의 시대에 예민한 사람은 불행한 법!"

그리고 덧붙였다.

"하지만 내가 가진 지식과 내가 경험하는 연민의 감정은 무지가 낳을 수 없고 악한 자가 결코 이해할 수 없는 희열을 준다네. 나는 하느님이 나의 운명을 정하신다는 것을 알아. 고난의 순간 다음에 오는 무한한 행복을 알고 있지. 지상에 널려 있는 불행한 사람들을 애통해하지만 압제에 시달리는 것이 압제자가 되는 것보다 낫고, 또 다른 세상과 영원한 시대가 있다고 생각하며 곧 눈물을 닦는다네."[1]

　나는 마음이 편치 않았다. 오귀스탱 신부의 너그러운 영혼을 그렇게나 자주 괴롭히는 모든 감정은 마찬가지로 내 영혼을 짓눌렀다. 하지만 나는 내 고통을 참아내는 것이 더 괴로웠다. 선한 수도사는 끊임없이 나에게 언젠가 하늘나라에서 불행했던 내 부모를 다시 만나게 될 것이라며 하늘을 가리켰지만, 나는 그렇게나 끔찍한 그들의 죽음을 생각하면 눈물로 홍수를 이루는 것을 막을 수 없었고, 그들을 다시 만날 행복을 내게서 빼앗아 간 영주들을 저주하지 않을 수 없었다. 그때부터 나는 복수를 생각하고 수단을 찾을 수 있기를 원했다.

　이런 영혼의 괴로움을 넘어 내가 다시 생존의 길에 접어든 순간부터 내 감각과 가슴에 모든 갈망과 사랑의 불길이 더없이 뜨겁게 다시 타올랐다. 나는 내가 견디는 고통에 관해서 조금도 오귀스탱 신부를 속이려고 하지 않았다. 그는 나에게 조금만 더 인내할 것을 당부했다. 그가 말했다.

　"괜찮은 지방을 찾아보세. 그러면 자네는 아내를 얻을 것이고, 아마도 그녀의 품속에서 행복의 순간들을 찾을 수 있을 것이라네. 하지

1　원본은 이렇다. *"mundumque alterum, et soeculorum sempiternitatem"*(다른 세상과 영원한 세기).

만 불길한 서두름 때문에 그렇게나 달콤한 희망을 잃지 않도록 하게."

그사이 우리는 생미이엘에서 멀리 떠나와 내가 태어난 고장에 서서히 가까워지고 있었다. 우리가 입고 있는 수도사 복장은 큰 도움이 되었다. 덕분에 우리는 예속되지 않고 영주들의 강도짓을 당하지도 않았으며, 모든 수도원 문을 열 수도 있었다.

우리를 괴롭혔던 것과 똑같은 악습과 폭력이 다른 지역에도 마찬가지라는 것밖에 알 수 없었던 28일 동안의 여행 끝에 우리는 보베 근처에 있는 프로쿠르에 도착했다.

논밭은 잘 가꾸어져 있었고, 오두막과 농노 복장이 조금 편안해 보였다. 우리는 이 사실에 놀랐고, 그런 이유를 물었다. 착한 농부 한 명이 우리에게 말해 주었다.

"우리가 언제나 이렇게 행복했던 것은 아닙니다. 나의 주인 영주는 잔인한 사람이었습니다. 저녁마다 칼을 휘둘러 농민 한 사람을 죽이거나 불구로 만들었습니다. 이렇게 자기 입맛을 만족시키다 보니, 영지 사람들의 절반 이상이 줄어들었습니다. 할 수 있는 모든 사람은 살던 집을 버리고 다른 곳으로 도망쳤고, 아무도 그들 자리를 메우러 오지 않았기 때문입니다. 마침내 어느 농노가 용기를 내서 보베 백작인 주교님에게 가서 엎드려 모든 악행을 이야기했습니다. 당시 주교님은 인간적인 분으로 이곳에 수도사 2명을 보냈고, 그들은 프로쿠르 영주가 악질 광증(狂症)을 앓고 있으며 사악한 악마에게 사로잡혀 자신을 그 악마에게 팔았다는 것을 밝혔습니다. 그리고 나서, 그 영주는 어딘가로 보내졌습니다. 이후 우리는 그에 관해 말하는 것을 들을 수 없었고, 그것이 우리에게는 다행입니다. 이곳에서 아무도 그를 애석해하지 않기 때문입니다."

"주교님은 5년 동안 우리를 자신의 지배 아래 두었습니다. 우리가 그분의 후임으로 지역의 가장 품위 있는 영주를 맞은 것이 15년하고 몇 달이 지났습니다. 이 영주는 모시기에 어렵지는 않습니다. 그가 더 힘센 분이라면 우리는 그를 주인으로 모시는 것이 행복할 것입니다. 다만 그는 어느 영주의 봉신이고 그 영주는 또 다른 어느 영주의 봉신이며 또 다른 이 영주는 보베 주교님의 봉신입니다. 지금의 주교는 이전 주교만큼 선하지 않은 것이 문제입니다. 이런 힘의 위계 속에서, 봉건 군주인 보베 주교는 직속 봉신에게 어떤 일을 하도록 명령할 수 있고, 이 직속 봉신은 두 번째 봉신에게 우리 영주인 세 번째 봉신이 그것을 하게 하도록 명령합니다. 이런 가운데, 우리는 굶지 않고 살다 보니 이보다 훨씬 나쁜 일이 일어나지 않을까 두려워 불평하지 않습니다."

이 고장은 우리 마음에 들었다. 앞선 이야기가 우리를 반하게 했고, 우리는 프로쿠르에 정착하기로 마음먹었다. 나에 대한 애정이 조금도 식지 않은 오귀스탱 신부는 내 품속에서 죽기를 바라고 더 이상 수도원으로 되돌아가고 싶어 하지 않았기 때문이다. 그래서 우리는 주인으로 모시길 원한 영주를 알현했다. 그는 거만스럽지 않게 우리에게 말을 걸었고, 오두막 하나와 작은 밭을 나와 오귀스탱 신부에게 하나씩 주었고, 첫해에 한하여 우리에게 인두세 전액과 소작료를 면제해 주었다. 그리고 내가 기꺼이 오귀스탱 신부의 밭을 가꾸기를 바란다고 말하며 존경스러운 성직자에게 여유가 있을 때 언제나 자신을 보러 오도록 했다.

이런 환대는 우리가 이 영주에게 언제까지나 친근감을 느끼도록 해 주었다. 우리는 마을 신부를 만나러 갔다. 그 또한 우리를 보호해 주겠노라 약속했지만, 자기에게 바칠 십일조를 잊지 말라고 당부했다.

이런 다음 우리는 오두막에 들어가서 살게 되었고, 그다음 날부터 바로 나는 땅을 일구는 일에 매달렸다.

근처에 평민 한 사람이 있는데, 모든 영지 사람들이 그의 이름을 칭찬했다. 그는 '자크 카이에'라고 불렸다. 내가 이 비범한 사람 이야기를 종종 하게 될 것이고 우정과 피로 그와 관계 맺게 되었으니, 그의 사람됨을 여기 소개하려 한다.

그는 40살이었다. 그의 인상은 눈에 띄고 중후한 편이며, 키는 보통이고, 목소리는 투박했다. 교육받지 않았지만, 말이 유창했고, 판단이 확고하며, 생동감 넘치는 말투를 구사하고, 엄격한 성실성 그리고 자유에 대한 극단의 사랑을 지녔다.

그는 궁핍 속에서도 관대했다. 즉, 그는 고난의 동반자들을 위해 고통과 고역, 작은 재산 그 어느 것도 아끼지 않았다. 보베 주교로부터 자기 마을 영주의 교체를 얻어낸 것도 바로 그였다. 영국과 프랑스의 전쟁 속에서 그는 예사롭지 않은 용기를 보여주었고, 자신의 오두막에 무서운 늑대 3마리의 가죽을 두었는데, 그 늑대들에게서 마을을 구해 냈다.

여전히 사람들은 사소한 가정의 다툼이 벌어지면 그에게 조언을 구했고, 그의 신중한 자세에 의지하는 것이 옳았다. 그가 화해를 이끌어 내는 복된 재능을 가졌기 때문이다. 여러 번 새 영주는 그를 영지의 재판관으로 삼고자 했다. 그는 형제들보다 우월하길 바라지 않고, 스스로 판결을 내릴 만한 재목이라 느끼지 않기 때문이라 말하며 언제나 사양했다.

교육을 더 많이 받았다면 자크 카이에는 훌륭한 사람이 되었을 것이다. 그러나 그는 글을 읽을 수 없었고 모든 것을 본성에 의지하였다. 고대 로마와 같은 정부에서라면 그는 마을이 아니라 큰 지방의 일을 맡았을 것이고, 그 지방을 행복하게 만들었을 것이다. 공화국 전체에서 그는 일등을 차지할 자격이 있었고 영광을 누릴 수 있었을 것이다. 하지만 그는 단순한 농부였다. 그리고 나중에 보게 되겠지만, 그가 위대한 일을 했음에도 그의 이름은 틀림없이 잊힐 것이다.

우리가 이 용감한 농부에 대해 들은 모든 것은 그를 알고 싶은 강한 욕망을 불러일으켰다. 그는 우리를 기꺼이 맞아들였다. 그리고 그가 예상했던 대로 우리가 미신적이고 어리석은 수도사가 아니라 영주의 독재에 맞서 싸우는 사람임을 알았을 때, 그는 우리에게 악수를 청하며 "친구가 되자"고 말했다.

"내가 3마리의 늑대를 죽인 이후, 프로쿠르의 영주는 나에게 일주일에 한 번 사냥을 허락합니다. 여기 맛있는 토끼 1마리가 있어 당신들한테 대접하고 싶습니다. 저녁 식사 후에는 당신들의 모험에 관한 이야기를 해 주십시오."

우리는 이 제안을 기꺼이 받아들였다. 그의 아내와 딸이 저녁을 차렸고 우리는 식탁에 앉았다. 이 식사는 내가 수도원에서 만들었던 것들보다 맛이 덜했고 화려하지 않았지만, 함께 식사하는 사람들과 그

식사의 양념이 되는 유쾌함으로 인해 얼마나 매력적이던지! 정직한 카이에의 아내는 남편보다 한 살밖에 적지 않았지만, 청춘이라고 말할 정도의 풋풋함을 지니고 있었다. 아주 예쁘지는 않았지만, 그녀의 얼굴은 워낙 인상이 좋아 그녀가 아직 결혼하지 않았고, 딸과 함께 있지 않았다면 나는 유혹당했을 것이다.

딸과 어머니의 모습은 행복과 평화를 물씬 풍겼다. 그런데 젊은 마리의 나이는 아직 열여덟일 뿐이었다. 약간 진지한 표정이었지만, 그녀의 안색은 빛났고 그녀의 눈빛은 당당했으며 그녀의 입 모양새가 너무도 예뻐서 보기만 해도 가장 격렬한 애정을 불러일으켰다. 그리고 우리의 모든 대화 주제에 관해 그녀가 양식을 갖고 추론하고, 가장 친절하고 현명하게 말하는 것을 들었을 때 이 땅의 그 어떤 황후도 부럽지 않았을 것이다.

자크 카이에는 내가 그의 딸에게 관심을 두는 것을 즉각 알아차렸고, 나는 그가 그 점을 불쾌하게 여기지 않는다고 생각했다. 그때부터 나는 그의 환심을 사려고 노력하기 시작했고, 나의 모든 재능을 쏟았으며 성공의 행복을 맛보았다.

저녁 식사가 끝나고 우리가 겪은 모험을 얘기해 달라는 요청을 받았고, 나는 최선을 다해 그 이야기를 했다. 그러면서 사랑스러운 마리의 아름다운 눈에 관심의 눈물이 흐르는 것을 알아채고 몇 번이고 안도의 울음을 울 뻔했다.

내 이야기가 끝났을 때, 온 가족이 애정을 담아 나를 포옹했다.

카이에가 말했다.

"이제 더 이상 자네는 그 같은 불행을 겪지 않을 거라 생각하게. 인내심을 갖고, 영주를 지금 그대로 살도록 두세. 그는 그럴만한 자격이 있네. 하지만 도를 넘으면 끝장을 보는 것이네. 그동안 내가 자네에게 할 이야기가 없으니 내 딸이 우리 가족 노래를 불러 줄 거네. 그 노래는 내가 만들었는데, 썩 좋은 것은 아니지만 의미하는 바가 있네.

이렇게 나의 모든 감정을 드러내면서 자네에게 나의 신뢰의 큰 증거를 전하는 바이네. 결국 내 노래는 실제와 아무런 관련이 없지만, 그 때문에 나는 교수형을 받게 될 수도 있을 거라네. 하지만 나처럼 자네도 폭정을 싫어하고 프랑스 사람들이 자유를 되찾을 날을 애타게 기다리는데, 그날은 반드시 올 것이라고 확신하네.

영주들에게 불행이 있기를! 폭정에 맞서 전쟁을! 폭군들에게 죽음을! 우리 모두는 신 앞에 평등하다네. 함께 뭉치고, 나약해지지 마세. 야심을 가진 사람들도 하느님이 세운 질서를 감히 뒤엎지 못할 것이네!"

우리가 이 고귀한 감정에 힘껏 박수를 보낸 다음, 사랑스러운 마리가 다음과 같은 노래를 불렀다.

자크 카이에의 노래[2] 혹은 조국 찬가

오! 자유! 프랑크인 선조들의 어머니여,

---

2 이 노래는 그것이 만들어진 시대에 비해 분명 매우 놀라워 보인다. 하지만 용맹한 정신은 언제나 존재한다.

여기 와서 우리를 괴롭히는 힘센 폭군들을 벌하소서.

오! 나의 조국, 오! 불행한 프랑스여,
당신의 자손이 붙인, 이 아름다운 이름이여,
프랑크족의 이 이름은 기억 속에 존재할 뿐!
곳곳에 농노라니! 그리고 수십만 폭군이라니!
오! 나의 조국, 너는 더 이상 프랑스가 아닌가?

오! 자유! 우리 조상의 어머니여,
여기 와서 불행한 프랑스인들을 위로하소서.

영원한 주가 우리 선조에게 말했네.
"내가 너를 저 아래 지상 존재들의 왕으로 책하노니
그 자리에 올라 즐거이 다스리거라.
지상의 객들이 그대를 따르리라."
하지만 하느님은 이렇게 말하지는 않았지.
"인간이 그 형제의 폭군이 되리라."

오! 자유! 프랑크인 선조들의 어머니여,
여기 와서 우리를 괴롭히는 힘센 폭군들을 벌하소서.

자신의 거만함으로 죄지은 사탄이
사람들의 선조들을 병들게 하여

노동은 불쌍한 자의 몫이 되고
가장 힘센 자는 자신의 이웃을 사슬에 묶어
자신의 형제를 고생을 도맡는 사람으로 만들었네.

오! 자유! 우리 조상의 어머니여,
여기 와서 불행한 프랑스인들을 위로하소서.

그렇게나 긴 세월 목 졸린 자유는 마침내 용자들을 다시 일으켰네.
세상은 보네, 천대받던 농노 무리가 비겁한 그들의 압제자들 끝장내고
끊어진 사슬을 밟고 숨 쉬는 것을.

오! 자유! 프랑크인 선조들의 어머니여,
여기 와서 우리를 괴롭히는 힘센 폭군들을 벌하소서.

오! 나의 조국, 오! 불행한 프랑스여,
당신의 자손이 붙인 이 아름다운 이름이여,
프랑크족의 이 이름은 기억 속에 존재할 뿐!
곳곳에 농노라니! 그리고 수십만 폭군이라니!
오! 나의 조국, 너는 더 이상 프랑스가 아닌가?

오! 자유! 우리 조상의 어머니여,
여기 와서 불행한 프랑스인들을 위로하소서.

이 노래를 부른 다음 아름다운 여자 가수는 말이 없었고, 자크 카이에가 자리에서 일어나 모자를 벗더니 같은 곡에 다음 시를 노래했다.

오! 프랑스! 오! 프랑스! 오! 나의 슬픈 조국!
믿음직한 일꾼들 너의 연약한 자유를
다시 일으킬 날이 다가온다네.
너의 고귀한 조상을 생각하라.
사라진 영광을 되찾아라.

오! 자유! 프랑크인 선조들의 어머니여,
여기 와서 우리를 괴롭히는 힘센 폭군들을 벌하소서.

오귀스탱 신부와 마리 그리고 그녀의 어머니가 이 노래 마지막을 반복하는 동안, 자크 카이에는 나에게 다가와 자신의 품에 나를 안았다.

"오! 친구여, 자네는 나의 사위가 되어 주게!"

이 말들이 나를 너무 급작스럽게 사로잡고 너무나 강렬한 감정을 일으켜 나는 나의 생생한 감사의 마음을 표현하기 위해 몇 마디 말을 겨우 찾아 얼버무릴 수 있었다. 그때, 사랑스러운 마리의 어머니는 남편의 흥분한 모습을 바라보기보다 딸을 안으며 내 팔을 끌었다. 그리고 내게 말했다.

"마리가 〈세실 성녀도 더 잘할 수 없겠지〉를 천사처럼 불러도 된다고 하게."

"오! 물론입니다."

나는 큰 소리로 말했다.

자크 카이에가 말을 끊었다.

"하지만 그것은 그리 중요한 것이 아닐세. 나는 자네에게 아름다운 우리 조국의 자유에 관해 말하고 있네. 자네는 조국의 속박을 깨뜨리기 위한 노력을 도울 텐가?"

내가 말했다.

"저의 모든 힘을 다하겠습니다."

"좋아! 10년 뒤, 자네를 믿네."

"아니! 10년 뒤라고요?"

"그렇네. 영주들의 횡포가 대단하다네! 그들의 독재는 곧 말기에 이를 것이라네. 농노들이 이보다 더 불행한 적이 없었지. 고통이 극심하다네. 하지만 아직 그릇이 다 차지 않았어. 10년 뒤에는 더 이상 영주가 되려고 하지 않을 거야! 그러는 동안, 사위의 도움을 받길 바라네. 딸아, 너를 결혼시키고 싶다. 아이들아, 너희 마음을 알아보렴."

이 말을 하면서, 자크 카이에는 아내와 오귀스탱 신부를 데리고 나갔다. 그는 나를 아름다운 마리와 남겨두었다. 사랑스러운 여인을 마주 대하고 있는 나 자신을 보고 내가 겪은 동요는 표현하기 어려울 지경이었다. 마침내 나는 그녀가 나에게 촉발한 모든 사랑을 그녀에게 고백했다. 나는 그녀와 격의 없이 지내게 되었다. 그녀는 내가 그녀의 마음에 들지 않는 것이 아니며, 그녀의 마음을 사로잡았다고 알려 주었다. 이 언질은 나를 기쁨으로 채워 주었다. 그때 나의 예비 장인이 다시 나타났다.

그가 우리에게 말했다.

"그래, 내가 너희 둘 모두의 아버지가 될 수 있을까?"

나는 그 앞에 엎드려 감사의 말을 올렸다.

그가 말했다.

"네 아내를 품에 안게. 8일 뒤에 너희는 결혼식을 올리게 될 걸세. 생자크 만세! 너희들은 너희의 초야권을 빼앗지 않는 영주 아래 살게 되어 정말 다행이네!"

이 말을 하는 동안 나는 아름다운 내 여인과 사랑의 첫 키스를 주고받았다. 마리의 어머니와 오귀스탱 신부가 되돌아왔다. 나는 내 어머니가 될 여자를 포옹했고, 선한 오귀스탱 신부는 기쁨의 눈물을 흘리며 우리를 축복했다. 그리고 우리는 헤어져야 했다.

다음 날부터 우리는 내게 행복을 기약하는 결혼 준비를 시작했다. 나는 사랑하는 마리 곁으로 쉴 새 없이 갔고, 우리는 부부가 되기 직전이었다. 바로 그때 가장 슬픈 일이 일어나 희망과 사랑의 이 순간들을 무너트렸다.

13

영주 교체, 마르셀과 마리의 결혼. 다시 초야권*

한 달 전, 프로쿠르 영주는 그와 마찬가지로 같은 봉건 군주의 봉신이지만 그보다 훨씬 작은 봉토를 가진 이웃 영주의 방문을 받았다. 이 이웃 영주는 우리가 사는 영지와 초가집들의 청결 상태, 농부들의 만족한 표정 그리고 사방에 알려진 좋은 평판을 많이 부러워했다. 이웃 영주는 작은 영지를 가진 데다 거기서 많은 수확을 바랐기 때문에 그의 마을은 같은 모양새를 갖기 어려웠다.

---

* 이 장의 끝은 다소 소설 같아 보일 것이다. 나는 다른 부분과 마찬가지로 이 부분도 정확히 번역했다. 원문 그대로 뒤죽박죽 상태로 소개한다. 그것을 미화했다는 의심을 받지 않기 위해서다. 나로서는 몇몇 소설 속에서 이 같은 이야기들을 읽었지만, 고백하건대, 이 이야기는 가능성이 매우 높고 아주 그럴싸하다. 자연스럽기 때문이다. 내게 의외로 보이는 것은 마르셀이 자신의 영주에 대한 배신죄를 저지른 다음, 오랫동안 그 일을 두려워하지 않는다는 점이다. 물론 그가 영주 부인의 분별력을 믿어서일 것이다.

이런 비교가 그의 마음속에서 비열한 부러움에 불을 붙였다.

그가 프로쿠르 영주에게 말했다.

"나는 당신보다 덜 부자이고, 수확도 더 적습니다. 하지만 내가 당신 자리에 있으면 그렇지 않을 텐데 당신은 너무 가난합니다. 당신은 남아도는 농노들을 잘 활용할 수 있는데도, 그들을 지나치게 편하게 둡니다. 만약 그 영지가 당신 것이라면 그 영지가 잘 관리되는 것을 볼 수 있을 테지요. 하지만 당신은 죽 쑤어서 고양이 주는 격입니다.[1] 여기 있는 아무것도 당신 것이 아니기 때문이지요."

프로쿠르 영주가 대답했다.

"착각입니다. 이 영지는 오래전부터 우리 가족에 속해 왔습니다. 내 아버지는 배신을 당해 그것을 빼앗겼지만, 내게 그것이 다시 돌아온 이후 나는 내 농노들이 일하기 좋도록 도움을 주고, 만약 또다시 누군가 이 영지를 내게서 뺏으려고 한다면 그들이 나를 지켜 줄 겁니다. 내가 군주한테 충성을 맹세하고, 소작료를 지불하는 이상 나한테 더 이상 아무것도 요구할 수 없습니다."

이 말은 그가 몰락하고 많은 불행을 겪는 원인이 되었다. 제롬 드 베스[2]라는 이름의 이웃 영주는 봉토 소유주인 군주에게 프로쿠르 영주의 주장을 고해바치고, 그가 자신의 지배 영주를 부인하며 아무에게도 매여 있지 않노라고 주장했다고 고발했다. 프로쿠르 영주의 행

---

1 원문은 *Pultem felibus decoquis*(고양이는 소시지를 요리합니다). …
2 원문은 *Hieronymus á Vessiis*. *Jérôme de Vesses* 혹은 *Jérôme des Vesses*, 혹은 *Jérome des Vessies*로 번역해야 할지 모르겠다.

동을 받아들이지 않는, 그의 숨겨진 적인 다른 영주들도 같은 방향으로 그에게 불리한 증언을 했으며, 관습대로 주인 군주는 다시 영지를 몰수했다.

그리하여 어느 날 저녁, 프로쿠르 영주가 생각지도 않았는데, 주인 군주의 무장 하인들이 들이닥쳤다. 그리고 그에게 영지 몰수를 알린 다음 등 뒤로 손을 묶고, 그가 아내에게 작별 인사할 시간도 주지 않을 뿐 아니라 그에게 여정에 필요한 옷을 입게 하지도 않고 말에 태워 보베로 데려갔다.

얼마 후, 우리는 영주를 납치해 갔다는 것을 알았다. 농부들 대부분이 그를 납치한 사람들을 뒤쫓아 갔지만, 그들을 따라잡기는 불가능했다. 그때부터 마을은 온통 비탄에 빠졌다. 우리 모두는 영주 집으로 가서 프로쿠르 부인에게 우리를 떠나지 말라고 간청하고 우리는 그녀를 지키기를 원한다고 맹세했다. 그녀는 우리에게 생각을 바꾸고 남편의 판결을 기다릴 것과, 어떤 경우든 아마도 새로 부임하게 될 영주에게 복종할 것을 충고했다. 그녀는 다음 날 아침 남편을 만나러 떠났고 우리를 고통과 슬픈 불안 속에 두었다.

나는 이틀만 기다리면 사랑스러운 마리의 남편이 될 순간이었다. 하지만 관습상 영주가 공석인 때에 평민들이 결혼하고 계약을 맺는 것은 전혀 허용되지 않기 때문에 새 영주가 오기를 기다려야 했다. 그때부터 초야권을 따르지 않아도 된다는 희망은 거의 빼앗긴 상태였다. 아무리 늙었을지라도 이 특권을 게을리하는 귀족을 만나는 것은 매우 드문 일이었기 때문이다.

하지만 나는 거기에 따라야 하는지 마음을 정하지 못했다. 마리는 몹시 난처해했다. 자크 카이에만이 여전히 단호함을 지니고 있었다. 그가 말했다.

"영주들은 매우 음탕해. 게다가 욕심은 더욱 많아. 우리가 만나게 될 영주가 자네에게 그 권리를 돈을 받고 팔 것을 기대해 보세. 몸을 더럽히는 것보다 고통받고 가난해지는 것이 더 나은 법이야. 우리 주교와 수도사들은 영주의 권리가 합법적이라고 우리에게 설교하지만, 우리를 그것에 복종시키기를 원하는 사람들 자신들은 거기에 기꺼이 따르기에 동의하지 않을 것인 만큼 우리는 그것이 사람을 비천하게 만든다는 것을 잘 알고 있지."

전임 영주가 떠나고 나흘 뒤에 새 영주가 부임했다. 바로 제롬 드 베스였다. 영지를 소유한 군주로서는 자신의 귀족다운 처신을 보상받기 위해 고발당한 자 자리에 고발자를 앉히는 것보다 간단한 방법은 없었다.

이제 프로쿠르의 영주가 된 제롬 드 베스는 55세였다. 무절제한 젊은 시절을 보낸 탓에 그는 더 이상 애정 행각을 벌일 수 없었다.[3] 그는 오데알디스 드 메뉼레와 결혼했는데, 그보다 22세 연하인 그녀는 그의 성적 쾌락을 만족시켜 주었다. 하지만 그는 자신의 영지에 속한 농민들의 신부와 첫 사흘 밤을 보내는 권리를 조금도 포기하지 않았

---

3 중세의 가장 성스러운 저작물에서 볼 수 있듯이, 우리 신부들은 특히 라틴어에서 과감한 말을 썼다. 원문은 이렇다. *"luxuriosus in juvenilibus annis, adeo genitlibus debilis effectus erat, ut cum foemina copulare nulla modo posset"* (젊은 시절에 성기를 너무 많이 애지중지하여 성기가 많이 약해져 더 이상 여자와 교제할 수 없었다).

다. 우리 모두는 우리에게 소중했던 주인 대신 곧 싫어하게 될 주인을 맞이했다고 느꼈다. 하지만 복종하고, 원망과 두려움을 숨기고, 충성을 바치겠노라 맹세해야 했다.

내가 곧 결혼할 것임을 제롬 드 베스가 알았을 때, 그는 내 아내를 그에게 데려오라고 전했다. 그가 그녀를 보는 순간, 이렇게 말했다.

"결혼하도록 하게. 오늘 저녁 당장 허락하네. 장차 네 아내가 될 여자는 내 마음에 들어. 사흘 밤이 기대되는군."

내가 대답했다.

"주인님, 관습에 따라 영주님께 농노 신부에 대한 초야권이 있는 동시에 농민들이 초야를 돈으로 대신 살 수도 있다는 것을 알고 계시리라 생각합니다. 저는 영주님께 그렇게 할 것을 청합니다."

자신의 또 다른 작은 영지에서 제롬 드 베스는 농민들을 워낙 가난 속에 살도록 했기 때문에 그 농민들은 돈으로 영주의 권리를 되살 수 있다는 생각을 아예 하지 못했다. 따라서 그는 나의 요청에 놀랐다.

그가 말했다.

"여기 너희들은 부자인 데다, 재산을 쌓아 둔 모양이군. 잘되었네! 내가 그 덕을 봐야겠어. 결혼 첫해 안에 은 2파운드와 밀 10부아소,[4] 이중 인두세와 이중 토지 사용료를 내게 지불하고, 그리고 초야 사흘 밤 동안 내가 요구하는 모든 것을 하는 데에 동의한다면, 내 권리를 자네한테 넘기겠네."

이 조건들은 무척 버거운 것이었다. 하지만 자크 카이에는 내게 아

---

4 [옮긴이 주] 부아소(boisseau) : 곡물을 재는 옛 용량 단위를 말하며 약 13리터이다.

무리 힘들더라도 그것들을 받아들이라고 권했다. 나는 그 말을 따르 겠다고 대답했다. 사제가 우리의 결혼식을 맡았고, 그 직후 밀 10부 아소와 요구하는 돈을 지불해야 했다.

영주가 내게 말했다.

"이제 첫날밤을 위해 자네는 옷을 벗은 채 이 사슴뿔 위를 300번 뛰어넘고, 물 3리터를 마시며 그리고 네 아내의 방문 앞에 누워 그녀에게 한마디도 하지 않고 아침을 기다리게."

나는 늙은 강도 품속에 든 내 어여쁜 마리를 보는 것보다 이 모든 것을 하는 것이 덜 수치스럽고 덜 고통스러웠다. 나는 300번을 뛰고, 3리터의 물을 마셨다. 그리고 나는 피곤에 지쳐 초주검이 되어 내 아내의 방문 앞에 쓰러졌다. 그녀가 입을 다물도록 하지는 않았고, 그녀는 자물쇠 구멍을 통해 나를 위로하고 용기를 북돋우려고 애썼다.

날이 밝았을 때, 나는 약간의 기력을 회복했다. 그때까지 나를 감시하던 무장한 두 사람이 나를 영주의 집으로 데려갔고, 그곳에서 나는 베스 영주가 일어나기를 기다렸다.

그가 나를 보면서 말했다.

"나는 네 장인인 자크 카이에로부터 뭔가를 배웠다네, 그는 기발한 사람이야. 그를 생각해서 자네가 빚진 것을 덜어 주겠네. 오늘 낮 내가 사냥 나가는 동안 자네는 내 저택 안마당에 망대를 하나 세우게."

나는 생각했다.

'잘됐어. 분명히 곧 내 사랑하는 여자의 품속에 안길 거야. 그리고 그녀의 순결을 갖게 될 거야!'

그런 일들은 언제나 볼거리가 되는 법이라, 전날 밤 내가 뛰는 것을 본 오데알디스 부인은 내가 그렇게 해서 남편의 건강을 지켜 주었기 때문에 내게 관심을 보였다. 그녀는 나에게 맛있는 저녁 식사를 대접하며 나를 위로했다. 오귀스탱 신부도 와서 나를 위로했다. 그는 마리가 나와 고통을 함께했으며 자크 카이에는 아예 분노에 넘어가지 않기 위해 차마 모습을 드러내지 않았고, 내가 초야권을 감수하지 않은 것이 잘한 것이라고 내게 귀띔해 주었다.

사냥에서 돌아온 제롬 드 베스가 내게 말했다.

"오늘 둘째 밤에는 단지 자네 어깨 위에 아내를 태우고 동네 이쪽 끝에서 저쪽 끝까지 갔다 와 그녀를 방문 앞에 내려놓고, 그리고 그녀 침대에 다가가지 않고 그녀 방 안에서 누워 잘 것을 명령한다."

이 조건은 너무 달콤한 것으로 보여 나는 내 주인을 축복했다. 나는 이루 말할 수 없이 기쁜 마음으로 아내를 등에 업고 힘들긴 해도 즐거움을 맛보며 정해진 왕래를 마쳤다. 마리가 침대에 들었을 때 영지의 무장한 두 남자가 나를 그녀의 작은 방에 들여보냈고, 그녀에게는 방 안에 등을 켜고 밀짚 한 단을 펼치라는 명을 내렸다. 그들은 나에게 그곳에 누우라고 신호했지만, 내가 그렇게 밤을 보내는 대가를 치르도록 한마디도 하지 못하게 했다. 나는 그들이 내게 강요한 조건이 내가 달콤하다고 생각한 만큼 잔인하다는 것을 곧 느꼈다. 나는 사랑하는 여자의 침대에서 단지 키만큼 떨어져 있었다. 그녀는 나에게 속하고 나는 그녀의 사랑을 받았다. 나는 그녀에 대해 사랑과 결혼의 권리를 갖고 있었지만, 그녀를 품에 껴안지도, 한마디 말을 하지도 못하다니!

폭군이 보낸 보초 2명이 내 곁에서 지켜보고 있었다. 자칭 내 영주라는 이 괴물들의 폭압에 격분이 일었다. 누가 그들에게 사랑 자체에 대한 권리를 주었는가? 나의 고통에서 그들은 어떤 행복을 찾는가? 먹잇감이 고통스러워하는 것을 보기 위해 고통을 주는 호랑이의 행복이리라.

이런 생각을 하는 중에 나는 내가 만지지 못하도록 내게서 빼앗으려는 보물을 바라보는 것처럼 자꾸만 마리를 보았다. 그녀 또한 종종 머리를 들어 눈짓으로 나 혼자만 고통을 겪는 것이 아니라고 말했다. 나는 그녀의 아름다운 눈에서 눈물 몇 방울이 흘러나오는 것을 보았다. 그러자 나는 나 자신을 주체할 수 없었고, 그녀를 향해 몸을 날려 그녀의 입술에 가장 달콤한 입맞춤을 했다.

내가 큰 소리로 말했다.

"오 나의 착한 여자! 더 이상 우리를 떨어뜨려 놓을 수 없어!"

하지만, 오 절망이여! 오 약자의 고통이여! 내가 나의 폭군과 나의 예속 상태를 잊은 순간, 보초 2명이 나를 잡아채더니 내 두 손을 동여맨 채 나를 저택 감옥으로 끌고 갔고, 나는 그곳에서 밤을 보냈다. 다음 날, 제롬 드 베스가 내게 말했다.

"때마침 잘되었네. 네 아내의 처녀를 네게 판 것을 뼈에 사무치도록 후회하고 있었다. 너는 그것을 가질 자격이 없어. 마리는 예쁘고 내 마음에 든다. 네가 한 모든 짓은 소용없어. 네가 지불한 것은 지난 이틀 밤의 대가로 내가 갖겠다. 오늘 저녁은 내가 초야권을 행사하겠어. 내일 자네는 내가 남겨 주는 것을 갖게 될 거야.[5] 그때까지 여기

---

5   여전히 원문은 과감하다. "*cras reliquiis meis apud Mariam frui poteris.* … *usque ad hoc huc adhuc manebis*"(내일 너는 마리와 함께 나의 잔재를 즐길 수 있을 것이다).

있도록 ."

이 끔찍한 말을 듣고 나는 일종의 광란 속에 빠졌다. 나는 제롬 드 베스를 향해 최고로 가증스러운 모독과 저주를 토해 냈다. 만약 내 말을 알아들었다면, 제롬 드 베스는 나를 그 말대로 했을 것이다. 하지만 그 폭군은 내가 갇힌 감옥 자물쇠를 잠그고 사라졌고, 나는 한없이 슬퍼할 수 있었다.

내가 고통에서 깨어난 것은 갑자기 장인이 나타났기 때문이었다. 그는 내게 저녁 식사를 직접 가져올 수 있도록 허락받았다.

그가 내게 말했다.

"용기를 내게. 그리고 자네에게 내가 한 말을 기억하게. 나는 이 마을에서 1리외 되는 곳에 어떤 마법사, 아니 광대라고 할 수도 있는 한 사람을 알고 있다네. 그는 뛰어난 재주가 많아 우리를 고통에서 구해 줄 수 있다네. 나는 그를 만날 걸세. 그리고 만약 이 방법이 통하지 않으면, 다른 방법들이 있지."

나는 그의 이런 말소리에 놀라며 대꾸했다.

"어떤 방법 말입니까?"

그가 대답했다.

"내가 가진 도끼. 사람은 도둑을 죽일 수 있는 타고난 권리를 갖지 않는가? 그리고 필요하다면 도망치는 거야."

내가 그에게 말했다.

"아! 기억하십시오. 영주 한 명이 죽어서 우리가 당한 모든 고통 말입니다. 전쟁을 치르다 죽어도 그렇습니다."

그가 응수했다.

"나는 모든 것을 고려했다네. 우선 나는 가장 덜 위험한 방법을 동원할 것이네. 하지만 인내심을 발휘하게! 복수할 날이 그리 멀지 않았다네!"

그리고 카이에는 내게 걱정하지 말고 저녁을 들라고 채근하며 떠났다. 하지만 그가 한 말은 나를 더욱 불안하게 만들었다.

내가 아내의 순결뿐만 아니라 그녀와 그녀의 가족에 대해 불안해하는 동안, 카이에는 마법사를 만나러 갔다. 약간의 돈을 써서 프로쿠르에 그를 얼른 데려왔다. 이 교활한 사람은 내 장인과 함께 저택 안으로 잠입해서 영주가 없는 동안 영주 부인을 대면할 방법을 찾아냈다.

그가 말했다.

"부인, 나는 음유시인인 데다 마법사입니다. 당신에게 나에 대한 믿음을 분명히 갖게 해줄 수 있는 것은, 내가 주문을 외우면 어둠의 유령들이 꼼짝하지 못한다는 것입니다. 과학적인 연구와 작업을 통해 나는 행성과 별자리를 주재하며 창공에 사는 귀신들을 쫓는 기술을 발견할 수 있었답니다. 그런 연구와 작업은 나에게 어두운 미래의 비밀을 열어 보여 주고 감춰진 것들을 알려 줍니다.

따라서 당신이 나를 교회 판사들이 애써 추적하는 고약한 주술사들과 혼돈하지 말길 바랍니다. 이들은 악마와 그의 천사들 감시 아래 활동합니다. 그들의 능력이란 오직 기본 질서를 뒤엎고, 사람들을 못살게 굴며, 지옥의 마력으로 동물을 죽이고, 전답과 포도나무에 주술을 걸며 다른 수천 가지 악을 일으키는 것일 뿐입니다.

반대로 나는 하느님이 인간의 경호자, 보호자, 친구로 일하게 만든 정령의 영향을 받아 복된 경이를 통해 평화와 풍요를 가져옵니다. 나는 선행만으로 두각을 드러냅니다.

부인! 나는 최근 마법 활동을 통해 당신의 미덕이 운명적으로 당신이 프로쿠르 영지를 차지할 수 있도록 해 주었다는 것을 알았습니다. 당신 남편은 당신이 그의 아내가 아니라면 이 영지를 얻을 수 없었을 것입니다. 또한 나는 당신이 장수할 것이고 행복할 것이지만, 몇 년 전부터 당신이 큰 걱정과 근심을 갖고 있다는 것을 알았습니다. 영주들이 그들의 시간과 정력을 소모하는 초야권은 그들의 아내에게 저지르는 잘못된 일이요 사기입니다. 당신은 젊고 아름답습니다, 부인. 젊은 남편이 온갖 정성을 쏟아도 당신의 사랑에 대한 응당한 보답을 하기 쉽지 않을 것입니다. 당신의 늙은 남편은 당신과 결혼으로 갖게 된 행복을 엉뚱한 곳에 쏟습니다.

오늘 저녁에도 그는 젊은 농부 아내와 밤을 지낼 것입니다. 나는 그 사실을 알았습니다. 나는 그 사람 집에 갔는데, 그는 나의 예언이 맞는다는 것을 확인하고 나를 이곳에 데려왔습니다. 나는 운명이 당신의 수호성인으로 지명한 정령의 이름으로 당신에게 조언과 몸에 좋은 치료제를 가져왔습니다.

오늘 저녁 어둠이 내리기 시작하고 당신 남편이 신부의 침실로 들어가기 전, 아무도 보지 않도록 조심스럽게 당신이 직접 그곳에 가십시오. 마리의 아버지가 이 신비로운 일에 당신을 도울 것이고, 당신은 거기서 다른 여자에게 준다고 생각하는 남편의 애무를 받아 짙은 쾌락을 맛보게 될 것입니다.

그런데 그러기 전, 여기 당신의 천기를 받아 만든 흥분제 한 병이 있으니 밤이 되기 2시간 전 당신 남편에게 한 순갈 들게 하십시오. 이번과 마찬가지로 당신이 농부 아내들을 대신하고 싶은 날은 언제나 그렇게 하십시오. 평소 밤에 그렇게 할 수도 있습니다. 하지만, 프로쿠르 영주가 이 물을 포도주나 다른 액체에 섞어 마시는 동안 다음과 같은 시구를 외우는 일을 잊지 마십시오.

남편이 아내의 달아오른 마음을 느껴
그가 나의 질투하는 열정에 들뜬다면
다른 곳에 쏟으려 하는 향연을 내게 바치네
토르퀴나, 빌메르가, 로르니마는 나의 자매라네

부인, 만약 내가 당신에게 소개한 치료제와 당신에게 전한 조언이 좋다고 생각한다면 앞으로도 나는 당신에게 도움을 드리겠습니다."

오데알디스 부인은 아무 말 없이 마법사의 말을 경청하며 그가 말하는 동안 얼굴을 약간 붉히는 데에 그쳤다. 그리고 그가 방금 말한 시구를 자신이 완전히 알아들을 때까지 반복해 달라고 요청했다. 그러고 나서, 오느라 고생했다며 그에게 금화를 주고, 한 달에 한 번 자신을 보러 오라고 청했다. 그리고 그녀는 비밀 장소에 약병을 갖다 두고 마법사의 조언을 따르기로 마음먹었다.

자크 카이에와 그가 도움을 부탁한 사람이 되돌아가는 동안, 선한 오귀스탱 신부는 나를 위해 그 나이에 아직 할 수 있는 모든 노력을 다했다. 그는 프로쿠르 사제를 찾아가 그 사제가 영주의 처사에 반대할 태세를 갖지 않은 것을 보고, 그에게 말했다.

"당신은 교구에서 영원한 간통이 행해지는 현실을 심각하게 받아들이시오. 하느님과 성자들은 영주들이 모든 신부들에게 자행하는 더러운 권리를 결코 인정하지 않았소."

사제가 응답했다.

"그럴 테지요. 하지만 나는 영주의 기분을 거스르고 싶지 않습니다. 만일 그렇게 하면, 영주는 더는 않더라도 내 십일조 수입의 4분의 1은 몰수할 것입니다."

오귀스탱 신부가 덧붙였다.

"그의 기분을 거스르지 않으면서 성스러운 조언으로 그의 마음을 움직일 수 없소? 그렇게 하면 당신에게도 이득일 것이오. 그렇게 해서 모든 농민들한테 그들의 아내가 당하지 않게 해 준다면, 그들은 당신을 축복하고 거기에 당신한테 감사를 표시하는 데에 조금도 소홀하지 않을 것이오."

그는 이 말을 하면서 자신에게 남아 있는 은전 몇 개를 내 이름으로 주었다.

이 또 다른 호소에 설득된 사제는 당장 나에게 이로운 것이 무엇인지를 간파하고 신성한 열정으로 타올라 프로쿠르 영주를 찾아갔고 나는 나의 장인 집으로 오고 있는 그 사제를 만났다. 밤이 가까웠기 때문이다.

한편, 프로쿠르 영주 부인은 다른 길을 통해 마리의 침실에 들어갔다. 진행되는 모든 사정을 알고 있던 마리는 부인의 관대한 처사에 여러 번 감사를 표하며 손에 입을 맞추었다. 오데알디스 부인이 마리의 침대에 드는 동안 내 장인은 장모와 마리를 옆방에 머물게 하고, 동네 한쪽 끝에 있는 아저씨 집으로 가서 모든 것이 끝나기를 기다렸다.

잠시 후, 영주와 프로쿠르 사제가 오귀스탱 신부와 함께 마리의 방문에 도착했다. 그들은 미리 준비된 상황을 전혀 알지 못했다. 이런 상황을 알렸더라면, 선한 오귀스탱 신부는 그다지 많은 고통을 당하지 않았을 것이다. 사제는 냉담한 조언으로 영주의 귀를 거슬리게 하는 데에 시간을 허비하지 않았다. 차라리 그의 상상력에 말을 거는 편을 더 좋아했다. 그가 말했다.

"영주님, 오늘 밤 영주님과 관련된 환영(幻影)을 봤습니다. 영주님의 행복과 목숨, 재산이 걸린 것이었습니다. 젱굴루스 성인과 빅투아르 성녀가 나타나 내게 복을 빌어 준 다음 영주님 이야기를 했습니다. 그들이 말하기를 영주님이 종종 그들을 숭배했기 때문에 그들이 영주님의 수호자라고 했습니다. 하지만 그들이 종종 영주님을 지키기도 하지만 영주님의 처신이 그들을 화나게 한다고도 했습니다. 영주님, 영주님 같은 몇몇 귀족들이 악마에 끌려갔는데, 이후 그들 이야기를 들은 적이 없다는 것을 알고 있길 바랍니다. 그들이 도를 넘는 음란을 저질렀기 때문입니다.

영주님은 부인에게 가져야 할 믿음을 팽개치고 너무 자주 초야권을 즐겨서 이전에 마콩 백작과 그 외에 많은 사람들처럼 악마가 영주님을 데리고 갈 채비를 스무 번이나 갖추었습니다.[6] 다행히 영주님 수호성인들이 그에 반대했습니다. 하지만 그런 일을 하지 않는다고 약속해 놓고, 오늘 저녁 영주님과 무관한 신부의 순결을 차지할 거라고 알려졌습니다. 내가 영주님께 해드려야 할 말은 이렇습니다.

영주님이 카이에의 딸과 계획한 시간을 보낸다면, 내일 영주님은 이 세상 사람이 아닐 것입니다. 영주님을 파멸로 밀어 넣는 사탄의 유혹에 저항할 수 있는 충분한 용기를 갖고 있다면, 이후 영주님은 꽃다운 건강과 행복한 노후를 누릴 것입니다. 사모님 품속에서 많은 즐거움을 맛볼 것입니다.

우리끼리 말하기로, 사모님은 영주님이 거느린 농민들의 모든 딸보다 더 아름답습니다. 또한 영주님은 항상 번창하는 재산과 더불어 수년 전부터 바라 온 아이를 얻게 될 것입니다."

제롬 드 베스 영주는 이 말을 진지하게 받아들이고 한편으로 그를 위협하는 악과 또 다른 한편으로 그에게 약속된 행복을 깊이 생각했다. 그는 사제가 그에게 말하는 것을 조금도 의심하지 않았기 때문이었다.

마침내 그는 관대한 결정을 내렸다. 나를 감옥에서 내보냈다.

그가 말했다.

"자네를 용서하네. 그리고 자네 아내의 순결을 아무런 대가 없이 자

---

6 피에르 존자〔尊者, 옮긴이 주: 성인, 복자 다음의 성위(聖位)〕에 따르면, 12세기경, 마콩의 어느 백작이 성직자를 억압하고 수도원을 약탈하며, 참사회의 참사원들과 수도원의 수도사들을 추방하고 결국 자신에 속한 귀족들과 종속들이 지켜보는 가운데 악마에게 끌려갔다(《악마 묘사론》, 제 13장, "악마에게 당한 사람들 등에 관하여").

네에게 양보하겠네. 그녀는 자기 방에서 자네를 기다리네. 가 보게.”

나는 영주와 사제 그리고 오귀스탱 신부에게 정신없이 감사를 표시했다. 나는 이렇게 하는 것이 좋다고 판단했다. 그리고 영주가 사제의 환대와 그에게 준 희망을 되뇌며 돌아가는 동안, 나는 마리의 침실로 들어갔다.

나는 여전히 그녀를 잃을까 몸을 떨며, 낮은 소리로 가장 달콤한 말과 애정 어린 맹세를 속삭이며 아내의 침대로 다가갔다. 침실은 조명이 되지 않았다. 영주를 맞기 위해 지키는 관습에 따라 등을 꺼 두었기 때문이다. 그녀는 내게 단지 한숨으로만 응했기 때문에 내가 키스를 하자 흥분한 상태로 반응했다. 곧 나는 침대에 들었다. 한참 동안 도취한 행복을 나는 말로 표현하지 않겠다. 나는 그 행복을 함께 맛본다는 것을 확인했는데, 한 가지 놀라운 것은 상대가 아무런 말을 하지 않는 것이었다. 나는 생각했다.

‘하지만 그러는 것이 아마도 관습이겠지. 이 같은 첫 순간, 젊은 여자는 자연히 말문이 막힐 거야.’

사랑에 취한 지 1시간 끝에 문 두드리는 소리가 들렸다. 나는 몸을 떨며 가서 문을 열었다.

“아! 불행하군! 자네는 영주 아내와 동침한 걸세. 방금 오귀스탱 신부가 알려 주는 것을 듣고 이런 실수를 저질렀음을 짐작했네. 그분을 우리 비밀에 가담시키지 않았다고 생각하지 못했어!”

이 말을 듣자 식은땀이 등골을 적셨다. 내가 최고 권력자에게 대역죄를 지은 것이다. 나는 마리와 그녀의 어머니가 같은 침대에 누워 있는 방으로 장인과 함께 들어갔다. 그녀들은 우리에게 무슨 곤란한 일이 있느냐고 물었다. 카이에는 그들에게 이 일을 말하는 것은 적절치 않다고 판단했다. 그가 등불을 들고 우리는 조금 전 내가 달콤한 순간을 보낸 방으로 되돌아왔다. 아무도 없었다. 오데알디스 부인은 그사이 자신의 귀족 남편에게로 갔다.

카이에는 이 모든 미스터리가 어떻게 준비되었는지를 밝혀 주었다. 그가 말했다.

"하지만 무엇보다 자네 아내와 내 아내 그리고 오귀스탱 신부에게 이 이야기를 하지 말도록 하세. 이 같은 일들에는 입을 닫는 것이 좋아. 나는 속이 후련하네. 영주가 많은 다른 사람들에게 겪도록 하는 것을 자네가 영주에게 되돌려 주었기 때문이지. 여기에 대해서도 마음 편하게 갖도록 하세. 자네와 오데알디스 부인 그리고 나밖에 이 일을 알지 못해. 비밀이 잘 지켜질 걸세."

이렇게 말한 다음 그는 자기 아내와 딸에게 아무 일 없다며, 더 이상 초야권을 걱정할 필요가 없고 내가 풀려났다고 말했다. 그는 딸에게 자리에서 일어나라고 했고, 그녀는 나와 함께 그녀의 침실로 건너갔다. 우리는 두려움과 불안을 서로 이야기한 다음, 부부의 정을 나누었다.

만약 자유가 없어도 행복할 수 있다고 한다면, 이때부터 나는 세상에서 가장 부드럽고 사랑스러운 여자와, 그렇게나 위대한 성격을 가진 정직한 카이에 그리고 선함과 온화한 미덕이 몸에 밴 장모 곁에서 행복했다.

제3부

14

|

선교사들, 모독자. 물의 시련.
오귀스탱 신부의 재판. 프로쿠르 영주의 파문.
이 파문에 이어진 일들

오귀스탱 신부가 내게 말했다.

"귀족이 아닌 우리에게 인생은 단지 긴 고통의 연속일 뿐이지. 만약 우리가 가끔 행복을 만날 수 있다면, 서둘러 이 짧은 순간을 즐기도록 하세. 이 순간은 우리를 위한 것처럼 보이지 않고, 만약 영주들이 우리가 위로받을 수 있는 약간의 휴식을 맛본다는 의심을 품으면, 그들은 우리를 불행하게 만들기 때문이지. 나를 짓누른 모든 고통을 겪은 다음, 예상했던 것보다 나의 노후가 길어지고 있네. 만약 너희가 항상 행복한 것을 본다면 나는 가장 달콤한 평화 속에서 죽을 수 있을 걸세."

실제로 우리는 행복했다. 마음의 일치, 카이에의 정직성, 그 아내의 달콤한 쾌활함, 소중한 마리의 사랑스런 미덕, 우리들의 사랑 그리고 오귀스탱 신부의 현명한 말씀 덕분이었다. 우리는 십일조와 많은 소작료, 여러 가지 비싼 세금을 내야 했지만, 불평하지 않고 이것들을 견디었다. 우리 모두가 열심히 일했기 때문이다.

프로쿠르 부인은 자신의 탈선에 대해 입을 다물었고, 아무도 그녀를 의심하지 않았다. 영주는 사람들이 내 장인의 성격과 용기에 관해 말하는 것을 듣고 그에게 존경심을 품고 그에게 일주일에 한 번 사냥할 권리를 주었다. 그렇다고 카이에가 그를 더 좋아하게 되지는 않았다. 영지의 모든 다른 농노들은 가장 혹독한 봉건 독재 치하에서 신음했기 때문이다. 나머지 모든 마을 사람들이 가난에 시달리고, 해마다 고통과 미신적 두려움 때문에 주술사 무리가 생겨나면 그들을 화형에 처하고, 많은 사람을 비둘기 알 하나 훔친 죄로 도둑으로 몰아 교수대에 매달고 고문을 가했다.

하지만 우리로서는 삶이 참을 만했다. 이기적이고 자유를 포기한 상태이긴 하지만, 우리는 행복했다.

결혼한 지 10개월이 지난 다음 내 아내는 아들을 선사했다. 몇 주 전에는 오데알디스 부인이 딸을 순산했다. 이 일이 영주에게 큰 기쁨을 선사한 만큼, 내 아들의 탄생은 마찬가지로 나를 흥분하게 만들었다. 내가 바라는 대로 그의 신체와 정신이 함께 행복하게 커가는 것을 보면서 아들에 대한 나의 애착은 날이 갈수록 커졌다. 오귀스탱 신부는 저녁마다 그를 축복하고, 그를 위해 하늘의 은총과 호의를 불렀다. 자크 카이에와 그의 아내 그리고 나의 사랑하는 아내 마리는 나의 기쁨을 함께 나누고, 우리가 부역을 마치며 부담금을 바치고 농노의 의무를 다하고 나면, 나는 몇 시간 동안이라도 내게 주인이 있다는 사실을 잊으려고 노력했다.

하지만 자크 카이에는 사정이 나쁘다고 불평했다. 그가 말했다.

"이웃 영지에는 폭력과 잔혹사 그리고 몹쓸 짓들에 고통과 절망이 극에 달했네. 사방에 사람들이 들고일어날 태세야. 이곳도 고통이 대단하지. 하지만 밤낮으로 일하고, 일한 모든 성과를 빼앗기고, 조악한 빵과 야생 과일만 먹고 살아도 농노들은 여전히 영주들 비위를 맞추기에 급급하네. 우리 동네 사람들은 자유를 되찾기 위해 무기를 들기보다 차라리 이 같은 고통을 겪으려고 하지. 제롬 영주의 심판은 여전히 악랄하고, 그의 교수대는 늘 만원이며, 그의 고문 도구는 녹슬 줄 모르고, 감방에는 불행한 사람들로 가득하고, 그의 형집행자는 영지에서 가장 바쁜 사람이지. 자유가 다시 태어나리라는 희망을 품으세. 거듭 말하지만, 폭정이 너무 지독한 상태가 될 때 그것을 타도하기가 쉬운 법이라네. 우리는 우리가 살아 있기 때문에 스스로 행복하다고 믿지만, 오직 자유로워져야만 행복할 걸세."

그리고 그는 나라를 사랑하는 자신의 노래를 불렀고, 우리는 그를 따라 불렀다.

그사이 내가 결혼한 지 11년이 되었지만, 우리의 사정은 변함이 없었다. 나는 아들의 성격을 발달시키는 데에서 순수한 기쁨을 맛보았고, 오귀스탱 신부는 이미 내 아들의 교육을 지도했다. 그때 프랑스에서는 너무 흔히 일어났던 사건이 발생하여 우리는 다시 슬픔 속에 빠졌다.

보베의 주교로부터 면죄부(免罪符)를 팔고 회개를 요구하며 알려진 죄인들에게 벌금과 공개 처벌을 강요하고 성지순례를 독려하라는 임무를 받은 사제 4명이 어느 날 저녁 프로쿠르에 도착했다.

다음 날부터 이 조사관들은 마을에서 일어난 모든 것에 대한 정보를 모았다. 그들을 엄호하고 그들의 판결을 집행하는 궁수 12명이 어느 성인을 모독했다는 젊은 농노를 데려왔다. 가장 늙은 사제가 그에게 처벌을 내렸다. 그로 하여금 3개월 동안 매주 일요일에 속옷 차림으로 목에 줄을 매고 교회 문 앞에서 명예 훼손을 사죄하도록 하고, 그런 다음 영지를 가로지르며 매를 맞든지 아니면 달군 쇠로 혀를 꿰는 것이었다. 젊은 농노는 전자를 선택했다. 더 오래 걸리고 복잡하지만 적어도 장애가 생기지는 않기 때문이었다. 하지만 그는 너무 가혹한 매질을 당해서 여전히 그 자국을 갖고 있다.

모독자 다음에 늙은 농부 부부를 데려왔다. 그들은 주술을 부려서 고발당했는데, 아무런 증거가 없었다. 많은 심문과 고문 끝에 아무런 결과를 얻지 못하자 조사관들은 이 두 주술사에 관해서는 신명(神命) 재판으로 돌려야겠다고 선언하고, 이들에게 물고문을 가했다.

교회 앞에 썩은 물이 고인 큰 웅덩이가 있는데, 사람들 말에 따르면 이곳은 오랫동안 이와 같은 고문에 사용되었다고 한다. 썩은 물에 성수를 뿌리고, 발가벗긴 농부와 그의 아내를 거기에 던졌다. 그들의 오른손은 왼발에, 왼손은 오른발에 단단히 묶인 채였다. 야윈 남자는 물에 빠진 순간부터 바닥에 가라앉았지만, 기름기가 많은 그의 아내는 물 위에 떠서 전혀 가라앉지 않았다.

놀라운 일이 일어났다. 사람들은 구덩이 주변을 돌면서 〈테 데움〉 노래를 불렀다. 그리고 두 요술사를 꺼냈다. 성수를 뿌린 물이 남편을 품속에 받아들여서 그는 죄가 없었다. 하지만 사람들은 그를 죽은 채로 끌어올렸고, 공동묘지에 그를 매장했다.

여자는 물 위에 떴다. 신성한 물이 일종의 두려움 때문에 그녀를 거부했고 따라서 그녀는 마녀이며 악마가 깃든 상태였다. 그녀를 산 채로 건져 올렸지만, 화형에 처하여 재는 바람에 날렸다.

오귀스탱 신부는 이 판결을 듣고 고통의 눈물을 흘리며 자취를 감추었고, 우리 모두가 그곳으로 나오라는 명을 받은 교회로 되돌아오려고 하지 않았다.

가장 젊은 사제가 프로쿠르 영지 그리고 이웃한 영지를 더럽힌 범죄에 대해 설교했다. 그는 먹잇감을 붙잡으려는 악마, 우리 모두를 기다리는 무시무시한 최후의 심판, 끔찍한 지옥 그리고 이 세상의 모든 고통 다음에 받는 무서운 영벌을 이쪽에서 저쪽까지 돌며 보여 주었다. 모든 농노들에게 하느님을 사랑하는 것이 아니라 두려워하는 것을 가르치고, 모든 사람의 아버지를 영주보다 더 잔인한 주인으로 소개하자 그들은 가슴을 치고 머리채를 당기며 무엇을 해야 하느냐고 물었다.

"곧 알게 될 것이오."

설교하던 사제가 말하였다. 그리고 그의 동료 한 명이 그 자리에 나섰다.

그는 마치 불행한 농부의 삶이 연속된 고행이 아닌 것처럼, 우리 모두에게 극도로 힘든 고행을 권했다. 그는 우리에게 성인의 가호를 빌고, 성유물(聖遺物)을 찾아가며 9일 기도와 성지순례를 독려했다. 그리고 그는 노트르담드리에스1의 기적적인 그림에 관한 이야기를 시작했다.

십자군 원정 당시 피카르디 출신 기사 3명이 이집트인들에게 붙잡혔다. 그들은 감방에서 천사들의 방문을 받고, 그 천사들은 그들에게 성처녀 마리아의 작은 동상을 주었다. 그 동상은 밝은 빛을 내었는데, 그들은 이 빛나는 동상을 이용해서 이집트 술탄의 딸을 귀의시키고, 이 공주와 함께 아스칼롱을 빠져나왔다. 그리고 어느 천사가 그들을 배에 태워 바다를 건너도록 해 주었고 그 뒤에 배는 바로 사라졌다. 그들은 바닷가에서 잠들었는데 순식간에 피카르디로 옮겨졌다. 그리고 3명의 피카르디 출신 기사와 이집트 공주는 랑(Laon) 근처에 교회를 세우고 그곳에 그들을 구해 준 소중한 그림을 내걸었다.

설교자는 덧붙였다.

"200년이 넘은 지금도 이 기적적인 그림은 매주 놀라운 일을 일으킵니다. 사람들은 거기서 모든 고통의 치유를 얻고, 모든 잘못을 용서받습니다. 우리는 여러분 모두가 목에 줄을 매고 그곳에 성지순례하는 데에 합류할 것입니다. 농노는 2천 일의 속죄가 필요하며, 영주는 4천 일의 속죄가 필요합니다."(이 영주들은 순례 여행을 하기보다 돈을 지불하기를 선호하면 같은 면죄부를 돈으로 얻을 수 있었습니다.)

프로쿠르 영주는 설교 중간에 잠이 들었다가 결론을 말할 때 깜짝 놀라 잠에서 깨어났다. 그 결론은 그의 심사를 몹시 거슬러 그는 버럭 화를 내며 밖으로 나와 오귀스탱 신부에게 말을 걸고자 했다. 그는 평소 오귀스탱 신부를 자주 만났고, 그에게 아주 깊은 존경심을 품고 있

---

1 노트르담드리에스는 피카르디 지방의 랑(Laon)에서 30리외 되는 곳에 있다.

었다. 그를 통해 그는 천성적으로 모질고 굽힐 줄 모르는 성격을 조금 부드럽게 만들었다. 그가 말했다.

"신부님, 나는 이 돌팔이 수도사들의 선교와 권위를 알지도 못할 뿐더러 그들의 듣기 좋은 말들보다 신부님의 조언에 더 믿음이 갑니다. 그들은 이미 마법이라는 명목으로 나한테 세금 잘 내는 두 농노를 화형에 처하도록 했습니다. 이제 그들이 하는 말을 따르려면 모든 영지 사람들이 목에 줄을 걸고 노트르담드리에스로 성지순례를 해야 합니다. 내 농노들에게 이 여행은 여러 날이 걸리고, 몇몇은 힘든 여행을 버티기 어려울 뿐 아니라, 다른 곳에 살려고 하는 모든 농노들은 더 이상 내 영지로 되돌아오지 않을 것입니다.

이 수도사들이 노트르담드리에스 출신 아닌지, 농민들한테 이번 성지순례를 하도록 압박한 후 몰수권을 이용해서 그들의 수도원 농노로 이들을 잡아두려 하는 것 아닌지 누가 알겠습니까? 내 농노들은 경작지에 예속되어 있습니다. 나는 그들을 떠나도록 두지 않을 것입니다. 성지순례든 돈이든 나는 그들의 면죄부가 필요하지 않습니다."

오귀스탱 신부가 대답했다.

"하느님께서 흡족한 일을 영주님이 하고 싶다면, 조사관들이 하는 말에 따랐을 때 당신이 감수해야 하는 모든 위험을 감수하지 않더라도 할 수 있습니다. 영주님, 농노들에게 며칠 동안의 휴식을 허락하고, 부역을 조금 줄이십시오. 그리고 그들이 바치는 세금의 극히 일부를 그들에게 돌려주십시오. 그들은 영주님을 축복하고 스스로 행복하다고 생각할 것입니다. 그래서 성지순례 갈 생각을 하지 않을 것입니다. 그러면 하느님은 영주님이 쓸데없는 순례 여행을 하는 것보다 더 많은 면죄부와 은혜를 내려 주실 것입니다. 하지만 이 조사관들은 힘이 셉니다. 아마도 영주님보다 힘이 더 셀 겁니다. 그래서 나의 가르침을 받고 또 정직한 카이에의 집을 출입하는 농노 몇 명을 제외하면, 다른 모든 농노들은 기를 쓰고 미신에 가까운 일들을 하려고 들기 때문에 아마도 영주님에게 맞서고 조사관들 편을 들 것입니다.”

프로쿠르 영주가 말했다.

“나는 조사관들과 그들이 하는 짓거리를 무시합니다. 나는 신부님 말씀대로 하겠습니다. 나 또한 속죄해야 할 잘못을 더러 저질렀기 때문입니다. 올해는 나의 예속민들에 대한 세금 부담을 줄이겠습니다. 나는 조사관들에게 내 영지를 당장 떠나라고 명령할 겁니다.”

이에 따라 곧바로 제롬 드 베스의 재판관은 교회 앞에 영주의 이름으로 인두세와 토시 사용세 4분의 1을 줄이며, 성지순례는 가지 않을 것이라는 방(榜)을 붙였다. 그리고 그 재판관은 발표를 마친 다음 조사관들에게 가서 떠나기를 요청한다고 말했다.

그들은 이 명령을 뻔뻔한 태도로 받아들였고, 나는 그런 태도에 놀랐다.

그들 가운데 한 명이 프로쿠르 재판관에게 대꾸했다.

“당신 주인한테 가서, 우리는 여기서 그의 아랫사람이 아니며 그에게 1시간 후에 우리 앞에 출두할 준비를 하지 않으면 파문당할 걱정이나 하라고 말하시오.”

농노들 일부는 어리석은 두려움에 떨며 이 사건의 결과를 기다렸다. 다른 농노들은 세금이 줄어드는 것을 보고 흡족해하며 교회를 나와 영주에게 가서 감사를 표시했다.

그사이 조사관들은 영주에 관해서 그리고 오귀스탱 신부가 자리에 없는 것에 관해 수소문했다. 사람들이 오귀스탱 신부에 관해 그들에게 알려준 바로는, 이 착한 성직자는 수도사들의 지나친 행동과 미신을 전혀 인정하지 않는 것이 분명했다. 그들은 그를 찾기 위해 궁수를 보내고, 그동안 종을 치고 12개의 붉은 촛불을 밝히면서 프로쿠르 영주의 파문을 전격 전파했다.

모든 그의 농노들에게는 그를 저주하고 더 이상 그를 주인으로 대우하지 말라고 명령했다. 그러면서 그의 영주 권리 금지를 선언했다. 또한 누구든지 그를 죽이고 그의 봉지를 차지해도 된다고 허락하고, 교회 재산기부와 성지순례 그리고 공개고행을 통해 파문을 면하지 않으면 죽어도 교회 묘지 밖에 매장되도록 벌을 내렸다. 그날은 날씨가 매우 나빠 파문 당시에 번개와 천둥이 쳤다. 조사관들은 몸을 떨며 무서워하는 대부분 관객들에게 하늘의 벼락이 교회의 벼락에 합세해서 이단자들에게 벌을 내리는 것이라고 설득했다.

바로 이때 두 손에 사슬을 채운 늙은 오귀스탱 신부를 교회로 데려왔다. 가장 젊은 조사관이 곧장 그를 심문하기 시작했다.

오귀스탱 신부가 말했다.

"나는 아흔이 넘은 나이오. 살 만큼 살았소. 당신들이 내 목숨을 빼앗는다면, 보잘것없는 것을 빼앗는 거요. 나는 하느님 앞에 가서 그분께 이 불쌍한 사람들의 고통을 덜어 주고, 그들을 못살게 구는 폭군인 당신들 마음에 빛을 비춰 달라고 기도할 것이오."

조사관이 소리 질렀다.

"몹쓸 늙은이, 하느님 앞에 갈 꿈도 꾸지 마시오. 당신 발길 앞에 지옥이 열리는 것이 보이오."

오귀스탱 신부가 대꾸했다.

"내게는 하늘이 보이오. 내 일생은 순결하고, 내 젊은 날의 과오를 고행으로 사죄했고, 항상 하느님을 숭배했고, 불행한 사람들에게 자비의 하느님을 설교했고, 고통을 달래 주었소. 그런데, 사람들이 당신들이 베푼 선한 일과 저지른 나쁜 일의 결산을 요구하면, 당신들은 무슨 답을 내놓을 거요?"

조사관이 몹시 화내며 말했다.

"벨제뷔트 앞잡이 같은 나쁜 사람 같으니, 우리는 당신과 당신 영주 같은 요술사와 이단자들을 처단했소. 우리는 이 땅에 불경의 곰팡이를 청소했소. 우리는 가톨릭 종교를 전파했소."

늙은 베네딕트파 신부가 말을 이었다.

"내가 믿는 하느님은 당신이 믿는 하느님이 아니오. 당신이 당신 형제를 죽이며 섬긴다고 생각하는 하느님은 내가 섬기는 하느님이 아니란 말이오. 존재하는 모든 것을 창조하시고, 그것들을 자유롭게 하신 하느님. 그들의 가슴속에 자신을 믿도록 하신 하느님, 그들에게 번창하고 번성하라고 하신 하느님. 가인(Cain)을 죽인 자들을 책망하신 하느님. 하늘의 둥근 천장 이외에 다른 신전은 갖지 않으신 하느님을 나는 흠모하오.

나는 예수님의 말씀을 따르오. 간통한 여인을 용서하고, 가나안에 호의를 베푸시고, 그를 십자가에 매단 자들을 위해 기도하시고, 피가 아니라 평화 안에서 다스리시는 예수님의 말씀 말입니다. 나는 형제들을 사랑하고, 그들의 박해 속에 죽어도 그들을 박해하지 않은 성인들에게 영광을 돌리오. 내가 하느님 앞에 죄를 저질렀을 때, 내가 용서를 구하고 용서를 얻은 것은 사람이 아닌 하느님한테서였소.

나는 사방 어디에나 있는 하느님을 흠모하기 위해 성지순례한 적이 없소. 나는 지혜로우신 이 하느님이 분노한 어느 사제가 내린 파문에 심판을 내릴 것이라고는 결코 생각지 않소.

나는 성물을 조금도 흠모하지 않았소. 사람들이 펼쳐놓은 골편(骨片)이 종종 의심스럽고, 게다가 나는 당신들이 성스럽게 만든 것들이 하느님 앞에서 성스러운지 모르겠소. 나는 계시와 기적이 있다고 생각해 본 적이 없소. 잘못을 저지를까 두렵기 때문이오.

나는 하느님을 흠모하오. 그는 나의 아버지이고, 그분의 선하심에 희망을 품소."

조사관 한 명이 큰 소리로 말했다.

"불쌍한 농민 여러분, 그가 하는 말을 들었습니다. 여러분은 수년 전부터 모든 이단자 중에서 가장 죄가 많은 자를 여러분 가운데 두고 살아왔습니다. 그런데 벼락이 이 죄 많은 마을을 재로 만들지 않았다니! 하지만 벼락이 으르렁대는 소리가 들립니다."

오귀스탱 신부가 열렬히 반박했다.

"두려워하시오, 당신이나 두려워하시오. 하느님이 경이로운 일을 하실 때, 벼락을 떨어뜨리는 것은 악한들을 벌주기 위한 것이오."

조사관이 반박했다.

"그만하시오. 저 사람을 화형대로 끌고 가시오!"

동시에 그는 종을 울리도록 명령했다. 폭우를 막기 위한 것인 동시에 늙은 오귀스탱 신부가 처벌받는 것을 보고 괴로워할 수밖에 없는 우리 대부분이 지르는 소리를 막기 위한 것이었다.

바로 그때 엄청난 천둥이 이 모든 일이 일어난 교회 가운데 모인 사람을 때리고 무서운 굉음을 내며 내리쳤고, 마지막으로 그를 포옹하려는 생각 때문인지 아니면 살인자들로부터 그를 빼내기 위한 것인지 모르지만 나는 그분께 달려들었다. 참석자들은 무서움에 질려 먼지를 일으키며 무릎을 꿇거나 엎드리며 몸을 던졌다. 오귀스탱 신부 혼자 자기를 죽이려는 사람들 가운데 서서 순결한 영혼의 평정과 더할 나위 없이 담담한 표정을 짓고 있었다.

공포가 가시자 사람들은 몸을 일으켰고, 그제야 네 사람이 죽었다는 것을 알았다. 가장 늙은 조사관과 그의 형집행인 가운데 한 명 그리고 프로쿠르의 불쌍한 농노 두 사람이었다.

처음 두 사람의 죽음은 놀라운 기적 같아 보였다. 다른 조사관 3명은 놀라서 몸을 주체하지 못했다. 오귀스탱 신부는 몸을 움직이지 않았다. 조사단의 무장한 사람들은 도망쳤다. 그리고 늙은 베네딕트 신부를 우러러보던 모든 사람들은 하늘에 감사했다. 그때, 프로쿠르 영주가 파문당하기 전에 밖으로 나갔던 농노 한 명이 가쁜 숨을 쉬며 교회당 안으로 들어왔다.

그가 소리쳤다.

"아! 우리는 너무 불운합니다. 영주가 좀 더 인간적으로 되는 순간 우리는 영주를 잃었습니다. 그가 파문당했다는 사실이 알려지기가 무섭게 아무나 그를 죽이고 그의 자리를 차지할 수 있었고, 그 아래서 일하던 프로쿠르의 사형집행인이 그가 모시던 영주를 죽였습니다. 오데알디스 부인과 그의 딸은 쫓아냈습니다. 그리고 영주 저택을 차지하고 자신이 우리의 주인이라고 선포했습니다!"

이 소식이 전해지자, 사람들이 동요하고 두려움에 빠져 있는 동안 농노 한 무리가 뒤엉겨 들어왔다. 분노가 극에 달한 농노들이 조사관들에게 달려들어 그들을 마을 밖으로 끌고 갔다. 그리고 그들이 영지에 다시 오면 몸을 토막 내서 죽이겠노라 위협했다.

하지만 그들은 100보쯤 멀어졌는가 싶더니 호위병 가운데 한 명을 우리에게 돌려보냈다. 그는 가까이 와서 복수가 준비되었으며, 이틀 뒤에 죄를 지은 마을 사람들을 완전히 처단하지 않더라도 많은 사람을 죽이겠노라고 소리쳤다. 이 무장한 남자는 맡은 일을 다 하고 타고 왔던 말을 달려 도망쳤다. 그리고 우리는 쓸데없는 분노로 가득 찬 절망과 극도로 잔인한 형벌의 공포에 빠졌다.

저녁이 되어, 영주를 죽인 사형집행인은 사람을 시켜 확성기를 들고 영지 전체를 돌며 새 영주에게 충성을 맹세하기 위해 내일 아침 영주 저택 마당에 모여야 한다고 포고하도록 했다.

카이에가 우리에게 말했다.

"애들아, 우리는 너무 많이 참으며 폭군들의 속박을 겪어 왔다. 지금도 우리 친구들과 형제들의 피비린내를 풍기는 망나니 사형집행인이 이제 우리 주인이 되었으니, 그 속박을 무너뜨릴 때가 왔다. 오늘 저녁 보베로 떠나자. 내가 마련해 둔 돈이 좀 있으니, 무기를 사서 우리처럼 자유를 열망하는 모든 사람들의 도움을 받아 프로쿠르의 찬탈자와 그를 닮은 자들을 이틀 뒤에 처단하도록 하자. 귀족이든 평민이든, 모든 영주는 우리 주먹 아래 죽어야 한다. 그들은 여러 백성을 못살게 굴었고, 불행을 겪은 많은 사람은 괴물을 죽일 수 있는 자연권을 가지며, 그런 괴물을 죽여야 그들이 행복해지고 생존을 보장할 수 있기 때문이다."

이 슬픈 하루 동안 일어난 모든 일들 때문에 오귀스탱 신부는 심한 충격을 받아 우리는 그를 오두막집으로 다시 모시고 가야만 했다.

그가 우리에게 말했다.

"나는 당신들을 따라갈 수 없을 것이오. 하지만 당신들에 축복이 내리도록 하늘에 기도하겠소. 나는 소원을 빌며 당신들과 동행하겠소. 나는 인생을 마감하며 평화 속에 죽고 당신들의 행복에 미소를 보낼 수 있으리라 생각했소. 이런 마지막 위안을 누리지 않을 것이오. 나의 마지막 순간이 다가올 것이오. 당신들의 너그러운 과업이 성공하기를 기원하오! 내 선한 친구들이여, 안녕히들 가시오. 만약 내가 더 이상 당신들을 볼 수 없더라도 내 무덤에 이 말을 새겨 주시오.

'우리처럼 그도 불행했다. 우리처럼 그도 자신의 불쌍한 조국의 자유를 소망했다.'

분명 마지막이 될 터이니 나를 안아 주시오. 당신들을 벌주려는 자들보다 인간다운 모습을 보이시오. 하느님을 흠모하시오. 진실을 소중히 여기십시오. 그리고 영광스러운 일을 완수했을 때, 오귀스탱 신부가 영원한 하늘 저편에서 당신들을 환호한다고 생각하시오."

그는 여기서 말을 멈추었다. 우리가 눈물을 쏟았기 때문이다. 내 아내와 장모는 오귀스탱 신부를 돌보기 위해 영지에 남기를 바랐다.

카이에가 말했다.

"잘됐군, 남아 있으시오. 위험이 다급하지 않고, 여기 있는 게 덜 힘들 거요. 게다가 우리는 내일 돌아올 거요. 신부님께서는, 용기를 좀 내시길 바랍니다. 자유의 날들이 가깝습니다. 하느님께서 자유를 누리는 행복을 당신에게 하락하실 겁니다. 우리를 축복해 주시고, 우리가 돌아올 때에도 축복해 주시기 바랍니다."

나와 장인은 슬픈 작별의 인사를 나누고 오두막을 떠났다. 프로쿠르의 망나니 손아귀에 여자들과 아들을 둔 채였고, 은밀한 불안이 가시지 않았다. 새 영주가 아무도 통행요금소를 나가지 못하도록 막았기 때문에 우리는 영주 저택 주변 숲을 통해 멀리 돌아나가 이웃 영지에 도착했고, 해가 뜨고 1시간이 지난 뒤에 보베에 들어갔다.

15

가스파르와의 만남. 수도사의 모험.
보베에서 붙잡힌 카이에.
구출과 영지로 귀환

보베 관문에 도착하면서 카이에가 내게 말했다.

"우리는 이 도시에서 조사관들이나 그들의 하수인들을 만날 수도 있을 걸세. 그리고 그들에게 붙잡히면 곤란할 것이니 우리 얼굴을 봐도 들키지 않도록 꾀를 써야겠네."

그는 작은 밀가루 봉지를 가져왔고, 그것으로 우리는 얼굴을 변장해서 영주가 도시에 보낸 목수처럼 보이도록 했다. 그리고 그는 내 옷 중에서 한 벌을 자신의 것과 바꿨다. 그리고 해가 지기 1시간 전에 우리가 들어온 관문에서 만나기로 약속을 정하고, 여전히 모든 위험을 피하기 위해 각자 다른 길을 이용하기로 했다.

그리하여 나는 약간의 돈을 갖고 보베 안으로 잠적했다. 작은 여인숙에서 1시간 휴식을 취한 다음 나는 내가 구입하기로 한 전투용 도끼 12개가량을 흥정하러 갔다. 거래가 성사되어 나는 선금을 주었다. 직원이 몇 시간 뒤에 손잡이가 잘 끼워지고 준비된 물건을 찾을 수 있을 것이라 약속하여 기다리면서 내가 가 보고 싶었던 성당으로 갔다.

거기서 기도를 올리는 동안 가까이 성직자 한 사람이 지나갔는데, 그 사람 얼굴을 보고 깜짝 놀라 심장 박동이 솟구쳤다. 그 얼굴은 기분 좋은 기억들을 떠올리게 할 뿐이었다. 한참이 지나서야 나는 이 얼굴을 알아볼 수 있었고, 나의 형인 가스파르의 얼굴 같아 보였다.

나는 벌떡 일어났다. 수도사는 얼마 떨어지지 않은 곳에 있었다. 나는 사랑하는 형제를 만난다는 새로운 기쁨과 희망에 부풀어 서둘러 그의 뒤로 달려갔다. 그는 우리 가족 가운데 영주들에게서 화를 당하지 않은 유일한 사람이었고, 나는 수년 전부터 그가 사는 곳을 알 수 없었다.

내가 수도사 가까이 갔을 때 그가 뒤로 돌았고, 서둘러 그에게 다가서는 나를 보고 이렇게 말했다.

"친구, 내가 도울 일이 있나요?"

그의 목소리를 들으니 애매한 생각이 사라졌다. 나는 사랑하는 가스파르 형을 알아보았다.

나는 내 얼굴에 밀가루가 칠해졌다고 생각하지 못하고 말했다.

"이런! 형님, 나 못 알아보겠어요? 우리가 헤어졌을 때 내가 어렸던 것이 사실이지만, 그래도 외브쿠르 영지의 고통 속에 남겨 놓은 불쌍한 마르셀을 잊지는 않았겠지요?"

가스파르가 나를 자세히 보면서 큰 소리로 말했다.

"아! 맙소사, 마르셀 모습이네. 다시 형제를 만날 수 있다니!"

그는 눈물을 쏟으며 나를 껴안았다. 불쌍한 부모들은 무엇을 하며 선한 오귀스탱 신부는 어떻게 되었는지, 어떤 기구한 운명으로 내가 보베에 나타나게 되었는지, 아버지는 아직 살아 계신지, 불행하지 않았는지를 물었다.

그리고 덧붙였다.

"나는 그들 소식을 알 수 없었는데, 마침내 네가 내 불안을 없애 주겠구나."

내가 슬픈 표정으로 대답했다.

"형에게 말해 줄 수 있는 것은 불행한 일밖에 없어요. 지금까지 내가 살아온 이야기는 박해와 고통의 연속뿐이었어요. 사실 대부분 농민들은 여전히 나보다 더 불행합니다."

그가 내게 말했다.

"네 숙소로 가자. 거기 가서 우리가 헤어진 뒤로 네 주변에 일어난 모든 것을 이야기해 주렴. 그런 다음 네 형 또한 힘들게 살아왔다는 것을 알려 줄게."

우리는 작은 방에 들어가 그가 외브쿠르를 떠난 이후부터 보베에서 우리가 만나기까지 내가 겪은 일들을 모조리 이야기했다. 하지만 나는 우리가 이 도시에 오게 된 이유를 그에게 먼저 말하는 것은 적합하지 않다고 판단했다. 그는 아버지와 형제들이 겪은 고초와 나의 오랜 고통 그리고 영주들의 잔인함에 관한 이야기를 듣고 여러 번 내 말을 중단시키며 고통과 분노의 눈물을 흘렸다.

내가 말을 멈추자 그는 영주들보다 훨씬 힘이 강하고 훨씬 수가 많음에도 복수할 생각은 하지 않고 상상하지도 못할 잔인한 짓들을 견디는 농민들의 비겁한 인내심에 격분했다!

형이 말했다.

"오귀스탱 신부가 아직 살아 있다니. 내가 살아 있는 것은 그분 덕분이야. 수많은 위험에서 내 목숨을 구해 주셨지! 그 당당한 어르신을 다시 만날 수 있다면 나는 무척 행복할 거야!"

나는 말을 끊으며 분명 그를 다시 볼 수 있으리라는 희망을 주면서, 약속했던 것처럼 형의 불행을 이야기해 달라고 했다.

그가 대답했다.

"몇 마디로 말해 주마. 내가 지나온 날들이 언제나 슬픈 것만은 아니었지만, 네가 내게 이야기해 준 모든 고통과 마찬가지로, 내가 겪은 가슴 아픈 시간들을 되돌아보려니 고통스럽다.

내가 도마르의 이웃 영주들 복수 때문에 끌려갔을 때, 나는 이 수도원 저 수도원을 거쳐 파리에서 4리외 떨어진 곳에 있는 구르네쉬르라마른 기도원으로 보내지게 되었지.

나는 처음 이 기도원 조수사(助修士)로 받아들여져 목숨을 부지하고 그런 다음 살길을 찾을 수 있었다. 사람들은 내가 보여 준 단호한 성격과 선한 신부가 될 수 있는 타고난 여러 기질 때문에 내가 수도사가 될 수 있다고 판단하고, 기도원 농노가 될 길에 묶어 두는 대신 글을 가르쳐 주었다. 나는 곧 성가대에 소속되었고, 스승들과 마찬가지로 수도사 직업의 자세한 부분을 이해할 수 있었다. 그러자 1년이 지난 다음 서언(誓言)하도록 했다.

나는 주저하지 않고 이 의식을 받아들였다. 대단히 단순한 환경에서 자랐기 때문에 선과 악에 관해 어떠한 정확한 생각을 해본 적이 없었기 때문이다. 수도복을 입고 연애하고, 여자들의 환심 사려는 행동을 전혀 숨기지 않으며, 염치없이 애인을 만들면서 나에게 그들 이상으로 정숙함을 요구하지 않는 사람들 사회에서 독신 생활이라는 것이 아주 힘들 거라고는 생각하지 않았다. 중요한 것은 공개적으로 이웃을 교화하며 수도원에 유산을 끌어들이고 노파들에게서 유증과 계속적인 기증을 얻어내며 면죄부와 성유물 경배를 잘 거래하는 것이었다.

이 모든 것에 나는 다른 사람과 마찬가지로 익숙해졌다. 하지만 나는 불쌍한 사람들을 돌봐야 한다는 양심을 지니고 있었다. 또한 나 자신이 가난한 농부의 아들이요 형제라는 것을 기억하고 영주들과 부유한 독신자들만 등치려고 노력했다.

마른강 반대편, 우리 기도원과 멀지 않은 곳에 처녀들이 모여 사는 곳인 유명한 베네딕트파 셀 수도원이 있었다. 이 수도원 수녀들은 우리 수도원 수사들만큼 정숙 문제에 있어 겁내는 것이 없었기 때문에 우리가 주로 애인을 구하는 것은 바로 이곳이었다.

당시 우리는 셀 수도원을 지도하는 일을 맡았다. 우리는 종종 우리에게 어울리는 수녀들을 방문했고, 그녀들 또한 우리를 보러 오기 위해 다리를 건넜다. 이 두 수도원을 지배한 무질서를 너에게 자세히 설명하지는 않겠다. 여러 해 동안 나는 그런 무질서가 달콤하다고 생각했다. 그리고 가장 죄가 되는 방탕 속에 보낸 이 세월은 나에겐 이제 고통과 후회의 대상이다.

끝으로 교회와 관련 없는 몇몇 여자들은 물론 베네딕트파 수녀들과 6년 동안의 죄 많은 모험을 즐긴 다음, 나는 내 죄에 대한 벌을 받고 은혜를 입었다. 석 달 전부터 셀 수녀원은 어느 귀족 여인을 받아들였다. 그녀는 36살쯤 되어 보이고, 대단한 미모를 지니고 있었다. 우리 기도원 원장이 이 과부(그녀의 처지였다)의 마음을 샀고, 우리 모두는 그녀가 그의 애인이라는 것을 알았다. 그런데, 그녀를 보자마자 나는 내 상관의 연적(戀敵)이 되었고, 곧 승리한 연적이 되었다.

나는 그녀에게 격렬한 열정을 품었다. 나는 단도직입적으로 그녀에게 그런 고백을 스스럼없이 했고, 그녀는 나를 냉대하지 않았다. 심지어 나에게 가장 달콤한 희망을 품도록 했다.

한 달 동안의 밀고 당기기 끝에 어느 날 나는 셀 수도원 정원에서 그녀가 혼자 있는 것을 보았다. 나는 그녀를 작은 숲으로 데리고 가서 나를 기분 좋게 해달라고 조르고 내가 원할 수 있는 모든 것을 얻었다. 나를 쾌락에 취하게 만든 이 순간에 이어 그녀는 나를 꼭 껴안고 내가 귀족인지 물었다. 내가 아니라고 답했다. 그러자 그녀가 대꾸했다.

'좋네요! 당신은 힘센 영주 과부의 사랑받는 애인이 되었으니, 얼마나 행복한지 생각해 봐요. 나는 이전에 호사를 누렸어요. 대단한 봉토를 다스렸지요. 그러다 어느 젊은 강도가 귀족인 내 남편을 죽였어요. 설상가상으로 내 아들은 5년의 기막힌 대접 끝에 나를 자신의 영지에서 쫓아내더군요. 이 수도원밖에 갈 데가 없어요. 오직 당신 품속에서만 위안받을 수 있어요.'

방금 들은 말과, 나를 더욱 껴안으려는 그녀의 동작에 당황해서 내가 말했다.

'그만하시오. 당신 남편 이름을 말해 주시오.'

그녀가 대답했다.

'마티외 드 도마르.'

'아!'

나는 달아나며 큰 소리를 질렀다. 그를 죽인 것이 바로 나인데, 내가 그 과부의 정부(情夫)라니!

나는 말할 수 없는 혼란 속에 수도원으로 돌아갔다. 아무에게도 말을 걸 수 없었다. 골방에 처박혀 침대에 들었지만 잠을 이룰 수 없었다.

그런데 나의 고함과 고백 그리고 도망이 도마르의 과부를 놀라게 만들었다. 그녀는 불식간에 이곳에 떨어져 남편을 죽인 살인자와 수상한 사랑을 하게 된 것이다. 이 살인자는 전쟁 중에 도마르를 죽였기 때문에 죄를 지은 것은 아니었다. 하지만 농민 신분 때문에 그는 죄인이 되었다.

그리고 기구한 사연으로 상관없는 남자 품에서 남편을 잊으려고 생각했던 이 여자는 정신을 차려 보니 애인을 피해자로 착각한 것도 기억하지 못하고 복수를 요구하게 되었다. 그녀는 기도원장이 "내가 자신을 과부로 만든 사람이라는 사실을 알았으며, 그녀가 나를 징벌하도록 요구했다"고 말하도록 만들었다. 그녀는 인간적이어서 내가 윗사람의 연적이 되었다는 말은 전혀 하지 않았다. 이 말을 했다면 나에게는 사형 선고가 되었을 것이나, 내 생각에 그녀는 내가 죽는 것을 전혀 원치 않았다.

내 이야기를 알고 그리고 지금까지 나를 처벌할 생각을 전혀 하지 않았던 기도원장은 자기 애인과의 사랑을 위해 그렇게 하는 것이 적합하다고 판단했다. 새벽 2시, 사람들이 와서 나를 내 골방에서 꺼내 감방에 가두었다. 그곳에서 나는 5년간 있었다.

사랑하는 마르셀, 그곳에서 내 사정은 너무도 끔찍해서 꼭 네가 감방에 갇혀 있던 것과 비교할 만했다. 처음 몇 주 동안, 나는 깊은 절망에 자포자기하여 단식으로 죽을 결심을 했는데, 극도로 상심한 마음을 감동시키는 신성한 은총의 빛이 나를 후회에서 건져내어 덕을 입도록 이끌었다. 나는 내가 이 땅에서 한 것이 무엇인지, 저세상에서 어떤 운명을 기다릴 수 있는지를 자문했다. 나는 최후 심판관에게 내놓아야 할 계산서를 생각하며 전율을 느꼈다. 그의 냉정한 시선을 견뎌내야 할 것이기 때문이었다. 내 영혼 속에 후회가 일어났다. 나는 폭포수 같은 눈물을 쏟았고, 목숨을 견디었다. 하지만 그것은 엄한 고행을 통해 나의 방탕과 범죄를 갚기 위한 것이었다.

도마르 과부는 감방에 있는 나를 잊었다. 5년째 되던 해 말, 기도원장은 나를 거기서 꺼내 주었다.

그가 내게 말했다.

'나는 그렇게 할 수밖에 없었다. 이제 너는 자유의 몸이다. 너를 괴롭힌 부인은 이 수도원 어느 젊은 수도사와 며칠 전 도망쳤다. 어디로 갔는지 알지 못한다. 하지만 이제 네가 하늘을 다시 보는 것을 그 무엇도 막지 않는다. 그리고 너의 행각이 널리 알려진 집에서 살 수 없을 터이니, 너를 루아요몽 수도원으로 데려가도록 하겠다.'

새로 만난 수사들과 지낸 지 겨우 한 달이 되어 나는 구르네에서와 마찬가지로 역겨운 일들을 알게 되었다. 미신, 종교적 의무의 망각, 협잡, 그리고 무엇보다 가장 놀라운 방탕이 내가 떠나온 곳에서와 마찬가지로 이곳에서도 횡행하고 있었다. 루아요몽 수도사들은 수많은 거짓말 가운데 베르나르 성인이 축성했다는 종을 가진 것을 내세웠는데, 그 종은 불임 여성들을 임신시켜 준다는 것이다. 그래서 그들은 명청한 남편들이 아빠가 되기 위해 그들에게 보낸 젊은 아낙들을 기도실에 가두고, 거기서…. 하지만 나는 이런 몹쓸 짓에 머무르지 않기로 했다. 우리가 사는 이 시대 이 나라에서는 한 발짝만 옮겨도 극도로 볼썽사나운 추태를 만나기 마련이다. 나는 개종하고 매일 보게 되는 무절제에 전율을 느낀다. 하지만 나는 그것에 분개한 마음을 표시하지 않았다. 매 순간 내 양심이 '너는 이보다 더했다!'라고 나에게 소리치기 때문이었다.

루아요몽 수도원에서 보낸 세월은 내 인생에서 가장 슬픈 기간이었다. 그곳에서 나는 영혼의 모든 고통을 겪었기 때문이다. 내 아픔은 내 감각이 끊임없이 내게 반항했기 때문에, 헛되이 바랐던 소원과 함께 결혼 관계를 맺지 못하는 내가 처한 무기력함을 끊임없이 한탄하여 더욱 컸다. 마침내 나는 동료들로부터 미움을 사게 되었는데, 그들의 처신을 침묵 속에 인정하지 않았고, 그들의 무질서를 흉내 내지 않았다.

어느 날, 한 젊은 수도사가 사람들이 오래전부터 나를 수도원에서 추방하도록 원장에게 요청했는데, 그러면 초래될 수도원에 불리한 스캔들 때문에 결정을 내리지 못했다고 알려 주었다. 그리고 다음 날 나를 독살할 것이라고 했다. 나는 여전히 삶에 집착했고, 도망쳤다.

나는 보베에 도착했고, 이 도시 중심 수도원에서 나를 받아 주었다. 여기서도 나는 다른 곳에서와 똑같은 풍습을 보았지만, 그래도 적어도 나처럼 미신을 무시하고 극도로 수치스러운 악습에 물든 장소는 피하고 싶어 하는 몇몇 수사들을 만났다. 더욱 불미스런 일들도 얘기해 줄 수 있을 것이지만…. 아니지, 그만 멈출 시간이야.

불쌍한 내 동생, 지금 네 마을에서 네 운명은 어떤 것이지?"

내가 말했다.

"사랑하는 가스파르, 이제 농노들의 운명은 아마도 더 나아질 거예요. 하지만 내가 보기에 형은 우리의 거창한 결심을 책망하지 않을 것이니 그것을 알려 줄게요."

그래서 나는 프로쿠르에서 최근에 일어난 일들과 농민들의 실망, 카이에의 계획 그리고 우리의 희망을 말해 주었다. 내가 덧붙였다.

"내 장인은 이 도시에 있어요. 그도 나처럼 무기를 구입하러 왔지요. 오늘 저녁 우리는 집으로 돌아가요. 아마도 내일이면 보베의 모든 인근 지역에 저항의 깃발이 내걸릴 거예요. 형님이 우리를 따라오면 오귀스탱 신부님을 다시 볼 수 있고, 자유를 알게 될 거예요!"

가스파르 형이 대답했다.

"그래, 나는 너를 따를게. 그런데 나의 동료 가운데 몇 명도 우리와 함께 이 전쟁의 운명을 같이 겪게 될 거야. 나는 그들에게 이 소식을 전하러 달려가야겠어."

그리고 우리는 포옹했다. 형은 자신의 친한 친구들인 수도사들과 함께 해가 지기 1시간 전 도시 관문에서 우리와 합류하기로 약속했기 때문에, 나는 형에게 불쌍한 농노들을 도우러 오면 하느님께 기쁜 일을 하는 것이라고 반복해서 말하고 형과 헤어졌다. 나는 준비된 도끼를 찾고 도시 관문에 도착하여 카이에와 내 형이 데려올 작은 무리를 기다려야 했다.

　나는 1시간가량 늙은 나무 둥치 위에 앉아 어떻게 하면 우리 계획을 성공시킬지 곰곰이 생각하고 있는데, 이상하게 내 마음을 끄는 표정을 하고 다급한 발걸음으로 도시로 오는 한 여자가 보였다. 나는 곧 프로쿠르 사제 아내라는 것을 알았다.[1] 불현듯 슬픈 예감이 들었다. 나는 그녀 앞으로 가서 물었다.

　"마을에 무슨 일이 일어났습니까?"

　부인이 나를 가만히 보며 대답했다.

　"아! 당신이군요. 당신을 만나다니 하늘의 축복입니다! 그런데 자크 카이에는 어디 있습니까? 우선 그를 찾아야 합니다."

　나는 그녀에게 대답했다.

　"여기서 그를 기다리고 있습니다. 그가 늦지 않게 우리와 합류하기를 바랍니다."

　그녀가 말을 끊었다.

　"저런! 이렇게 참담할 수가! 어제 프로쿠르의 망나니가 주인을 죽이고 조사관들이 허락한 대로 그 자리를 대신 차지한 것은 알고 있을 테지요. 그런데 역시 어제 이 성직자들이 보베로 돌아갔을 때, 그들은 주교에게 우리 영지에서 그들을 박대하더라며 극도로 악의적으로 말했습니다. 화난 주교가 다른 영주를 임명했는데, 그 영주는 잘못을 저지르는 모든 사람을 처벌하고 필요하다면 마을 사람 4분의 1을 죽

1　트리엔트 공의회까지 일반적으로 그리고 특히 시골에서는 사제들이 결혼했다.

이라는 명령을 받고 오늘 아침 도착했습니다. 바로 오늘 아침 프로쿠르의 망나니는 그가 거느리게 된 농노들의 충성 맹세를 기다리는 순간 교수형을 당했습니다. 80명의 사람들이 붙잡혀 영주의 저택 감방에 갇혔습니다. 내 남편도 사제 업무를 행하며 모든 악의 제조자로 불리는 오귀스탱 신부, 그리고 당신들의 도망에 책임 있고 늙은 베네딕트파 신부를 돌본 카이에의 아내와 당신 아내를 벌주지 않았다는 죄로 고발당해 그들 가운데에 있습니다.

이 불행한 80명은 오늘 저녁 재판을 받을 겁니다. 만약 당신 장인이 우리와 함께 있다면, 아마도 그는 우리한테 둘러씌우는 모든 고통을 막을 수 있을 겁니다."

내가 머리칼을 잡아 뜯으며 소리 질렀다.

"아! 맙소사. 허비할 시간이 없구나. 내 아내와 장모 그리고 오귀스탱 신부! 아뿔싸! 그들 모두를 하루 만에 잃게 되다니!"

나는 사제의 아내에게 무기를 지키고, 나를 만난 곳에서 나를 기다려 달라 부탁하고 자크 카이에를 찾아 도시로 달려 들어갔다.

나는 만나는 모든 사람에게 최선을 다해 설명하며 한 남자를 못 봤는지 물으면서 성당 광장에 도착했다. 그때 어느 노파가 방금 내가 찾는 사람으로 보이는 어떤 농부가 붙잡혔다고 알려 주면서 교회에 속한 무장한 남자 2명이 그를 프로쿠르 폭동자의 한 명으로 인정하고 그 사람을 자크 카이에라고 불렀다고 했다. 그리고 보베의 참사 회원들이 그를 심판할 것이기 때문에 그 재판이 아주 불길하다고 말했다.

이 끔찍한 소식은 나에게 날벼락이었다. 하지만 나는 소득 없는 절망에 빠지지 않고 그 노파가 일러 주는 대로 내 형의 수도원으로 급히 달려가 내게 일어난 불행을 알렸다.

형이 큰 소리로 말했다.

"맙소사! 당장 떠나자, 그리고 우선 네 장인을 구하도록 하자."

동시에 형은 이미 설득해서 그를 따르기로 한 6명의 수도사를 불러 모았다. 그는 동료들과 나를 이끌고 참사원으로 갔는데, 거기에는 사슬에 묶인 카이에와 그에게 벌을 내리는 참사 회원들이 있었다.

가스파르 형이 참사 회원에게 정중하게 인사하고 나를 심판관들에게 가리키며 말했다.

"심판관님, 여기 선량한 농부 한 명을 소개합니다. 신임 프로쿠르 영주가 이미 사건들이 진정되었고, 내일 모든 반란자들이 잡음 없이 처형될 것이라는 것을 우리한테 알리기 위해 그를 보냈습니다. 하지만 이 마을에서 잊힌 신앙을 다시 일으켜야 되기 때문에 영주가 6명의 수도사를 요청했고, 우리 원장님이 그에게 이들을 보냈습니다. 그는 또한 여러분께 죄인 카이에를 우리한테 맡겨 모든 영지 사람들이 보는 앞에서 그의 처형이 이뤄지기를 바랍니다. 심판관님, 우리는 여러분께 곧 프로쿠르 마을이 교회와 영주에게 복종한다는 소식을 알릴 수 있기를 바라며 몇 주일 걸릴 계획으로 출발합니다."

내 장인은 방금 들은 모든 것을 이해하기가 어려워서 몹시 당황한 표정을 지었고, 가스파르 형은 말을 너무도 태연하게 해서 참사 회원들은 조금도 의심할 생각을 못 했다. 그들은 그와 마찬가지로 그의 동행자들이 최대한의 열정을 쏟아 그들 성당의 명예를 높여 달라고 요청했다. 그들은 그에게 자크 카이에를 넘겼고, 참사원은 우리에게 작별 인사를 하고 다른 사건을 다뤘다. 그러는 동안 우리는 도시 관문으로 향했다.

장모와 아들 그리고 아내를 생각하지 않았다면 장인이 구출된 것을 보고 기쁨이 컸을 것이다. 그래도 나는 이 첫 번째 경사에 하늘에 감사를 올리고, 이것이 길조라고 생각했다. 그리고 아무도 우리 말을 엿듣지 않는 곳에 이르러 나는 자크 카이에에게 다가가 그가 풀려났다고 말했다.

그가 대답했다.

"그런 줄 알았네. 그런데 이 수도사들은 웬 사람들인가?"

나는 그에게 내가 형을 다시 만났으며, 형이 동료들과 우리의 운명을 함께하러 온다고 알려 주었다. 우리는 곧 도시 관문에 도착했고, 그곳에는 프로쿠르 사제 아내가 우리를 기다리고 있었다. 우리는 카이에의 사슬을 풀었고 그는 가스파르와 그의 동료 수도사들과 포옹하며 그들에게 여러 번 감사를 돌렸다.

그가 덧붙였다.

"여러분은 변함없는 프랑스 사람입니다. 곧 자유로워질 것입니다. 그런데 저런! 내가 이곳에 무기를 구하러 왔는데, 전혀 구하지 못했다네. 그리고 돈은 빼앗기고."

내가 구한 것을 그에게 보이며 말했다.

"내게 도끼 12개가 있습니다. 우선 무장할 수 있습니다."

사제 부인이 말을 가로챘다.

"저런, 서둘러 출발합시다. 아마도 도착이 너무 늦어지겠어요."

그녀는 내게 말했고, 여기까지 온 원인이 된 슬픈 소식을 자크 카이에에게 알렸다.

"아! 불행하도다, 내 아내가 죽다니! 그들을 구하러 날아갑시다! 하느님이 우리를 지켜 주셔서 그들에게 복수할 일이 없도록 해 주시기를!"

16

자크리 전쟁

우리는 초저녁에 프로쿠르로 되돌아왔다. 마을은 황량했다. 모든 문은 닫히고, 단지 오두막에서 들리는 울음소리와 한탄 소리를 통해 사람들이 있다는 것을 알 수 있었다. 우리는 가져온 무기 일부를 서둘러 카이에 집에 내려놓았다. 그 집은 버려진 느낌이 들었다. 거기에는 장모도 아내도 아들도 보이지 않았다. 처음에는 집이 약탈당하고, 정원과 작은 밭이 초토화된 것을 아무도 알지 못했다.

우리는 한순간도 허비하지 않고 모두 함께 영주의 집으로 갔다. 밤인데도 새 영주가 마당에 햇불을 켜놓고 무장한 남자 80명 가운데서 재판을 벌여 죄를 선고하고 있었다. 그는 40살에 얼굴이 고약하게 생기고 체격이 건장해서, 우리 가운데 몇은 그의 수많은 호위대보다 그의 체구에 더 놀랐다.

우리가 나타나자 곧장 궁수들이 우리를 둘러쌌고, 영주 재판관은 우리가 찾는 것이 무엇이냐고 물었다.

카이에가 이름을 밝히고 무릎을 꿇으며 말했다.

"영주님, 당신의 불쌍한 농노들은 찬탈자에게 복종하지 않기 위해 어제 마을을 떠났습니다. 이제 그들은 합법적인 영주가 부임했다는 것을 알고, 서둘러 다시 돌아왔습니다. 영주님, 우리는 이전 영주들을 모시던 것처럼 당신을 모실 것입니다. 하지만 내 아내와 딸이 죄인으로 감옥에 갇혔습니다. 저는 감히 영주님 무릎에 매달려 그들의 무죄와 충성에 응답해 주실 것을 호소합니다."

가스파르가 말을 이었다.

"우리는 마을에 교회를 다시 세우고 모든 사람이 새 영주에게 복종토록 하기 위해 보베 주교가 보내서 왔습니다. 프로쿠르 피의자들 가운데 사제와 오귀스탱 신부가 있다고 들었습니다. 우리는 그들을 도시로 데려오라는 명령을 받았습니다. 거기서 참사 회원들의 심판을 받고 정식 형벌을 받게 될 것입니다."

영주는 대꾸하지 않았다. 그가 형집행인 2명에게 신호하자, 그들은 피가 흐르는 머리가 가득 든 커다란 바구니를 우리 앞에 가져왔다.

저승사자 같은 어떤 목소리가 말했다.

"찾아보시오, 그 안에 당신네 가족 가운데 누군가를 알아볼 수 있는지."

이 무시무시한 광경과 이 끔찍한 말에 우리는 공포로 얼어붙었다. 머리털이 쭈뼛 서고, 피땀이 얼굴을 적셨다. 카이에는 놀라 뒷걸음질했고, 나는 죽은 사람처럼 정신없이 꼼짝하지 않았다.

망나니가 다시 말했다.

"당신들 벌벌 떠는군요. 이 머리, 당신의 것이오? 사제 머리였소."

그의 과부가 날카로운 비명을 지르고, 먼지 속에 구르는 이 잔해를 얼싸안으려고 했다.

영주가 그녀에게 물었다.

"이봐, 여자. 이번 재판에 할 말 있나?"

과부가 대답했다.

"저런! 제가 알기로 그는 잘못이 있었어요."

그리고 그녀는 죽을 위험 없이 고통을 표현할 수 있는 곳으로 가서 남편을 애통해했다.

잠시 뒤, 망나니가 어느 창백한 머리를 머리칼로 쥐고 햇불 불빛으로 그것을 나에게 보여 주었다. 나는 나의 불쌍한 장모, 마리의 후덕한 어머니를 알아보았다. 이 모습을 보고 나는 내 형 앞에 까무러쳐 이 말밖에 듣지 못했다.

"당신들 요구하는 혐의자들 가운데, 여기는 죽은 자들이오. 다른 사람들은 살아 있소. 몇 시간이지만."

카이에는 온몸에 극도로 격렬한 발열 경련과 죽기 직전의 몸부림 비슷한 전율을 겪으면서도, 모든 고통을 영혼 속에 눌러 담았다. 그는 다시 무릎을 꿇은 자세로 입을 열려고 애쓰며 흐느낌 때문에 끊긴 목소리로 말했다.

"영주님, 내 아내는 더 이상 없습니다. 내 딸은 아직 살았습니다. 만약 영주님이 용서해서 딸의 목숨을 살려 제게 돌려보내 주시면, 내일 영주님께 은 100파운드를 드리겠습니다. 내 손자의 몫도 그만큼 드리겠습니다. 그리고 오귀스탱 신부를 살아 있는 상태로 이 수도사들에게 인도하도록 … . 만약 오늘 밤 내내 나를 자유롭게 있도록 … . 그리고 내 부모와 형제의 도움을 간청할 수 있도록 … ."

영주가 대답했다.

"네가 제의하는 것을 받아들인다. 하지만 내일, 해가 뜨고 1시간이 지난 뒤, 네가 약속한 돈이 준비되어 있지 않으면 두 혐의자, 네 손자, 네 사위, 너 그리고 너와 함께 온 일행 모두, 너희는 반역자들처럼 죽게 될 것이다. 여기 폭동자들 무리의 머리가 보이지. 또 다른 무리가 더 죽어 나갈 것이다. 오늘은 순서가 이미 정해졌기 때문에 재판을 중단하겠다."

그래서 우리는 자리를 떠나야 했다. 우리를 동행한 수도사들이 나를 카이에 집까지 부축했다. 내 장인은 아무런 말도 없이 집에 도착했다. 하지만 전투용 도끼를 다시 보자, 목 졸린 소리로 복수의 외침을 내뱉고 아내의 죽음에 피눈물을 쏟으며 이 무기에 몸을 던졌다.

이내 그는 평정을 찾으려고 애쓰며, 울면서 쉬지 않고 마리를 부르는 나를 보고 말했다.

"네 아내는 죽지 않았어."

내가 대꾸했다.

"그녀는 죽게 될 겁니다. 장인어른은 갖고 있지도 않은 것들을 약속했습니다."

"나는 끔찍한 보복을 준비하기 위해 오늘 밤을 얻은 거야. 하지만 우리에게 남은 짧은 시간은 황금보다 더 소중한 것이다. 당신들은 우리를 지켜줄 준비가 되었습니까?"

그가 수도사들을 향해 말을 이었다.

가스파르가 응수했다.

"하늘이 우리 마음을 읽고 있습니다. 우리 가운데 비굴한 겁을 먹고 있는 자, 영주들과 그들의 못된 하수인들을 처단하기를 바라지 않는 자에게 벼락이 내리칠 겁니다!"

카이에가 큰 소리로 말했다.

"잠깐 우리의 시름을 내려놓읍시다. 우리의 보복을 끝냈을 때, 울도록 합시다. 우리는 두 무리로 나눕시다. 마을을 가로지르며 아직 힘을 가진 모든 농민, 능욕당한 모든 사람, 고통과 절망으로 우리의 마음을 함께 나누기를 원하는 모든 사람을 우리 주위에 모읍시다. 그렇게 해서 내일 아침 해가 뜨고 1시간 뒤에 우리의 폭군이 그에게 희생된 자들과 함께 잠들도록 합시다."

장인은 함께해서 도움이 되는 수도사 3명과 함께 그가 선택한 마을 일부분의 모든 집 문을 두드리며 갔다. 가스파르와 남은 수도사 3명 그리고 나는 동네 나머지 부분을 돌아다녔다. 장인과 나의 목소리에 모든 마을 사람이 일어났다. 싸울 수 있는 상태의 사람들 가운데 우리와 우리의 선한 친구인 수도사들의 연설을 듣고 대단한 용기로 무장하지 않는 사람이 없었다.

여자들에게는 그들의 남편이 위험을 무릅쓰지 않을 것이며 몇 시간 뒤면 그들이 자유로워질 것이고, 사형을 선고받은 그들의 친구와 부모가 구출될 것이라고 했다. 또한 더 이상 영주가 없을 것이며, 곧 마을에 행복과 풍요가 찾아올 것이라고 설득하여 그들을 안심시켰다. 그들 남편의 죽음과 고통을 초래할 것이라는 두려움 때문에 그들은 비밀을 잘 지켰다.

새벽 3시에 우리는 208명이 되었고, 모두가 도끼와 곡괭이, 그리고 낫과 죽창으로 무장하고 모두가 대단한 각오를 품었다. 밤이 매우 어둡지는 않았다. 자크 카이에는 모든 무리를 마을 외곽의 초토화된 들판으로 데리고 갔다. 거기서 모든 사람이 그 주위로 모이고, 그는 작은 둔덕에 올라 연설했다.

"친구들 그리고 형제들이여!
내가 단지 나 자신의 불행 때문에 여러분을 여기에 모이게 했다면 나는 여러분 대열에 낄 자격이 없을 것입니다. 그러나 여러분, 알다시피 내가 우리의 해방을 열망한 지 20년이 되었습니다. 내가 여러분을 위해 몇 가지 봉사할 수 있는 행운을 갖게 되었습니다. 여러분 사이에 아무도 반대자가 없어 더 다행입니다.

수 세기 전부터 우리는 땅의 노예입니다. 도대체 우리가 굴종 상태에 놓여야만 하도록 우리 조상은 무엇을 했으며, 우리는 무엇을 했습니까? 프랑스 전역에서 수천 명의 사람이 한 명의 영주 아래서 떨고 있습니다. 단지 귀족이라는 이유만으로 괴물이 우리의 재산을 몰수하고 우리를 극도로 힘든 노동에 시달리게 하며, 우리 아내들의 순결을 훔치고 그의 변덕에 따라 우리 생명을 마음대로 할 수 있는 권리를 가졌습니다.

오직 우리가 땅을 일구고, 오직 우리 손으로 불쌍한 우리 조국 사람들을 먹여 살리며, 오직 우리만 유익한 일을 하는 주민이며, 오직 우리만 압제에 시달립니다. 영주의 삶은 어떻습니까? 명령하고, 몰수하고, 처벌하고, 그리고 불쌍한 사람들을 만들어 냅니다. 농노의 몫은 무엇입니까? 노동, 면죄부, 고통 그리고 처형입니다.

우리 가운데 영주들한테 능욕당하지 않은 자가 10명만 되면, 다시 집으로 돌아가고, 귀족들이 여전히 우리 주인이 되도록 합시다. 우리 가운데 단 한 명이라도 영주한테서 고문이나 매질, 부당한 몰수, 과도한 노동, 혹은 비슷한 폭력을 당하지 않은 사람이 있다면, 역시 무기를 내려놓읍시다. 지금과 같은 처지라면, 우리와 프랑스 땅에서 신음하는 모든 농노를 포함한 우리에게 우리의 주인이라고 하는 자들은 강도짓에 길든 사나운 폭군, 못된 망나니, 탐욕스런 박해자들일 뿐입니다. 이 주인들은 보호자가 아니라 지옥에서 토해진 괴물을 닮았기 때문에, 복수를 위해 나섭시다.

우주의 조화를 파괴하고, 타고난 평등의 바탕을 뒤엎으며, 모든 인류를 학대하는 비겁한 적을 처단한들 우리가 하느님의 심기를 불편하게 할 리 있겠습니까? 오늘 우리를 움직이게 하는 것은 나의 고통과 여러분의 고통, 나의 상실과 여러분의 상실, 내가 겪는 비참과 여러분이 겪는 비참, 나의 복수와 여러분의 복수, 나의 자유와 여러분의 자유, 나의 행복과 여러분의 행복, 프랑스 전체의 고통과 비참과 복수와 자유 그리고 행복이 분명합니다.1

우리가 우리의 영주들을 겁낼 것 있습니까? 프랑스가 전쟁할 때, 그리고 영지들 사이에 다툼이 벌어졌을 때, 누가 승리를 쟁취했습니

---

1 분명 이 긴 문장은 독특하게 구성되었지만, 정확히 번역되었다.

까? 우리입니다. 우리 영주들은 우리 전투 대열 뒤에서 위험을 피해 숨어 있다 모든 영광을 누렸습니다. 영국인들이 우리나라 지방까지 쳐들어온 이 전쟁에서 우리가 우리의 왕들을 위하고 우리의 영주들을 위해 용기를 발휘한들, 2 우리가 용감해도 아무런 이득이 없을 때 우리가 중요한 역할을 해낸다 한들, 이후에 우리는 무엇이 되는가요?

지금 우리가 무기를 드는 것은 우리 자신을 위한 것입니다. 우리가 다시 정복해야 하는 것은 바로 끊임없이 위협받는 우리의 목숨이요, 사라진 우리의 자유입니다!

내가 보니 여러분 모두 도끼와 곡괭이, 낫으로 무장하고 있습니다. 이런 무기를 이용해서 우리는 숲에 있는 사나운 짐승들을 쫓을 줄 압니다. 이 무기들은 더욱 고귀한 용도에 사용되어야 합니다. 우리가 키우는 가축의 적이 아니라 바로 우리 자신의 가장 완강한 적을 쫓아야 합니다. 우리가 공격하려는 것은 피 맛을 즐기는 호랑이입니다. 동료 여러분, 프랑스는 여러분의 솔선수범을 기대합니다. 모든 지방, 모든 외딴 마을이 우리와 합류할 것입니다. 하늘이 우리를 보우하소서! 우리는 조국을 구할 것입니다! 복수를 위해서 그리고 자유를 위해서 나섭시다!"

뜨거운 정열을 가지면 말을 잘할 수 있다는 사실을 몰랐다면, 무학인 사람의 입에서 나온 이 연설에 놀랐을 것이다. 카이에의 일장 연설

---

2 여기서 연설 가운데 삽입된 것처럼 줄 바꿈을 했다. 저자는 이 기회를 이용해서 자신이 영국인에 대항해서 여러 전투에 참가했다는 것을 말하려고 한다.

은 놀라웠다. 그 연설은 청중들에게 매우 큰 효과를 낳았다. 열기에 들뜬 모든 농민이, 어디든 그를 따를 것이며, 그를 그들의 수장으로 삼노라 외쳤다.

용맹한 카이에가 대답했다.

"어제 그 괴물이 내 아내의 머리를 내게 보여 준 것처럼, 그의 머리를 여러분한테 가져옴으로써 나는 이런 영광에 보답하겠습니다. 나섭시다. 하지만 영주를 죽이기 전에 우리는 영지의 주인이 되어야 합니다. 통행요금소 관리자 6명이 영지 출구를 지킵니다. 우리는 여섯 무리로 나누고, 우리 가운데 6명이 폭군의 노예 자리를 대신 차지해야 합니다. 1시간만 있으면 어둠이 사라집니다. 당장 떠납시다. 그리고 1시간 뒤에 모두 이곳에서 다시 만납시다.

여러분께 오직 한마디 할 말이 있습니다. 우리 사이에 영주의 통행요금소 관리자를 대신하려는 사람은 단호해야 합니다. 지금의 치안 상태를 잘 유지해야 합니다. 이 영지가 지옥 같아야 합니다. 거기서 아무도 나갈 수 없습니다. 농민들은 들어오게 두어야 합니다. 그들은 우리 영지에서는 자유롭다는 것을 알게 될 것입니다. 그리고 동료를 방문하려고 생각하는 영주들은 우리 손아귀에 들게 될 것입니다. 그런데 한 곳에 한 사람은 충분치 않을 것입니다. 원하는 자는 의사를 표시하기 바랍니다."

그러자, 다음 명령까지 통행요금소 관리자 자리를 맡기 위해 여러 명이 지원했다. 여섯 자리를 위해 그 가운데 가장 용감한 지원자 18명을 뽑았다. 우리와 동행한 수도사들이 이들 무리에 하늘의 축복을 빌었다. 모두가 카이에의 현명한 생각에 박수를 보내면서 그의 첫 번째 명령을 수행하기 위해 헤어졌다.

기대한 만큼 일들은 잘 진행되었다. 여전히 자고 있던 영주의 여섯 통행요금소 관리자들은 잠든 채로 죽고, 각각 3명의 용감한 농민으로 교체되었다. 모든 다른 사람들은 날이 밝자 장인 주변에 다시 모였다. 우리가 집결했던 들판을 '연합들판'이라 부르고, 그곳에 '자유의 깃발'이라고 이름 붙인 흰색 깃발을 꼭대기에 매단 긴 장대를 꽂았다. 그리고 가스파르가 〈시편〉 55편3을 선창하자 우리는 질서 있게 영지로 행진했다.

여자들은 우리가 단호하고 열정적인 모습으로 두 줄로 마을을 가로지르는 것을 보고 무릎을 꿇고 하늘을 향해 우리의 봉기가 성공을 거두길 빌었다.

영주 저택에 들어가기 전, 우리와 동행하던 수도사 한 명이 우리가 가는 길에 분명 영주의 궁수 조를 만나게 될 것이며 그들과 싸워야 하고, 이 일이 벌어지는 동안 폭군이 도망갈 수 있을 것이라고 예견했다. 카이에가 그 말을 끊고 무리를 향해 말했다.

"좋아요! 여러분은 저택 해자(垓字) 옆의 잡목 속에 숨은 채 있으시오. 가스파르가 여러분과 같이 있을 것입니다. 그동안 나는 내 사위,

---

3 "Miserere mei, Deus, quoniam conculcavit me homo. tota die impugnans tribulavit me, etc"(옮긴이 주: 하느님이여 나를 불쌍히 여기소서, 사람이 나를 짓밟았나이다. 그는 하루 종일 나를 괴롭혔나이다. 55편 2절).

성직자 6명과 함께 영주 침실로 침입할 겁니다. 여러분은 우리 가운데 한 명이 나팔을 3번 불고, 여러분을 향해 자유를 외치는 소리가 들리면 즉시 나오십시오."

따라서 나는 6명의 수도사와 함께 모두 마음을 단단히 먹은 후 외투 아래 시퍼런 도끼를 감추고 내 장인을 뒤따랐다. 영주의 무사들은 이미 선 자세로 우리에게 문을 열어 주어 일종의 묵시적 동정심 같은 것만 보이면서 우리가 저택 안으로 들도록 놔두었고, 이것은 우리에게 좋은 전조(前兆)처럼 보였다.

이 사람들도 우리처럼 농노들이었다. 그들도 분명 그들 주인의 난폭한 야만성을 전혀 인정하지 않았다. 그리고 아마도 우리를 해방자로 생각할 것이라고 우리는 말했다.

그동안 우리는 영주의 침실로 들어갔다. 그는 아직 일어나지 않았다. 그의 재판관과 두 망나니가 벌써 그를 둘러싸고 있었다. 우리에게 가장 다행한 상황이었다. 우리는 4명을 발견했고, 그들의 죽음은 확실한 것이었기 때문이다.

영주가 호랑이 눈길로 우리를 보며 쉰 목소리로 말했다.

"저런! 너희들 죽으려고 왔느냐 아니면 돈을 갚고 죄수들을 데리러 왔느냐?"

아무도 그에게 대답하지 않았다. 우리는 도끼를 손에 쥐었다. 잠시 뒤, 괴물 4마리 대신 방 안에는 몸통에서 분리된 징그러운 머리 4개밖에 없었다.

동시에 수도사 한 명이 창으로 달려가서 나팔을 3번 불었다.

잡목 속에 있던 무리가 우렁찬 목소리로 "자유다! 복수하자!"를 되풀이했다. 그리고 저택 문에 모든 우리 친구들이 모습을 드러내는 것이 보였다.

그사이 우리는 폭군의 침실에서 나왔다. 카이에는 한 손으로 피가 흐르는 도끼를 들고, 다른 손으로 영주의 머리를 들었다. 그는 문에 그것을 매달았다. 그사이 수도사와 나는 80명의 궁수들에게 장광설을 늘어놓았다. 이들은 더 이상 모실 주인이 없고 자유가 주어졌으며 더 이상 폭군의 횡포와 형제의 처형을 옆에서 보지 않아도 된다는 것을 알고, 다른 쪽에서 대문을 부수는 농민 부대를 가만히 지켜보았다. 그리고 그들 또한 단지 노예일 뿐이요 영주들을 지지하는 자들이 아닌 까닭에 무기를 버리고 우리와 합류하고, 그들과 싸우러 온 무장한 농노들을 편한 마음으로 포옹했다.

우리는 이 첫 번째 일로 우리의 무력이 줄어들 것으로 생각했지만, 오히려 늘어난 것에 대해 하늘에 은총을 돌렸다.

그럼에도 불구하고 이 궁수들 가운데 몇몇은 아직도 두려워할 만큼 소심하고 그들의 두려움 때문에 우리 모두를 희생할 만큼 비겁해서 도망쳤는데, 그 수가 열셋이나 되며 이웃 영주들에게 달려가서 프로쿠르에서 일어난 일을 알리려고 했다. 하지만 이들은 통행로를 지키던 우리 사람들에 의해 죽었다. 우리 사람들은 이들이 도망가는 것을 보고 과업 성공의 첫 번째 소식으로 여겼다. 친구들에게 우리의 멋진 성공을 알리기 위해 모든 초소에 보냈던 농부 6명은 우리에게 이 다행한 사건 처리를 보고했고, 이 사건 처리 덕분에 우리는 매우 담담해졌다.

그래서 우리는 자유로운 상태가 되었고, 더 이상 영주도, 망나니도 없었으며, 숨을 쉴 수 있었다! 하지만 60명이 넘는 불행한 사람들이 감방에서 신음하고 있었다. 우리의 기쁨은 그들이 우리와 함께 그 기쁨을 즐길 수 있을 때라야 완전할 수 있었다.

자크 카이에는 감옥으로 사용되는 건물 쪽으로 나아갔다. 건물에 가까워짐에 따라 눈물이 그의 눈에 가득했다. 그는 다시 볼 수 없을 아내를 생각했다. 우리 모두가 안도의 소리를 지르는 동안 그는 도끼를 휘둘러 이 슬픈 처소의 문을 부쉈다. 하지만 우리 소리가 들리지 않은 것처럼, 이 불쌍한 사람들은 흐느낌만으로 우리에게 응답했고, 극도의 슬픈 작별 인사를 서로 나누면서 죽음을 준비했다. 망나니의 얼굴을 보고, 처형을 위해 자신의 이름을 부르는 소리를 듣는 대신, 용감한 카이에가 보이고 우리 모두가 몇 번이고 반복한 "당신들은 자유롭다! 우리에겐 더 이상 영주는 없다!"라는 말을 들었을 때, 그들은 너무도 놀라고 또 흥분했다.

죄수들은 서둘러 밖으로 나왔고, 비록 고통과 배고픔으로 탈진했지만 하늘과 생명을 다시 보고 한없는 기쁨에 젖었다. 더 이상 처형은 없고, 더 이상 고문이 없고, 더 이상 영주는 없었다.

하지만 내 아내와 아들 그리고 선한 오귀스탱 신부는 나타나지 않았다. 카이에는 이들이 안 보이는 것에 나와 마찬가지로 불안해하면서도 그가 구해 준 사람들의 포옹을 뿌리칠 수 없어 딸을 찾으러 나설 수가 없었다. 하지만 나는 더 자유로웠으므로 더 이상 나의 불안한 마음을 누를 수 없었고, 가스파르와 함께 지하로 내려갔다. 내가 사랑하는 마리를 부르자 그녀의 실낱같은 목소리가 응답했다. 아들 목소리도 들렸다. 우리는 어두운 구석에서 반쯤 헐벗고 추위에 얼어붙은 그들을 한 명씩 발견했다. 그들은 입고 있던 옷의 일부를 벗어 습한 바닥 위에서 죽어 가고 있던 늙은 베네딕트파 신부에게 일종의 침대를 만들어 주었기 때문이다.

마리가 말했다.

"저런! 너무 늦게 오는군요! 이 선한 신부님은 당신들이 알리는 행복을 누리지 못할 겁니다. 그리고 나는 어머니를 더 이상 보지 못할 겁니다."

이 말을 듣고, 나는 그녀가 어머니의 불행을 알지 못한다는 것을 알아차렸다. 아무런 대답도 하지 않았다. 그녀를 절망으로 상심하게 만들지 않기 위해서였다. 가스파르는 오귀스탱 신부를 팔로 안았고, 나는 아들과 아내의 손을 잡고 그 뒤를 따랐다.

해가 떴다. 가스파르는 늙은 베네딕트파 신부를 작은 잔디밭 언덕에 내려놓고 포도주를 몇 방울 먹이며 그를 되살리려고 안간힘을 썼다. 영주 저택 저장고에서 포도주 몇 병을 가져왔기 때문이다.

그동안 마리는 옷을 다시 입었고, 내 아들은 할아버지와 할머니를 보게 해달라고 졸랐다. 나는 이들을 장인에게 데려갔다.

아들은 당장 장인에게 어머니와 할머니를 만나게 해달라고 청했다. 하지만 그가 눈물 흘리고 당혹해하는 모습을 보고 그녀를 잃어버렸다는 것을 알아차렸고, 3명 모두 가슴이 찢어지는 고통에 빠졌다. 나는 이 광경을 견디기 어려워 그들을 두고 나왔다.

모든 마을 사람들이 위로의 말로 그들을 달래고 그들의 고통을 함께 나누는 동안, 나는 오귀스탱 신부 곁으로 되돌아갔다. 그는 약간의 기력을 회복해서 눈을 뜨고 있었고, 나를 알아보았다. 입을 열며 나를 보고 말했다.

"오 내 아들아, 내가 다시 보는 사람이 네가 맞느냐? 네가 덜 불행하다고 말하면 내가 편하게 눈을 감으련만."

내가 대답했다.

"신부님, 우리는 자유롭습니다. 신부님과 불행을 함께 겪은 사람들이 고통에서 풀려나왔습니다. 신부님을 돌보는 이 수도사는 바로 신부님이 목숨을 구해 준 내 형 가스파르입니다. 하늘이 도와 그를 다시 만나게 되었고, 그는 신부님의 축복을 구하러 왔습니다."

늙은 신부가 말했다.

"아! 하느님이 너희에게 복을 주시기를 바란다, 내 자식들아. 마침내 그분이 불행한 자들을 축복하시고, 내가 겪은 것보다 너희에게 더 오래 살고 덜 슬픈 세상을 허락하시기를. 내가 죽기 전에 다시 포옹해라."

우리는 늙은 베네딕트파 신부를 품속에 가만히 안았다. 그의 눈에서 눈물 몇 방울이 흘렀다. 장인을 불러 작별 인사를 나누고자 했다. 곧장 카이에가 아내, 아들과 함께 왔다. 그들은 눈물을 숨기려고 애쓰며 신부에게 마을이 자유를 찾았다고 되풀이해서 말했다.

"어떻게 그렇게 되었지?"

신부가 말했다.

자크 카이에는 영주가 죽었다는 것과 영지를 지키기 위해 취한 조치들을 이야기했다.

오귀스탱 신부가 다시 말했다.

"아! 하느님을 찬양할지어다. 당신은 수 세기 전부터 미리 정해진 사람이오. 용감한 카이에, 당신은 내가 바라던 바를 모두 이루었소. 당신의 운명에 합당한 사람이 되시오. 당신이 처단한 영주들의 폭력을 흉내 내지 마시오. 마을과 이웃 지방에 당신이 이룬 해방의 선행을 확산시키시오. 당신 후손들은 당신을 영웅으로, 폭군은 재앙으로 그리고 가난한 자들은 구원자로 자랑스럽게 말하도록 하시오. 무너지지 않으려면, 현명한 법으로 스스로를 지배하고, 단합하시오.

오! 하느님, 당신께 은총을 돌립니다. 당신은 내가 죽기 전 조국 땅에 새로 돋아나는 자유를 보도록 해 주십니다! 나의 자식들이여, 너희들의 행복을 즐기고, 그것을 지킬 줄 알아야 하느니라. 하느님을 흠모하고 그를 숭배하는 일에 충실하여라. 덕을 실천하고 형제가 되어 살아라. 용서하는 마음을 가져라. 형벌을 폐지하여라. 자비로우신 하느님을 본받아라.

나의 최후가 다가왔다. 너희가 더 행복한 것을 보고 떠나며, 하느님이 너희에게 복을 내릴 것을 기도하니 내 최후가 편안하다. 안녕, 내 자식들아, 내게 늙은 시므온의 성가를 노래해 보아라."

그리고 그는 사라지는 목소리로 이 첫 소절을 노래하기 시작했다.

"오 나의 하느님, 바로 지금 당신의 종은 당신의 백성이 자유롭게 된 것을 보기에 평화롭게 죽습니다."

몇몇은 늙은이의 기도를 따라 불렀다. 또다시 그는 우리에게 복을 빌고 작별 인사를 하고 미소 지으며 하늘을 우러렀다. 그리고 그의 영혼은 천사들이 있는 곳으로 올라갔다.

카이에가 내게 말했다.

"저런! 우리의 행복은 많은 고통과 섞이는구나! 아들아, 너는 어머니를 여의었고, 이제 네 아버지 자리를 차지하던 분을 잃었구나. 하지만 다시 한 번 더, 우리의 슬픔을 딛고 일어서자. 이 고통이 마지막이다. 내 딸아, 이리 와서 나를 포옹하고, 너의 남편을 포옹해라. 그리고 끝으로 감옥에 갇힌 사람들에게 손길을 베풀자."

그들 여러 명은 먹지 못해 탈진해 있었다. 하지만 일부 농부들이 영주 저택에 가서 상당량의 과일과 포도주 그리고 여러 가지 양식을 꺼내 왔다. 마당에 큰 탁자 여러 개를 세웠다. 곧이어 모두 먹고 마시기 시작했다. 슬픈 일들이 없었다면 훨씬 유쾌한 잔치가 되었을 것이다. 하지만 애통해할 사별을 겪지 않은 사람들도 경솔한 처신으로 다른 사람들의 슬픔을 모욕하는 일은 없었다.

식사가 끝난 다음, 전날 집단으로 학살당한 사람들을 매장하자고 제의했다. 오귀스탱 신부가 자신의 무덤에 새겨 달라고 부탁한 문구가 다시 생각났고, 나는 거기에 "그는 죽어 가며 자유를 보았다"라는 말을 덧붙였다. 모든 주검을 공동묘지로 옮겼다.

가스파르와 그의 동료들이 장례식을 올리고 죽은 사람들을 모두 묻었을 때, 영지의 교수대와 고문 도구를 불태웠다. 그러고 나서, 카이에는 이렇게 말했다.

"나의 친구 그리고 동료들이여, 이제 눈물 흘리는 일을 멈출 시간입니다. 자유롭기 위해서는 우리 가슴속에서 가까운 사람들에 대한 사랑과 우리 자신에 대한 사랑을 조국에 대한 사랑이 이겨내도록 해야 합니다. 어제 우리의 아내와 아이들이 우리의 주인으로 보낸 호랑이 발톱에 죽어 갔습니다. 그들의 피는 우리의 해방과 자유를 더욱 탄탄하게 해줄 것입니다. 우리가 맛보는 자유는 희생된 자들 덕분입니다. 우리의 힘과 용기를 그들의 쓰라린 죽음을 위해 바쳐야 합니다. 우리가 얻은 것을 생각하기 위해 우리가 잃은 것은 잠시 잊읍시다.

우리의 이전 폭군들의 저택으로 돌아갑시다. 그곳의 모든 노획물은 공평하게 나눠야 합니다. 이 사치스러운 집은 더 이상 한 사람의 주인이 사용해서는 안 됩니다. 앞으로 마을의 불쌍한 늙은이들의 거처로 사용될 것입니다. 자! 오늘은 잔치를 벌입시다. 슬픔 속에 시작되었지만, 고통을 잊고 오늘이 끝나도록 합시다. 그리고 매년 이 위대한 날은 우리의 해방 기념일로 축하할 것입니다. 내 목소리를 통해 여러분에게 말하는 것은 조국이요 자유입니다."

모든 사람이 이 연설을 환호했다. 우리는 영주 저택으로 되돌아가서 그곳의 노획물을 사이좋게 나누고, 살던 오두막을 약탈당한 늙은이들을 그곳에 이주시켰다. 각자는 저마다 슬픈 일과 괴로움을 잊으려고 애썼다. 우리는 다음 날 정오에 다시 모여 우리 마을과 여기에 연합하기를 바라는 영지들이 갖춰야 할 법에 관해 결정짓기로 합의하고 헤어졌다.

우리가 살던 초가집이 약탈당하고 침상은 재가 되어, 카이에, 내 아내와 아들, 가스파르, 6명의 다른 수도사 그리고 나를 포함한 우리가 좁은 오두막 두 채에 살 수 없기 때문에, 우리는 며칠 동안 저택 일부를 차지하고 지냈다. 그러면서 저녁 시간은 주민들에게 제의하려는 제도를 준비하며 보냈다.

카이에의 지혜만으로도 충분히 좋은 제도를 만들 수 있었을 것이지만, 우리의 선한 친구인 수도사들의 조언과 우리와 함께 일하도록 모신 몇몇 어르신들의 조언 그리고 나의 조언도 그에게 불필요한 것은 아니었다. 내가 기록을 맡기로 한 이 작업을 마치면 각자는 잠자리에 들었고, 나는 마음껏 마리를 포옹할 수 있었다.

그리고 다음 날 정오, 모든 동네 사람이 저택 큰 마당에 모였고, 자크 카이에는 내 목소리를 빌려 다음과 같은 규정을 제안했다.

헌법4

제1조. 프로쿠르 영토에는 영주가 없다. 토지 예속, 재산 몰수권, 부역, 영주 십일조, 현물세, 정액지대, 모든 영주 부과 세금은 폐지한다. 더 이상 통행세도 내지 않는다.

제2조. 각자는 자기에 맞도록 사냥과 낚시를 즐길 수 있다.

제3조. 어떤 잡세도 내지 않고 영지 방앗간과 화덕에서 밀을 빻고 빵을 구울 수 있다. 해방된 영토 안에서 거래되는 물품에 대한 측량세는 더 이상 없다.

제4조. 우리의 대의(大義)를 인정하는 수도사 가운데 한 명은 우리의

---

4 간소하고 아름다운 이 헌법은 완전히 필사본만으로 된 것을 볼 수 있어 더욱 소중하며, 우리가 번역했다. 피에르 드 메네는 그의 《자크리 전쟁 회고록》(왕실 도서관 필사본) 안에 그에 관해 몇 번 언급하지만, 몇몇 조항만 다룬다.

사제가 될 것이다. 다른 수도사 각자는 이웃 교회에서 그들의 헌신에 더욱 어울리는 보상을 찾을 때까지 토지와 집을 갖게 될 것이다. 사제 십일조를 바치나, 알곡에만 한정한다.

제5조. 통로를 지키는 사람들의 식량과 불쌍한 늙은이들을 위해 다른 물건에 매년 20분의 1 세금을 거둘 것이다.

제6조. 9월 9일과 10일은 우리에게 슬픈 기억의 날들이다. 매년 이날들은 공공 근로를 하며 지낼 것이다. 각자는 도로를 복구하고 손질하는 일에 기여할 것이다. 이 이틀 동안의 근로는 부역으로 간주하지 않을 것이다. 그 목표가 모두를 위한 봉사이고, 우리의 이전 불행을 다시 생각나게 해 주며, 우리의 자유 기념일인 9월 11일을 무사히 축하하도록 준비해야 하기 때문이다.

제7조. 모든 자유농민은 권리가 평등하다. 차별은 조금도 없다. 각자는 자신의 주인이다.

제8조. 처형은 범죄자에게만 있다. 처형은 가능한 한 옥살이로 바꿀 것이다.

제9조. 반역자와 우리를 노예 상태로 다시 이끌어 가려는 자들에게만 사형을 내릴 것이다.

제10조. 재판은 모든 주민이 선출한, 신중함과 절제함에 있어 추천받을 만한 원로 6명에 의해 내려진다.

제11조. 판결은 공개적이나, 징벌은 그렇지 않다.

제12조. 전쟁에서 비겁하게 처신하는 자는 노획물의 몫을 갖지 못한다. 공적을 쌓은 이들은 2배의 몫을 갖는다. 깃발을 차지한 자는 영광의 기념물로 그것을 자기 집에 보관한다. 전장에서 죽은

자는 명예롭게 묻힐 것이다. 주민들은 그 과부의 밭을 경작하고 그 자식들은 20세가 될 때까지 모든 부과조가 면제된다.

제 13조. 일요일은 한 주의 근로에 대해 하느님께 감사를 돌리기 위한 휴식의 날로서 축하한다. 불필요한 명절을 없애도록 사제에게 부탁한다.

제 14조. 이 규정은 바꿀 수 없다. 발표되는 즉시 해방된 모든 영토에서 그것을 지킬 것을 맹세한다. 인간이 행복할 수 있는 것은 오직 신앙과 미덕, 단결, 화합 그리고 자유의 사랑에 의해서라는 것을 알아야 한다. 자유롭기 위해 모든 희생을 감수할 것이다. 더 이상 노예가 아니라 인간으로서 처신하도록 힘써야 한다. 그렇게 하면 재판관의 직무는 한가할 것이다. 벌주는 일이 드물고, 처단하는 일이 결코 일어나지 않기 때문이다.

하느님이 우리를 축복하길 원한다. 우리는 그의 자식이며 우리가 자유롭기 때문에, 우리의 경배는 그를 기쁘게 할 것이다. 그는 우리가 항상 덕을 행하고, 단합하도록 지켜 주신다. 우리는 행복을 맛볼 것이다.

이 제정법에 관한 낭독이 끝나자, 모든 참석자들은 큰 소리로 환호했다. 아무도 수정을 요구하지 않았고, 모두 이 새 법을 잘 지킬 것을 맹세했다. 따라서 이 법을 교회에 게시했다. 수도사 가운데 한 명은 사제 역할을 맡았고, 6명의 재판관 선출에 착수했다. 현명한 선출을 했지만, 자크 카이에가 예견한 대로 프로쿠르 마을에서 그들의 직무는 아마 불필요할 것이다.

뒤이은 날들 동안, 각자는 자신이 하던 작업을 계속했다. 파괴된 오두막을 다시 짓고, 저택에는 영주들의 흔적을 깨부쉈다. 우리는 늙은이들이 살지 않는 영주 저택의 일부분을 사용하라는 제안을 마다하고 초가집으로 돌아갔다.

카이에는 자신은 특권을 전혀 원치 않으며 저택은 아무에게도 주어서는 안 된다고 했다. 그와 같은 집은 대단한 주인에게 어울리며, 하느님만이 합당하기 때문이었다. 우리에게 자유는 너무도 아름답고 우리의 운명이 너무도 달콤해서 믿어지지 않았고, 또다시 토지 예속의 나락에 떨어지기 전에 죽을 결심을 했다.

우리가 행복을 맛본 지 열흘이 된 때였다. 통행요금소 관리자 한 명이 서둘러 와서 장인에게 이웃 영주가 와서 프로쿠르 영주를 방문하기 위해 영토 안으로 들어왔다고 알렸다. 그는 무사 12명의 호위를 받았다.

그런데, 모든 이웃 영지와 브리 전 지역, 피카르디 지방, 일드프랑스 대부분 지방, 그리고 다른 여러 지방에서 봉건 폭정이 너무 심해서 더 이상은 말하기 어려웠다. 농민들의 불행이 끔찍한 지경에 이르렀다. 사방에서 농민들을 무더기로 처단하고, 감당할 수 없는 노역에 내몰았으며, 극도로 조악한 음식마저 먹지 못하게 했다. 농민들에게 아내와 딸을 쟁기에 채워 밭을 갈도록 하고, 그들의 오두막을 불태웠으며, 들짐승처럼 그들을 뒤쫓았고, 지하 동굴과 구멍만 은신처로 삼도록 했다. 가축도 농노와 같은 취급을 받는 것은 보기 어려울 만큼, 영주들은 귀족이 아닌 사람들을 완전히 몰살시키려고 작정했다고 생각할 정도였다.

이런 형국에 우리는 추잡한 주인들의 횡포 아래서 구출해 주기를 바라는 사람들로부터 해방자로 여겨진다고 확신했다.

따라서 장인은 서둘러 영지의 곡괭이로 무장한 농민 40명을 모았다. 우리는 영주가 있는 앞쪽으로 걸어갔다. 마을 입구에서 그를 만나자 가스파르가 순식간에 달려들어 그를 죽였다.

우리가 무리지어 그의 호위대 앞으로 나아가자 이 불쌍한 사람들은 무기를 버렸고, 기꺼이 항복하노라 소리 질렀다. 그들에게 프로쿠르에서 일어난 모든 일과 그들의 영주를 죽인 이유를 알렸다. 그들은 사정을 알게 되자 우리를 하늘에서 온 성인과 천사처럼 받들겠다고 맹세하면서 그들의 영지에도 우리 영지를 지배하는 질서를 확립해 달라고 간청했다.

그들의 요청은 받아들일 수밖에 없었다. 우리는 그들과 함께 방금 죽인 영주의 저택으로 갔는데, 우리 가운데 2명은 죽은 영주를 공동 묘지로 옮기는 일을 맡았다.

해방된 것을 기뻐하며 우리를 안내하던 12명의 무사들은 모두에게 영주의 죽음과 자유의 날을 알리며 서둘러 마을 주민들을 모았다. 카이에는 12명의 궁수와 함께 저택을 지키고 망나니와 간수들을 죽이며 부인과 가족의 도망을 막도록 자신의 부대 사람 12명을 보냈다. 그래서 그는 모인 사람들에게 곧 프랑스 전체가 그렇게 될 것이라며 그들도 자유로운 사람이 되고, 프로쿠르 사람들이 즐기는 행복을 맛보기를 원하는지 물었다. 모두는 그에게 축복 세례를 하며 그가 지시하는 모든 것을 하겠노라 큰 소리로 말했다. 따라서 그는 이 마을에 프로쿠르의 규정을 확립하고, 자유를 위해 가장 열정적으로 보이는 사람들이 통로를 지키도록 했다.

그리고 동맹을 맺은 두 영토의 사람들을 모두 모아 영주 저택의 노획물을 모든 사람에게 나누고, 늙은이들을 저택에 살게 하며, 감옥에 간힌 자들을 해방했다. 그리고 그곳 영주 부인과 자식들에게 가장 큰 초가집을 주도록 하고, 그 부인에게는 만약 자유롭게 살고 싶으면 3개월 안에 농민과 결혼하기만 하면 된다고 말해 주었다. 그녀가 너무 경멸적이고 거만하게 대답하자 그녀의 고통과 남편을 잃은 슬픔을 존중해서 그는 더 이상 말하지 않았다.

이 마을의 모든 문제가 잘 해결되고, 우리는 환호와 감사의 표시를 받으며 프로쿠르로 되돌아왔다. 동맹이 된 두 영지 사람들은 서로 지지하고 공동의 자유를 지킬 것을 맹세했다. 한마디로 그날은 내내 잔칫날이었다.

이때부터 3월까지 이웃한 일곱 영주가 마찬가지로 프로쿠르 영주를 방문하러 왔다가 처음 두 영주의 운명을 겪었다. 그리고 겨울이 끝날 때, 카이에의 법이 아홉 영지에서 발효되었다. 그러는 사이에 영주와 망나니, 재판관과 간수 그리고 몇몇 통행요금소 관리자 이외에는 아무도 죽이지 않았다. 영주들로부터 농노들과 마찬가지 탄압을 받은 3개 수도원 수도사들이 우리와 합류해서 우리가 계속 정복하도록 격려했고, 우리는 그 일에 지칠 줄 몰랐다.

실제로 우리가 자유롭게 된 지는 채 몇 달밖에 되지 않았지만, 우리 사이에 평안이 지배했고 우리는 안전과 평화 가운데 풍요로움을 기다렸다. 영주들의 저택을 약탈해서 우리가 뺏긴 재물을 되찾게 된 것도 사실이었다.

봄이 가까웠을 때, 보베 성벽 가까이 토지를 소유한 어느 귀족 남자가 우리가 그 수하에서 벗어난 영주 9명 가운데 아무도 보이지 않는 것을 수상하게 여기고 자신의 무사 한 명에게 이웃 영주에게 예를 갖추는 일을 맡겨 우리 영토 안으로 보냈다. 우리는 이 남자를 돌려보내지 않았다. 그를 주인에게 돌려보내는 것은 신중한 처사가 아닌 데에다 그가 자기 마을로 돌아가 노예로 사는 것보다 우리 사이에서 자유롭게 사는 것을 더 좋아했기 때문이다.

그 귀족은 자신이 보낸 심부름꾼이 다시 오지 않는 것을 보고 우리에게 자기 자신의 모습을 드러내는 일을 더욱 삼갔다. 그리고 두 번째, 세 번째 심부름꾼을 보냈고 이들은 첫 번째와 마찬가지였다.

그러자 세 심부름꾼 주인은 더 이상 망설이지 않고 그 숫자가 280명에 이르는 자신의 농민 전체를 당장 무장시켜서 우리 땅에 갑자기 나타났다. 가장 가까운 이웃들이 신속하게 모였고, 그 가운데 몇몇은 모든 동맹 마을에 경고를 전파하기 위해 파견되고, 나머지는 적을 향해 나아갔다. 하지만 별일은 일어나지 않았다. 우리와 전쟁하려고 온 영주는 무장한 사람들이 영주의 깃발 아래 출정하는 것이 아니라는 것을 알고, 평소 습관대로 신중을 기해 오던 길을 되돌아갔다. 그러다 보니 우리끼리 싸울 필요도 없이 프로쿠르 주변에 모두 집결했다.

카이에는 이 모임을 이용해서 해방군을 점검하는 기회로 삼았다.

부대는 각오가 단단한 2천 명이 넘는 사람들로 구성되었다. 장인은 이 작은 공화국의 우두머리가 되는 것을 항상 거절했지만, 사람들은 전반적으로 그를 수장으로 생각했다. 그가 그 조직의 기초를 놓고, 모든 전투를 지휘했기 때문이다.

그는 우리 군대의 질서가 잘 잡혔는지 검토한 후, 우리에게 연설하는 것이 좋을 거라 판단했고, 모든 사람이 그의 말을 경청했다.

그가 우리에게 말했다.

"나의 친구, 내 형제여, 우리는 자유롭습니다. 하느님께 그 영광을 돌립시다. 그리고 항상 그러도록 합시다. 우리는 봉건 권리의 굴레를 무너트렸습니다. 귀족의 특권은 더 이상 우리를 누르지 못합니다. 우리가 단합한다면, 우리의 초가집은 곧 풍요로워질 겁니다. 하지만 중대한 장애물에 대비합시다. 우리가 해방되었다는 사실이 사방에 알려졌습니다. 영주들이 우리를 반대해서 뭉칠 겁니다. 영국인이 우리 조국을 약탈합니다. 귀족은 자신의 강점을 이 거친 원수들을 상대하는 데에 유용하게 사용할 수도 있을 겁니다. 하지만 영주들은 그들의 권리는 되찾고 그들의 조국은 침략당하도록 내버려 두는 것을 더 좋아합니다. 그러나 그들을 전혀 두려워하지 맙시다.

만약 폭군들이 우리에게 맞선다면, 농노들은 우리의 대의를 받아들일 것입니다. 하느님도 우리를 지켜 주실 겁니다. 우리는 비겁하게 남을 공격하지 않기 때문입니다. 우리의 권리는 정당하고 자연에 바탕을 둔 것이기 때문입니다. 영주들의 권리는 찬탈한 것, 편파적인 것, 더러운 것이기 때문입니다.

아마도 이틀이 지나, 우리 적들의 군대가 더 강해지는 때가 되면,

그 군대가 우리 영토 위로 들어올 겁니다. 우리 군대들은 준비 상태를 유지합시다. 모든 마을의 종소리는 집결 신호입니다. 우리는 여러 번 영국 군대에 대항해서 우리의 용맹을 보여 주었습니다. 우리는 못된 우리의 주인들을 위해 용감하게 싸웠습니다. 이제 우리 자신과 우리의 자유를 위해 무기를 든 이상 누가 적을 무찌르는 우리를 막겠습니까?"

모든 대원이 함성을 질렀다. 사람들이 영원히 단합하고, 용감하게 싸우며, 자유롭게 죽을 것이라고 다시 맹세했다.

닷새 뒤, 3천 명이 넘는 농민들을 이끌고 영주 13명이 우리 영토 경계에 나타났다. 마을마다 종을 울리고 모든 사람이 무장을 갖췄다. 가스파르와 다른 수도사들은 교회 깃발을 들었고, 우리는 질서 정연하게 적 앞으로 나아갔다.

두 군대가 나타나자 가스파르가 소리쳤다.

"우리가 흐르도록 할 피는 우리와 마찬가지로 기독교인이고 프랑스인인 우리 형제들의 피다. 그들에게 죽음을 선사하기 전에 평화를 선사하도록 우선 힘써 보자."

동시에 그는 영주들 대열 앞으로 나아가 그들에게 소리쳤다.

"친구들, 당신들과 마찬가지로 우리도 농노였다. 우리와 마찬가지로 너희들도 자유로울 수 있다. 노예이기를 멈추라. 너희도 너희 자신의 주인이 될 수 있기 때문이다. 무기를 내려놓아라. 우리는 너희에게 동맹과 자유를 선사할 것이다."

이 말을 한 다음, 그는 우리 대열로 돌아왔다. 그들의 비천함과 무지, 극심한 불행에도 불구하고 우리와 싸우기 위해 이끌고 온 농노들은 우리가 봉기하게 된 그 무엇에 의심을 품었다. 모든 대열 속에 회자된 가스파르의 말이 모두의 가슴에 해방에 대한 사랑을 일깨웠다. 농노 군대는 우선 전투를 거부했다. 그리고 승리를 얻지 못하면 그들 다수를 죽이겠다고 위협하며 재판관과 망나니 그리고 간수들이 경솔하게 몽둥이를 휘두르자 농노들은 그들의 윗사람들에게 가진 모든 존경심을 잃었다. 그리고 우리를 지지한다고 선언하고 그들의 무기를 그들의 영주와 망나니를 향해 돌렸다.

우리가 그들에게 힘을 보탤 필요도 없었다. 영주와 재판관, 망나니와 간수, 이들 모두는 농노들이 자신들을 포기했다는 것을 알고 곧바로 도망쳤다. 우리는 그들을 뒤쫓지 않았고, 그들은 보베로 피신했다. 그들은 피신하면서 집사들과 몇몇 무인들을 데려갔는데, 이들은 우리의 자유보다 비겁한 굴종을 더 좋아한 것이다. 자신들이 비천하면서도 그들은 우리가 더 비천하다고 믿고, 자신들은 영주 주변에 살면서 귀족 품위를 지닌다고 생각했다. 하지만 그들로부터 능멸당할 뿐이었다.

새 친구들이 합류하는 바람에 우리 군대는 5천 명으로 늘어났고, 쉽사리 얻은 성공으로 말미암아 우리는 날이 갈수록 우리의 무력이 커질 것이라는 희망을 갖게 되었다. 여전히 다행인 것은 그때부터 사방에서 우리에게 적을 부채질한 영주들은 보베가 쓸데없이 우리를 상대로 무장하도록 만들었다는 것이다. 그들의 권위가 흔들릴 걱정은 하지 않는 이 도시 목민관(牧民官)들은 영주들에게 피난처를 제공하지만,

그들의 대의를 인정하고 농민들이 한 것처럼 자신들의 도시민들이 해방되도록 노출되는 것은 원하지 않았다.

보베가 우리를 보호하기를 거부한 것도, 우리에게 문을 닫은 것도 사실이며 우리 사람들 가운데 일부가 이에 관해 왈가왈부한 것도 사실이다. 나로서는 보베가 중립으로 남은 것이 잘한 것이며, 모든 다른 도시들도 먼저 같은 입장을 취하며 현명하게 처신했다고 생각한다. 그 도시들은 농촌보다 덜 불행하며 반항해도 소득이 거의 없다고 믿기 때문이다.

그러나 브리와 일드프랑스, 피카르디 그리고 주변 지방에서 우리의 연합이 확대된 뒤 우리 군대가 10만 명으로 구성되었을 때, 도시들은 처신을 달리해야 했다. 우리를 지지한다고 선언하고 우리에게 문을 열어 준 상리스의 예를 모든 도시들이 따랐다면 프랑스는 해방되었을 것이다.

시기는 그 어느 때보다 좋았다. 수도가 자유를 그리고 봉건적 통치의 종식을 원했다. 그리고 파리가 우리에게 의존한 것처럼, 우리는 파리에 의존할 줄 알았다. 사방에서 귀족들의 횡포가 극에 달했다. 그처럼 잔인한 영주와 그처럼 비참한 농노들을 본 적이 없었다. 프랑스 왕은 배신당하고, 그의 봉신들은 그들의 사람들과 그들의 황금을 사용해서 영국군에 대항하여 왕을 구하기를 거부했다.

이뿐 아니었다. 프랑스 귀족은 우리의 아름다운 조국을 영국에 팔아넘기기 원한다는 것을 모든 프랑스인이 알았고, 그것은 항상 그랬다. 여러 왕자들이 큰 파당을 만들어 프랑스 곳곳이 혼돈과 무질서뿐이었다. 우리의 장왕이 불행한 푸아티에 전투를 이끌었는데, 영국군보다 훨씬 우위의 군대를 갖고 위치도 유리해서 확실한 승리를 장담했지만, 모든 사람들로부터 배신당하고 버려져 포로가 되어 보르도로 끌려간 것을 알고 있었다.

우리는 이 도시로 진격하고 우리 군대를 모든 지방으로 확산하면서, 군주의 구출을 시도하고 왕위와 백성 대중에 대한 귀족의 범죄를 왕에게 밝힌 후 나라의 모든 신분 사이에 평등을 정착시키는 법을 요구할 계획을 수립했다.

우리 모두가 가장 잔인한 왕자는 언제나 가장 순한 영주라는 것도 알고 있었다. 또한 영주들이 우리를 대적해서 우리가 그 말을 알지도 못하고 우리가 유인할 수도 없는 모든 이웃 백성들의 도움을 요청했기 때문에, 우리의 자유가 거의 지속될 수 없다는 것을 두려워하기 시작했을 때 우리는 적어도 왕의 농노가 되는 데에 만족해야 했을 것이다.

하지만 우리는 왕이 보르도에서 납치되어 영국으로 보내졌다는 것을 알게 된 때에도 우리 계획을 실행하기 위해 여전히 아무것도 하지 않았다. 이 배신도 여전히 영주들 탓으로 돌리고 그때부터 우리는 귀족을 처단하고 죽을 때까지 계속해서 우리들의 나라를 해방시킨다는 결심에만 머물러 있었다.

영주들의 횡포와 부당에 분개한 성직자 무리가 우리의 처신을 수용하고, 우리의 대의를 수용하는 평신도회들을 구성했다. 모든 교단의 수도사들이 우리의 깃발 아래 도열했다. 이미 내가 말한 것처럼, 1년도 되지 않아 우리 병력은 모두 죽을 때까지 싸우기로 작정한 용감한 군인 10만 명 이상에 이르렀다.

현명한 정부라면 우리와 협상하여 우리가 영국군에 맞서 진격할 수 있었을 것이다. 사람들은 영국이 프랑스에 자리 잡도록 여유를 주기를 더 좋아했다. 영주, 성직자 그리고 평신도 모두 우리를 쳐부수는 데에만 바빴다.

우리 군대의 규모에도 불구하고, 장인은 계속해서 그 총사령관 자리를 맡았다. 그가 '자크'라는 이름을 지녔고, 그의 수호신 초상이 우리의 몇몇 깃발을 장식했기 때문에, 사람들은 우리가 일으킨 전쟁에 '자크리 전쟁'이라는 이름을 붙였다.

도시에 엄한 목민관과 많은 귀족들 그리고 외국 군인들을 배치했다. 우리를 상대로 싸울 모든 사람에게 영주들은 자유를 주고, 주교들은 대사부(大赦符)를 약속했다. 사람들은 우리를 반역자, 배신자 그리고 강도라고 선언했다. 우리 수감자에게는 아무도 은전을 베풀지 않겠노라고 맹세했다. 한마디로 사람들은 우리를 죽음에 이르게 하는 전쟁을 했다. 그 전쟁은 실로 잔인했다. 높은 성직자들은 그들이 전투에서 죽인 농민들과 태연하게 참수해서 죽인 수감자 수를 훈장으로 삼았다.

우리 쪽에서는 사람들이 더 이상 절제해야 한다고 생각지 않았다. 어떤 영주도 면하지 못했다. 모든 저택이 약탈에 맡겨졌다. 귀족을 보다 철저히 없애기 위해 우리 가운데 가장 과격한 자들은 도맡아 귀족 부인과 딸들을 그들의 정부(情婦)로 만들었다.

우리 편에 가담한 수도사와 신부들은 영주들 저택에서 너무도 끔찍한 일들을 많이 보아서, 우리가 모든 영주를 처단하는 데에 혈안인 것을 비난받아야 마땅한 감정으로 전혀 간주하지 않았고, 살인은 쓸데없는 것이기 때문에 그들의 부인을 죽이지만 않으면 우리가 그녀들을 취하는 것을 용서했다.

반면, 영주들이 우리 포로들에게 저지른 잔인한 대우는 귀족들에게 이득인 만큼 해를 입혔다. 흔히 위협으로 우리를 주눅 들게 하고 약속으로 유혹한다고 믿는다. 하지만 오랜 경험을 통해 영주의 약속에 기대하는 바를 알았다. 만약 우리가 무기를 반환하면, 이 사람들의 손아귀에 다시 떨어져 우리는 극형을 기다려야 했다. 이들은 자신들을 우리 주인이라 생각하고, 우리를 말 안 듣는 노예, 그들의 재산, 그들의 변덕에 따라 처리할 수 있는 값나가는 짐승으로 여겼다.

그리고 만약 약속이 우리에게 전반적인 불신을 불러일으켰다면, 위협은 우리의 가치를 부각시켰다. 우리는 붙잡힌 우리 동료들같이 학살되기를 바라지 않았다. 우리는 상대방이 두려워하는 집요함을 갖고 싸웠다.

또한, 그들의 많은 수나 화력에도 불구하고 적들은 우리를 이길 수 없었다. 한 해 동안 전투 결과는 거의 언제나 불확실했다. 아니 오히려 승리는 거의 언제나 우리 편이었다. 우리 군대는 항상 커지고, 귀족들은 조그만 교전이 벌어져도 우리 앞에서 도망쳤다.

용감한 카이에는 자신의 용기로 모든 것에 활력을 불어넣고, 신중을 기해 명령을 내리며, 노획물을 공평하게 나누고, 할 수 있는 만큼 무질서를 막으면서 언제나 전투대형 앞에 있었다. 전투에서도 그리고 지치는 데에서도 일등이었으며, 조국을 구하는 영광만 원했다. 모두가 그를 좋아했다. 그런 수장 아래서, 그들이 외세에 의존하지 않았더라면 귀족들은 몇 년 걸리지 않아 모든 왕국에서 쫓겨났을 것이다.

하지만 그들만으로 우리를 이길 수 없어 절망하고, 이웃 나라에 청한 도움을 기다려도 허사가 되자 당황하여 프랑스 영주들은 몇 달 동안 조국을 떠났다. 그들은 몸소 보헤미아와 헝가리, 독일 전역, 플랑드르, 브라반트, 에스파냐, 이탈리아 그리고 다른 나라 영주들의 도움을 간청하러 동분서주했다.

곧 우리는 모든 나라에서 모이고, 모든 언어를 사용하는 영주와 농노, 주교와 수도사들로 구성된 거대한 군대가 하루 만에 우리를 먼지로 만들 수 있는 무력을 갖고 우리를 향해 다가오고 있다는 것을 알았다. 우리는 이 소식에 전혀 겁먹지 않았다.

적들은 숫자가 많았지만 우리는 용기와 전투 경험 그리고 멋진 대의를 지녔다. 카이에는 모든 반란자들을 한 군대에 모았다. 우리는 11만 군사를 이루었다. 영주들은 30만이 넘는 군사를 거느렸다고들 했다. 우리는 쉬면서 적을 기다리다 그들이 나타나는 즉시 숨 쉴 기회를 주지 않고 달려드는 것이 좋을 거라고 판단했다. 이 방법이 주효했다.

영주 군대가 우리 군대로부터 0.25리외밖에 안 되는 거리에 다가왔을 때, 채비를 잘 갖춘 우리 병사들은 모두 무기를 들고 대열에 자리 잡았다. 그리고 내 장인은 연설을 했는데, 모든 대장들은 이 연설을 그들의 전투부대에 전달했다.

"내 친구, 형제들이여! 우리는 아직 패한 적이 없으며 우리의 자유는 공고해졌다. 이 폭군과 노예 무리를 향해 두려움 없이 진격하자. 위대한 승리가 영주의 군대에 최후의 일격을 가할 것이고, 놀란 적들은 영원히 뿔뿔이 흩어질 것이다."

사방에서 사기 넘치는 함성이 울리고, 돌격 나팔을 불어댔다. 용감한 카이에는 왼손에 깃발을 들고, 오른손에는 도끼를 휘두르면서 적에게 달려들었다. 우리는 오래된 그의 노래를 부르면서 뒤따랐다.

이날, 승리는 우리 편이었다. 하지만 다음 날은 영주들이 군사력을 합쳐서 내내 우리를 농락하기 시작했다. 그리고 10일 동안 우리는 끊임없는 소규모 전투를 견디어야 했고, 이런 전투는 미심쩍은 승리를 가져다주며 우리를 지치도록 만들었다. 우리는 군대의 10분의 1을 잃었지만, 나라 전역에서 힘을 확산해 나갔다.

영주들 편에서는 군대의 3분의 1을 잃었고, 그들의 농노 몇몇은 도망쳐 우리 대열로 왔다. 그들은 우리를 끊임없이 공격하면서도 처음으로 공격받으면 패한 것처럼 보이지 않는데도 물러났다. 후퇴하면서 싸웠기 때문이다.

하지만 결국 우리는 죽고, 프랑스는 노예제도로 다시 추락해야 하는 운명이 되었다. 장왕은 대가를 치르고 석방되기를 원했다. 프랑스 지방 절반을 영국에 넘기고 거기에 황금 400만 에퀴의 액수를 더했다. 그런 수치스러운 조약을 받아들이는 사람은 아무도 없었고, 그 조약은 프랑스 사람들에게 국왕이 포로가 되었고, 나라에 정부가 없으며, 프랑스가 거의 넘어갔다는 사실만 환기할 뿐이었다. 파리와 다른 도시들은 이제 '샤를 5세' 이름으로 다스리는 왕세자에게 복종했다. 그때부터 그의 당파에 속한 영주들이 우리를 적으로 삼아 쳐들어오고 프랑스와 외국 출신의 다른 영주들을 지원했다.

꼭 어울리는 '악한'과 '배신자'라는 별명을 얻은 나바르 왕 샤를이 우리를 보호하거나, 아니면 우리와 우리의 적 사이에서 적어도 중립을 취하겠노라 우리에게 약속했다. 하지만 왕세자와 다시 화해하는 바람에 악한 샤를 역시 우리를 적으로 삼는 군대를 일으켰다.

그래서 우리는 사방에서 공격받고, 우리를 극형에 처하는 도구를 보고 기겁한 나머지 프랑스 사람들로부터 기대할 도움이 더 이상 없으므로 장렬하게 죽어 갈 결심을 해야만 했다.

6만 군사가 목숨을 잃은 대단한 전투가 벌어졌다. 하지만 우리가 잃은 군사는 2만이었다. 나바르 왕은 거의 같은 수의 우리 군사를 포로로 만들었다. 우리가 신중하지 못하게 쳐들어간 숲속에서였다. 모든 포로들은 처참한 죽임을 당했다. 교수대와 불, 도끼 등 극형에 사용되는 모든 도구가 무장을 해제당한 이 용감한 사람들을 죽이는 데에 동원되었다.

우리는 왕세자에게, 만약 우리를 보호해 주기로 합의한다면 그에게 항복하겠다고 제의했다. 그는 우리에게 응하는 대신, 우리를 반란을 일으킨, 죽어 마땅한 농노로 취급하며 우리를 쳐부수는 이들과 합류했다. 곧 우리 군대는 5만 명으로 줄어들었다.

우리는 사방에서 포위됐다. 하지만 용감한 카이에는 언제나 우리 선두에 있었다. 비록 불행했지만, 우리는 여전히 용기를 잃지 않았다. 카이에는 우리에게 식량이 없고 주위 사방에 적이 둘러싼 것을 보고, 외국 군대를 통해 길을 뚫어 우선 피신한 다음 전선을 다른 곳으로 이동하고, 영주 군대들이 전혀 차지하지 않은 지방들을 부추겨서 우리 힘을 강화하는 수단을 찾자고 제안했다.

이 제안은 모두가 받아들일 수 있는 것이었고, 우리는 이것을 실행하려고 준비했다. 카이에는 이 전쟁의 혼(魂)이자 수장이기 때문에 하나의 군대보다 더 두려운 존재였다. 따라서 영주들은 이 용감무쌍한 카이에를 산 채로 잡아 오는 사람들에게 영지와 자유민의 모든 혜택을 약속했다. 이런 것들을 알았다면, 우리는 우리 몸으로 단단한 벽을 만들어 적이 그의 신체 가까이 조금도 접근하지 못하도록 조치했을 것이다.

한밤중에 우리는 이동했다. 카이에는 평소 하던 대로 선두에서 행진했다. 우리가 접근함에 따라 외국 영주 진영이 잠에서 깨었고, 우리의 존재가 알려지자 두려움이 진영 전체에 퍼졌다.

그런데 몇몇 독일인들이 영주들이 내건 약속의 결과를 차지하려고 혈안이 되어 우리 대장을 붙잡는 데에 모든 수단을 동원했다. 칠흑같이 어두운 데에다 내 장인이 대열 선두에 있는 것을 확신하고, 이 노예들은 작은 나무숲 뒤에 숨어서 있다가 그의 발자국 소리가 나자마자 용감한 카이에 대장에게 달려들었다. 대장은 즉각 방어하며 도끼를 휘둘렀다. 적들 몇몇이 죽어 땅바닥에 넘어졌다. 하지만 적이 마구 휘두른 도끼가 그의 오른팔과 어깨를 쳤고, 우리가 그와 조금 떨어져 그를 공격한 비겁한 자들에게서 그를 구하려고 싸우는 사이 그는 붙잡혀 급히 끌려갔다.

믿기지 않는 이 일에 우리 모두는 경악했고, 적들은 우리 대장을 붙잡았기 때문에 큰 소리를 지르며 열렬히 우리를 쫓기 시작했다. 우리 군대는 도망쳤다. 대부분이 도륙당하고, 나머지는 무리를 지어 숲속으로 흩어졌다. 가스파르 형은 우리 전투부대 잔존 세력과 합류하려 했지만 허사였다. 그는 겨우 8천 명의 군사를 모아 그 선두에서 용맹을 떨쳤지만, 며칠 가지 못했다.

내 장인은 왕자들에게 인도되었다. 악한 샤를은 비록 팔을 잃고 상처투성이였지만 여전히 자존심과 영혼의 평정을 견지한 그를 마주했다. 그리고는 못된 성격을 가진 이 왕자에게도 그의 걸출함과 불행에 경의를 표할 만큼의 미덕은 남았던지, 아니면 여전히 늠름한 카이에가 그에게 대단해 보였던 것인지 샤를은 내 장인에게 가하기로 했던 길고 끔찍한 형벌을 면제하고 그를 참수형에 처하도록 판결했다.

카이에가 머리를 내밀고 말했다.

"나는 전쟁에 지고 무장 해제되었다. 사람들은 내가 강도라고 말할 것이다. 만약 내가 당신들을 이겼다면 나는 내 조국의 해방자이자 프랑스의 우상이 되었을 것이다. 내 말을 듣는 왕자와 영주는 나의 마지막 말을 기억들 하시라.

폭군들의 지배는 끝을 볼 것이다. 나의 용기를 가진 다른 사람들이 나타나 성공을 거둘 것이다. 반세기 뒤에 프랑스는 자유롭게 될 것이다. 나는 하느님과 자유, 내 나라와 형제들을 위해 죽는다."

그리고 그는 고해신부를 요청했지만, 받아들여지지 않았다.

그가 말했다.

"좋다. 내 마음은 비난받을 것 없다. 내 양심은 순수하다. 나는 선을 행했고, 수천 번 범죄를 중단시켰다. 오! 나의 하느님, 당신은 관대하고 자비로우십니다. 나에게 당신의 품을 열어 주십시오."

그리고 그는 형집행자에게 자신의 머리를 내밀었다.

이 위대한 사람의 죽음은 입에서 입으로 전해져 우리 귀에까지 들어왔다. 가스파르는 그의 원수 갚기를 원하며, 여전히 전장에서 많은 용감한 사람들을 이끌며 싸우다가 죽었다. 이전에 영주들의 저택에 공포를 퍼트리고 초가집에 행복을 퍼트리던 이 자유인 군대 가운데 겨우 2만 명이 남아 사방으로 흩어지고 수많은 작은 전투부대로 쪼개졌다. 우리는 더 이상 다시 모일 가망이 없었다. 20만 명의 군사가 곳곳에서 우리를 뒤쫓았기 때문이다.

우리는 가차 없이 죽임을 당했고, 더 이상 수장도 없었다. 우리 가운데 포로가 되면 겪어야 하는 무시무시한 형벌은 우리의 멋진 대의를 알고 우리의 깃발 아래로 모였을 도량 큰 모든 양심 세력을 경악하게 만들었다.

몇 달 동안의 추적과 소규모 전투를 치른 다음, 외국 영주들은 철수하고, 왕자들도 그렇게 했다. 프랑스 영주들은 그들 영지로 돌아가 각자 영지에서 남은 폭도들을 처단하는 일에 매달렸다.

나는 이 전쟁에서 가벼운 상처들만 입었다. 모든 희망이 사라지고, 장인과 형을 잃었을 때, 나는 프로쿠르로 돌아갈 결심을 했다. 이 지역의 모든 마을에는 여전히 영주가 전혀 없었다. 오래전부터 전혀 보지 못했고, 극심한 고통을 겪고 있는 아내 마리와 아들과 재회했다. 너무도 위대하고 동시에 불행한 카이에의 죽음을 그들에게 알렸다. 가스파르의 죽음도 알렸다. 그리고 그들과 함께 많은 위험을 무릅써야 하는 나라에서 도망칠 준비를 하면서 그들을 위로하는 일에만 전념했다.

나는 이 모든 전투에 참전했다. 나는 내 기억력을 발휘하여 전할 만한 모든 것을 진실하게 기록했다. 하지만 영주들이 주인 노릇을 하고, 농노들이 노예 사슬 아래서 떨고 있는 한, 불행한 자크리 전쟁에 관한 이야기를 하면 그 전쟁을 강도짓이라 덧칠할 것이다. 우리는 사람들이 멋대로 비방할 수 있는 불쌍한 농민들이기 때문이다. 카이에를 음모가이자 폭도로 떠올릴 것이다.

이 책은 오직 내 아들을 위한 것이지만, 나는 여전히 이 글을 써야 한다. 여호수아와 에파메이논다스, 5 브루투스 그리고 힘 있을 때 죽었기 때문에 존경받는 이 모든 영웅들도 내 장인보다 덜 위대했다. 그는 수단이 없이 대단한 일을 했고, 자신의 야망이나 재산을 위해서가 아니라 오직 형제들의 행복을 위해 무기를 들었으며, 그의 죽음은 모든 프랑스 사람을 다시 노예 상태로 빠져들게 했기 때문이다.

1360년 외브쿠르에서.

---

5 [옮긴이 주] 에파메이논다스(Epaminondas)는 기원전 4세기 테바이의 장군이자 정치가이며, 테바이를 이끌어 스파르타의 지배에서 벗어나 그리스 정치의 정상에 세웠다.

마르셀이 아들 마르셀 자크에게 보낸 편지

외브쿠르, 1369년 4월 17일

아들아, 내가 너를 위해 내 일생 연대기를 쓴 것이기에, 자크리 전쟁이 끝난 다음 나는 그것들을 중단했다. 이 전쟁 이후 너는 나를 떠나지 않을 것이고, 그래서 네가 보는 가운데 일어난 일을 써주는 것은 불필요하다고 생각했기 때문이다. 하지만 나는 새로 핍박받아 곤경에 처해 너를 다시 보지 못한 채 너와 멀리 떨어져 죽게 될 것이고, 비싼 값을 치러서 이 편지를 네게 보내는 마지막 행복을 얻을 수 있으니, 펜을 다시 들어야겠구나.

네가 알다시피 우리가 봉기를 일으켜 피카르디 지방을 오갈 때, 사악한 올리비에 드 도마르는 우리의 공격을 받아 죽었다. 너는 카이에와 내가 영향력을 발휘해서 내가 아는 가장 훌륭한 영주의 아들

이자 나의 동학이며 오귀스탱 신부의 제자인 샤를 되브쿠르를 구해
냈다는 사실을 잊지 않았으리라. 우리는 그를 외브쿠르와 도마르 영
지에 복귀시켰고, 그는 이 영지들을 다스려 왔다. 내 젊은 시절 가장
소중한 이곳에 나는 네 엄마와 너를 데리고 물러나 살았다, 사랑하
는 아들아.

두 해 동안 우리는 평화와 고요 그리고 안락 속에서 살았다. 단지
너의 진지하면서도 슬픈 성격 때문에 나는 조금 기분이 우울했다. 하
지만 나는 너를 탓하지 않고 측은히 여겼다. 너는 어린 시절을 긴장
속에서 지냈고 네 형제들의 불행을 지켜보면서 네게 너무도 친절히
배움의 문을 열어 준 오귀스탱 신부의 죽음에 엄청난 충격을 받은 상
태로, 할머니와 고결한 할아버지, 모든 네 친구들이 영주들의 도끼에
맞아 쓰러지는 것을 보고 슬픔이 네 마음을 온통 차지했기 때문에 네
가 매우 예민한 성격을 갖게 된 것으로 보였다.

마침내 스무 살이 되어 너는 수도원의 길을 택하기를 원했다. 네
엄마는 슬퍼했고, 나도 눈물을 흘렸다. 하지만 우리는 너의 서원식에
참석했다. 우리를 농노라기보다 친구로 대해 준 샤를 되브쿠르 덕분
에 너는 아미앵의 어느 수도원에 들어가게 되었는데, 그곳은 지나치
게 미신을 숭상하지는 않고 적어도 미덕이 다스리고 있었다.

우리가 헤어지고 7년이 되었다. 종종 나는 나와 네 엄마의 축복을
전하려고 네게 갔다. 역시 종종 너는 자유를 얻어 불쌍한 네 부모를 보
러 왔다. 하늘은 나에게 아버지로서의 행복은 전혀 허락하지 않지만,
나는 고독에 대한 위로는 받았다. 네 엄마인 아내 마리의 품속에서 부

드러움과 달콤함, 천사 같은 미덕을 맛보며 세월을 보냈고, 네가 상황에 만족한 것을 알았기 때문이다.

나는 모든 내 가족보다 더 편안하게 죽기를 희망했다. 하지만 저런! 그렇게나 많은 아픔으로 점철된 내 인생 행로는 내가 그렇게나 자주 피한 형벌 속에 끝이 날 것이 분명하다. 내 어머니와 아버지, 나의 세 형제, 아내 마리의 어머니, 그녀의 존경스러운 아버지 그리고 모든 우리 가족을 죽게 한 영주들이 여전히 나의 마지막 시간을 재촉하는 것이 틀림없다.

자크리 전쟁이 끝나고 자유 프랑스인 군대가 사라진 이후, 영주들은 이전의 모든 권력을 되찾고 농노들은 이전의 모든 불행에 처했다. 토지 예속과 모든 강제 수탈이 되살아났다. 농민을 옥죄는 속박을 깨려고 했지만, 다시 더 심해진 것 같다. 가난한 사람에게 채워진 사슬의 무게가 너무 무거워 더 이상 감당할 수가 없다. 해방을 위해 무기를 들었던 모든 사람들은 발각되자마자 죽임을 당하고, 자크리 전쟁을 찬양하거나 아니면 봉기한 농민들을 단지 비난하지 않는 사람들도 영주에 반기를 드는 폭도 취급하는 느낌이 들 정도로 잔인한 형벌을 받았다.

그런데 도량 넓은 샤를 되브쿠르는 자신의 두 영지에 영지 조세의 절반만 부과했다. 그는 피카르디 지방에서 거느린 백성들을 인간적으로 대우하는 유일한 귀족이었다. 애석하다! 그가 추락한 것은 이 불행한 시대에는 선을 행하면 망한다는 것을 보여 주는 증거다.

뒤르제스의 영주와 인근의 몇몇 다른 폭군들은 샤를 되브쿠르의 처신이 농민들로 하여금 새로운 반란을 준비하고, 편안하게 살며, 자유와 고향 같은 몹쓸 말들을 쏟아내도록 만든다고 주장했다. 게다가 그는 폭도들에게 보호받는 자이며, 그의 야심은 분명 농민들의 환심을 사서 그들의 우두머리가 되어 제 2의 자크리 전쟁을 꾀하여 곧 모든 지방을 평정하는 것이라고 주장했다. 뒤르제스 영주의 생각을 알게 된 몇몇 영주들은 샤를 되브쿠르에게 선전포고하자고 제안했다.

그가 말했다.

"명심하십시오, 외브쿠르 영주는 매우 큰 두 영지의 주인입니다. 그를 따르는 그의 예속 농민들은 그를 지키기 위해서라면 도끼에 몸이 조각나는 것도 감수할 것입니다. 우리에게는 한 가지 방법밖에 없습니다. 믿을 만한 사람들을 동원해서 우리의 적과 그의 아내, 자식을 살해하는 것입니다. 그 사람들한테는 큰 보상을 하고, 그러고 나서 우리의 안전을 위해 그들을 교수대로 보내면 됩니다."

이 역겨운 제안은 동의받았고, 그 계획은 실행에 옮겨졌다. 그리고 그 승자들은 외브쿠르와 도마르 영지를 나눠 가졌다.

나는 훌륭한 나의 주인이 살해되었다는 것을 알고 아내 마리와 도망칠 준비를 서둘러, 교수대가 아닌 방법으로 죽을 수 있는 숲이나 동굴 혹은 사막을 찾으려고 했다. 하지만 우리 통행요금소 관리인들이 바뀌어 이웃 영주 궁수들이 모든 출구를 지키고 있다. 설상가상으로 내가 누구인지 밝혀져서 재판을 열지도 않고 나에게 사형을 내렸다.

밤이 깊어 간다, 아들아! 나는 감시당하고 있다. 내일 아침이면 나의 판결이 집행된다. 너는 나로부터 몇 리외 떨어진 곳에 있다. 나는 더 이상 너를 보지 못하고, 다시 내 품에 껴안을 수도 없을 것이다!

하지만 불행한 네 엄마가 이 눈물의 골짜기에 남아 있다. 너는 그녀를 구할 수 있고, 또 구해야 한다, 사랑하는 내 아들아! 네 원장은 인간적인 사람이다. 필요하다면 네 몇몇 형제들과 함께 와서 유품을 가져가거라. 사기라도 치거라. 그래서 좋은 일이 생긴다면 사기는 용서받을 수 있다. 오라. 우리 폭군들은 미신을 믿고, 그들의 소심한 영혼은 혼란을 겪을 것이다. 너는 네 엄마를 그들에게서 구할 수 있다. 그녀의 찢어진 가슴을 위로하고 눈물을 닦아 주고, 그녀를 그렇게나 사랑하고 그녀와 함께 그렇게나 행복했던 남편을 잊게 하는 방법을 찾아보아라.

하느님 품속에서 그녀의 모든 가족과 함께 그녀를 기다린다고 그녀에게 말해 주어라. 어느 종교 시설에 그녀가 여생을 평화롭게 보낼 수 있는 안식처를 구해 주어라.

내 아들, 내 사랑하는 아들아! 잘 있거라. 한 번 더 너를 안을 수 없구나. 나는 불쌍한 네 엄마를 포옹한다. 내가 죽고 없을 때, 내가 너로 하여금 네 엄마에게 나의 키스를 대신해 달라고 부탁하는 것처럼, 네 엄마는 나의 슬픈 키스를 너에게 전할 것이다.

아들아 잘 있거라. 세상에서 가장 착하고 또한 가장 불행한 여자여, 역시 잘 있으시오. 내일이면 그대들은 더 이상 나를 곁에 두지 않을 것이오. 나를 더 이상 보지 못할 것이오. 내일이면 나는 처형대로

나설 것이오. 내 몸은 벌레들의 먹이가 되겠지만, 내 영혼은 영원한
하늘의 뜨락으로 올라갈 것이오. 거기서 하느님의 품에 안겨, 나보다
먼저 간 내 친구들의 품에 안겨 그대들을 기다릴 것이오.

옮긴이 해제

역사 일반이 그러하지만, 특히 서양 역사에서 중세는 '천년의 역사'라고도 불린다. 흔히 하는 표현법을 빌리자면, "서양의 중세는 천년의 역사와 동전의 양면을 이룬다"라거나 "'중세'라 쓰고 '천년의 역사'라 읽는다"라고 할 수도 있을 것이다. 이는 그 세월의 장구함만큼 서양의 중세가 빚어내고 또 다져 놓은 산물과 궤적이 오늘을 사는 사람들의 정신과 물질의 틀과 질료를 형성하고 있다는 사실을 잘 말해 준다.

기실 우리나라를 포함한 지구촌 많은 사람들이 땀 흘려 경제발전을 이루어 생활의 여유를 조금 갖게 되면 너나없이 배낭을 챙겨 메고 유럽여행을 떠나곤 한다. 이런 낯익은 현상도 따지고 보면 바로 '우리의 오늘', 즉 현대 문명과 문화의 근원과 성지를 확인하기 위한 그야말로 현대판 성지순례라고 해도 과언이 아닐 것이다. 거기서 모두가 보고 보내는 대부분의 공간과 시간이 중세 천년을 굴린 2개의 바퀴에 비유되는 봉건제와 기독교가 남긴 대저택(*chateau*)과 성당 그리고 수도원 등의 관람과 구경에 할애된다는 사실이 이런 당돌한 정의를 뒷받침한다.

게다가 초현실주의를 낳은 20세기를 지나 디지털과 빅데이터 기술이 지배하는 듯한 새 세기에 들어, 겉으로 화려하고 현란한 화면과 조명으로 된 껍질을 벗기고 조금만 들어가면 막상 우리가 만나고 마주치는 것은 어둑하고 적막한 가운데 먼지 쌓인 지하 세계처럼 느껴지는 중세 세계의 환영과도 같은 인물과 조형인 경우가 허다하다. 이 또한 '지금 이곳에서' 우리를 지배하는 정신과 우리가 누리는 물질의 기반이 천 년의 장구한 세월이 역사한 그 시대에 닿아 있다는 것을 보여 준다.

이런 점에서 《야만의 시대: 14세기 프랑스 자크리 농민전쟁의 회고》는 우리에게 서양 중세에 대한 이해의 깊이와 넓이를 더해 줄 '새로운 빛'이 될 것이며, 그 새로움은 우선 이 책의 성격에서 드러난다. 중세에 관한 기존의 자료들이 예외 없이 학문적 연구를 통해 '가공된' 정보와 지식의 정리 혹은 재구성인 것에 비해, 우리의 회고록은 비록 번역을 통한 것이긴 하지만 실존한 개인의 생생한 경험과 삶의 기록이기 때문이다.

이 회고록의 원저자 마르셀은 서문에 언급된 것처럼, 14세기 초인 1312년에 태어나 1369년에 죽었다. 신분제가 철저히 지켜지던 당시, 그가 농노 신분으로 태어난 곳은 프랑스 북부 피카르디 지방의 시골 소읍 보켕 근처의 영지였다. 그는 영주의 횡포와 폭력으로 어머니를 잃은 다음 가족과 함께 이곳을 도망쳐 나와 새로운 영지 외브쿠르 (Heubecourt)에 살게 되는데, 파란만장한 일생이 이때부터 시작되었다. 우선 그는 오귀스탱 신부를 만나는 동시에 영주 아들의 공부 친구가 되어 글을 배우게 된다. 하지만 영주가 바뀌는 바람에 신부와 함께 길을 나서 수도원을 전전하며 방랑하게 되고, 그러는 가운데 어느 수도원 감옥에 갇혀 10년 세월을 보내기도 한다.

마침내 그는 북부 도시 보베(Beauvais) 가까운 프로쿠르(Frocourt)에서 '자크 카이에'를 만나고 그의 딸 마리와 결혼하게 되었다. 자크 카이에는 봉건제에서 시달리던 농노들이 영주를 상대로 일으킨 자크리 전쟁의 지도자였고, 마르셀은 장인과 함께 이 전쟁에 적극 가담하였다. 하지만 카이에는 붙잡혀 참수당하고 전쟁은 실패로 끝났다.

마르셀은 아내와 함께 프로쿠르로 돌아가 잠시 평화를 맛보며 이 회고록을 쓰지만, 1369년 결국 그 또한 정체가 발각되고 이 책의 마지막 장을 쓴 다음 날 사형당하게 되었다.

이 회고록이 우리의 흥미를 끄는 것은 14세기 자크리 전쟁에 관한 생생한 증언 외에도 이 전쟁을 초래한 당대 사회의 복합적 상황과 여건을 담고 있기 때문이기도 하다. 우선 봉건제와 함께 중세를 지탱하고 이끄는 원리이자 축인 기독교의 민낯이 드러난다. 겉으로 자선과 박애를 내세우는 위선적 성직자들이 영주들과 크게 다를 바 없는 방식으로 힘없고 가난한 농민들을 압박하고 기만하여 배를 불리고 욕망을 해소하며 특히 불행한 아녀자들을 마녀 회의에 끌어들여 동물적 쾌락에 탐닉하는 행태의 실상은 성스러움의 허상과 함께 중세의 극단적 모순을 그대로 말해 준다.

이런 것들과 맞물려 당시 프랑스 사람들의 삶을 더욱 피폐하게 만들었던 백년전쟁에 관한 내용도 간과할 수 없는 부분이다. 그러니까 자크리 전쟁은 백년전쟁 중에 일어난 또 다른 전쟁인 셈인데, 섬나라 영국 군대가 프랑스 땅을 차지하려고 약탈과 파괴를 일삼으며 방방곡곡에서 만행을 일삼던 상황이었다. 그런 와중에 국왕 장 2세는 영국군의 포로가 되었고, 그런 국왕을 대신하여 18세의 왕세자가 섭정에 나섰다. 먼 친척인 이웃 나바르의 국왕 악한(惡漢) 샤를이 틈만 나면 개입하여 잇속을 챙기고, 수도 파리에서는 부르주아 상인들이 에티엔 마르셀을 내세워 목소리를 높이면서 갈수록 과격해지는 양상이었다. 거기에다 섭정 왕세자가 힘을 빌린 용병들이 준동하여 나라 전체가 수렁에 빠져 있었다. 당시 프랑스 사회의 난맥상은 마침내 잔 다르크가 등장하는 등 시간과 함께 해결되고 치유되기는 하지만 그 과정은 참으로 지난한 것이었다.

라틴어로 된 이 회고록의 원본을 영원히 사장되거나 사라질 처지에서 건져 내어, 편역 발행하여 빛을 보게 한 콜랭 드 플랑시는 자크리 전쟁의 중심지였던 보베(Beauvais)에서 멀지 않은 플랑시라베이(Plancy-l'Abbaye) 출신이다. 그가 이런 결단을 내린 내막에는 이 회고록이 "사라지게 해서는 안 되는 역사적 기념물"이라며 출판을 권유한 19세기 프랑스 문인들이 있었다. 원저자와 편역자는 물론이고, 이 회고록의 진정한 가치를 제대로 알아본 이들 덕분에 이제 우리도 서양의 중세를 보다 생생하게 바라볼 수 있으며, 이를 바탕으로 오늘의 서양 사회 나아가 세상 전체를 조명하는 한 줄기 밝은 빛을 얻게 되는 셈이다.

지은이 · 편역자 · 옮긴이 소개

지은이_마르셀(Marcel, 1312~1369)

프랑스 북부 피카르디 지방에서 농노 신분으로 태어나 자라던 중 오귀스탱 신부를 만나 영주의 아들과 함께 공부하게 되었다. 이후로 그 신부를 동행하여 떠돌이 생활을 하면서 자크 카이에(Jacques Caillet)를 만나 그의 딸과 결혼하고 그가 이끄는 농민운동 자크리 전쟁에 적극 가담하였다. 전쟁이 실패로 끝난 다음 이전의 공부친구가 영주인 영지로 돌아와 잠시 평화를 맛보며 회고록을 쓰지만, 결국 정체가 발각되어 책의 마지막 장을 쓴 다음 날 사형당했다.

편역자_콜랭 드 플랑시(Collin de Plancy, 1794~1881)

프랑스 북동부 플랑시라베이(Plancy-l'Abbaye) 출신으로 볼테르의 영향을 받은 자유사상가이며 잡지 발행과 인쇄 · 출판업에 종사했다. 고향인 플랑시와 파리, 브뤼셀, 헤이그 등지에서 활동했으며 《지옥사전》, 《성처녀 전설》 등 종교와 오컬트에 관한 책을 저술했다. 그의 아들 빅토르 콜랭 드 플랑시(Victor Collin de Plancy, 1853~1922)는 초대 주한프랑스대사를 역임했다.

옮긴이_김용채

서울대를 졸업하고 프랑스 프로방스대에서 공부하여 "아폴리네르의 시어에 관한 연구"로 박사학위를 받았다. 고려대 등에서 강의하고, "빛의 시적 변용: Mal-Aimé 신화" 등의 논문과 《미테랑 평전》, 《메두사호의 조난》 등의 책을 쓰고 번역했다.